ET QUE DIEU ME PARDONNE

Du même auteur
chez le même éditeur

En ton âme et conscience, 2018

Malgré nous, 2019

Ces petits rien qui nous animent, 2020

Celle que je suis, 2021, Grand prix des lecteurs Pocket 2022

Le Sens de nos pas, 2022, Prix Solidarité 2022,
Prix Chronos de littérature 2024

Par la force des choses, 2023

Claire Norton

ET QUE DIEU ME PARDONNE

roman

Robert Laffont

Ouvrage publié
sous la direction de
Françoise Delivet

ISBN 978-2-221-27724-9
Dépôt légal : octobre 2024
Éditions Robert Laffont, 92 avenue de France, 75013 Paris
serviceclients@lisez.com

La vraie douleur est incompatible avec l'espoir.

Comte de Lautréamont,
Les Chants de Maldoror

Pardonner, c'est libérer un prisonnier
et découvrir que le prisonnier, c'était vous.

Victor Hugo,
Les Misérables

Le cœur d'une mère est un abîme
au fond duquel se trouve toujours un pardon.

Honoré de Balzac,
La Femme de trente ans

Prologue

Vendredi 30 avril 2021

Élodie engage prudemment son monospace sur le boulevard, de manière que le conducteur du véhicule arrivant sur sa gauche ralentisse. Or, au lieu de lui céder la priorité, la BMW noire accélère et l'évite dans une brusque embardée. Élodie a juste le temps de piler pour empêcher la collision.

Elle ne s'étonne plus de ces comportements routiers, devenus quotidiens et banals. Mais la présence de sa fille de huit ans, sur le siège arrière, lui rappelle combien leurs auteurs sont inconscients de leur gravité.

Tout en s'infiltrant sur l'artère, Élodie exprime sa désapprobation d'un bref coup de klaxon. En guise de réponse, une main s'élève entre les deux fauteuils avant de la BMW, lui renvoyant un majeur agressif.

L'injure silencieuse n'a pas échappé à Maëlle, qui jette un œil rapide sur sa mère. Élodie serre les mâchoires. Ces violences gratuites, devenues courantes, elle a appris à les encaisser sans tomber dans le piège de la surenchère. Pour autant, se faire insulter sans réagir en présence de l'un de ses enfants pose le sujet de l'éducation, de l'enseignement du respect d'autrui et de soi. Et, bien que le calme soit l'une des qualités qui la caractérise, elle éprouve quelque chose d'humiliant à se laisser ainsi injurier sans réagir.

Le feu passe au rouge. La BMW n'a d'autre choix que de piler derrière le véhicule précédent. Élodie déboîte doucement sur la file de gauche, s'arrête à la suite d'une Mini Cooper, et se retrouve à hauteur du chauffard. Elle ne peut s'empêcher de regarder dans sa direction. Celui-ci la toise, avec une hostilité non déguisée. Élodie se contente de secouer lentement la tête, histoire de lui signifier ce que lui inspire ce type d'attitude. La réaction est immédiate. L'homme baisse sa vitre et éructe :

— Y a un problème ?

Les yeux d'Élodie se dérobent pour s'arrimer au pare-brise. Répondre ne ferait qu'envenimer la situation. Et le rapport de force ne tournera pas à son avantage.

— C'est bien ce que je pensais… Alors, boucle-la, pauv' conne !

Les doigts d'Élodie se crispent sur le volant. Maîtriser ses émotions ne signifie pas « ne rien ressentir ».

— Tu as entendu, maman ? Il t'a dit un gros mot… Tu vas rien dire ?

Élodie hausse les épaules. Comment garder la tête haute sans prendre le risque de voir cet abruti sortir de son véhicule pour en venir aux mains ? Riposter ne ferait qu'aggraver les choses. Elle ne peut s'empêcher de penser que si le comportement des uns et des autres au volant traduit l'évolution de leur attitude en société, il y a du mouron à se faire pour leur capacité à vivre ensemble. Mais elle ne peut pas changer le monde à elle seule, et même si cela est un peu rabaissant, elle choisit la solution dictée par sa raison : se taire.

Vissée sur son siège, Maëlle semble aussi apeurée qu'interloquée.

— À quoi cela servirait-il de lui répondre, à part à l'exciter davantage ? se justifie sa mère. On se fait en permanence agresser pour un oui ou pour un non. Il faut être plus intelligent que ces gens-là et ignorer leurs provocations…

La fillette garde le silence un instant, puis :

— Si papa avait été là, c'est sûr que lui, il aurait dit quelque chose…

— Fuir, ce n'est pas toujours manquer de courage. C'est parfois au contraire savoir faire preuve de discernement. Crois-moi, ma chérie, la violence, ça ne sert à rien.

Maëlle se détend et sourit.

— Tu dis ça tout le temps.

— Exactement. Ce type se comporte comme un sauvage. D'ailleurs, s'il se trouvait dans mon cabinet, je lui injecterais un petit calmant pour le décontracter, tente-t-elle d'ironiser tout en espérant que le feu passe rapidement au vert.

Les cieux semblent entendre sa prière muette : le signal lumineux change de couleur. Élodie appuie sur l'accélérateur sans le moindre regard vers son voisin, tandis que

Maëlle prononce quelques mots auxquels Élodie pensera sans cesse par la suite. Une phrase anodine qui deviendra la racine d'une obsession.

— De toute façon, toi, tu ne ferais pas de mal à une mouche !

Élodie sourit à son tour, la BMW s'éloignant dans son rétroviseur.

— Exactement, Bee ! Moi, les mouches, je les soigne ! Il n'y a que les abeilles que j'aime persécuter… la taquine-t-elle dans un clin d'œil.

En entendant son surnom, qui lui a été donné pour sa fascination pour les abeilles, Maëlle éclate d'un rire qui dévoile toutes ses dents, et plus encore le gigantesque trou laissé par la chute récente de sa canine droite. Attendrie, Élodie se retourne et plonge ses doigts dans la longue chevelure blonde de sa fille. Le dernier shampoing date du matin même, et un délicat parfum de camomille s'en échappe.

— Allez, maintenant, on rentre !

*

Samedi 1er mai 2021

Après s'être levée tôt, Élodie a épluché puis coupé en bâtonnets les carottes, oignons, blancs de poireaux et céleri, lavé et émincé les champignons. Elle-même n'a plus ses parents, mais chaque 1er mai marque l'occasion de recevoir ceux de son mari.

La maison est silencieuse, Stéphane et Zoé, la cadette, dorment encore. Maëlle, l'aînée, s'est attelée dès son réveil au montage d'un puzzle, commencé début avril.

Élodie aime l'ambiance particulière qui règne les jours fériés, et ses deux préférés restent Noël et le 1er mai. Noël pour la magie que ce jour de fête allume dans les yeux de ses filles, le 1er mai pour la joie qui y brille lorsqu'elles lui tendent fièrement leurs symboliques brins de muguet. Car cette coutume obéit à un véritable rituel, et elle peut déjà prédire ce qui se passera dès le lever des deux derniers occupants de cette maison : Stéphane se douchera, avalera à la hâte une tasse de café, inventera un prétexte improbable pour sortir, et reviendra avec les fameux brins parfumés que Maëlle et Zoé lui offriront.

Du fait du confinement, elle en a été privée l'année précédente. Cette fois-ci, elle y aura droit, mais le ciel couvert annonce une pluie imminente.

Élodie s'empare d'une cocotte, y ajoute les morceaux de veau.

Ce qu'elle apprécie également, les jours fériés, c'est qu'elle n'a à craindre aucun déplacement imprévu à son cabinet, car toutes les urgences sont renvoyées sur le centre vétérinaire voisin. Elle peut véritablement se consacrer à sa famille.

Elle aime pourtant profondément son métier, qu'elle n'a pas choisi à la légère. Passionnée depuis son plus jeune âge par les bêtes, aussi bien domestiques que sauvages, elle a écouté sa vocation. Et elle ne l'a jamais regretté. Entre les consultations, le soin des animaux hospitalisés, les sorties de chirurgie, les échanges avec des maîtres souvent inquiets, les urgences, et la gestion administrative du cabinet qu'elle partage avec deux autres associées, ses journées sont bien remplies. Mais elle continue à exercer ce métier avec la même fougue qu'à ses débuts.

Un bruit d'eau lui signale que Stéphane entre sous la douche. Un coup d'œil sur la minuterie du four lui indique 8 h 47. Elle se rince les mains, couvre la viande d'un bouillon de veau, met le tout sur le feu. Elle vient d'attraper le bouquet garni et le poivre quand elle réalise qu'elle a oublié d'acheter du sel, la veille.

— Oh non, c'est pas vrai ! s'exclame-t-elle.

Lorsque Stéphane dévale les escaliers quelques instants plus tard, il la trouve en train de vider l'un des placards de la cuisine.

— Tu t'attaques au ménage de printemps aujourd'hui ? la taquine-t-il.

— Je suis furieuse : il n'y a plus de sel ! Il en restait pourtant un fond : il est passé où ?

— Je l'ai terminé hier, avec les pâtes…

— Je ne peux pas préparer de blanquette sans sel, soupire Élodie. Ça va être immangeable !

— Pas de panique ! Va au Monoprix : il est encore tôt, il n'y aura pas grand monde…

— Au Monoprix, un 1er mai ? Tout sera fermé aujourd'hui !

— Je vais demander à ma mère d'en apporter…

— C'est ridicule, Stéphane. Non, je vais passer chez Walid. Il doit être ouvert, lui.

Walid tient une supérette dans le quartier sud de la ville. Elle va devoir prendre sa voiture, mais au moins elle est certaine de ne pas y trouver porte close.

— Il y a plein de travaux autour en ce moment, lui rappelle Stéphane. Tu ne pourras jamais te garer. Là, j'ai une bricole à acheter, mais je peux aller t'en chercher après, avec les filles.

Nouveau soupir d'Élodie.

— Si je veux laisser à ma blanquette le temps de mijoter, il faut que j'y aille tout de suite. Je vais emmener Maëlle et je l'attendrai en double file. J'en ai au plus pour une demi-heure… Par contre, prends Zoé avec toi.

Elle détache son tablier, le lance sur la table et s'engouffre dans l'escalier.

La porte de la chambre de Maëlle est entrebâillée, et elle trouve la fillette en pyjama, courbée au-dessus de son bureau, concentrée sur son puzzle.

— Bee, enfile ça ! ordonne-t-elle en attrapant dans l'armoire une robe jaune paille et une culotte. Je vais avoir besoin de toi : j'ai une course urgente à faire, et comme je ne suis pas sûre de pouvoir me garer devant l'épicerie, tu iras à ma place pendant que je t'attendrai.

— Mais maman ! J'ai plus que sept pièces à mettre pour terminer mon puzzle… La fin, c'est le meilleur moment ! Et puis je voudrais que tu sois à côté de moi parce qu'il y aura une petite surprizzzzze ! ajoute Maëlle avec un air malicieux, en insistant sur la dernière syllabe.

Élodie ne songe qu'aux travaux de voirie qui vont la retarder, au temps qui lui reste pour tout préparer avant l'arrivée de ses invités.

— On fera ça plus tard, ma chérie. Là, ça urge ! Habille-toi, ma puce…

Tout en parlant, elle entreprend de réunir les longs cheveux blonds de sa fille en une queue-de-cheval, autour de laquelle elle noue un ruban en velours d'une jolie couleur vermillon.

— Allez, file te brosser les dents. Tu prendras ta douche en revenant. Je t'attends dans la voiture !

*

Déboulant dans l'avenue de la supérette, Élodie se maudit à nouveau d'avoir oublié le sel : devant elles, la file de voitures semble interminable. Elles sont à environ quatre cents mètres de l'épicerie.

— Ce n'est pas possible, il doit y avoir un accident ! s'exclame-t-elle.

— Je descends là, maman ?

Élodie se tourne vers sa fille. Docile, timide, Maëlle s'est toujours montrée obéissante et serviable. Son regard clair reste suspendu à la réponse de sa mère. Élodie torsade rapidement la jolie queue-de-cheval autour de son index dans un geste affectueux.

— Non, ma puce. Je préfère te déposer devant et t'attendre en double file. Tu demanderas à Walid s'il a de la fleur de sel. Sinon, prends du sel classique… Je vais te donner l'argent.

Elle attrape son sac à main, fouille à l'intérieur, tend un billet de dix euros à la fillette.

— Walid te rendra la monnaie.

Maëlle acquiesce énergiquement, fière de s'acquitter de la mission qui lui est confiée.

Lorsqu'elles parviennent enfin à la hauteur de l'épicerie, ouverte, Élodie identifie la source du problème de trafic : les travaux de voirie se sont étendus, rendant les trottoirs impraticables. Par ailleurs, un périmètre de sécurité empêche toute possibilité de se garer en double file.

— Bon, ce n'est pas grave, Bee, vas-y. Je vais prendre la prochaine rue à droite et faire le tour. Si tu as terminé avant que je sois revenue, attends-moi sur ce banc. Il est 10 h 15, annonce-t-elle après avoir consulté l'horloge du tableau de bord. Je serai là dans cinq minutes.

— T'inquiète pas, maman. Je suis grande, maintenant… la rassure la fillette en descendant du véhicule.

Élodie lui retourne un clin d'œil affectueux. Maëlle referme la portière et la salue en agitant les doigts. C'est vrai qu'elle a grandi. Mais, à huit ans, elle n'est pas encore si grande que ça. Et, au fond d'elle, Élodie doit reconnaître qu'elle n'est pas pressée de voir cette sagesse s'effriter au profit des montagnes russes de l'adolescence…

C'est la deuxième fois que Maëlle entre seule dans un magasin pour y acheter quelque chose. La première, c'était deux semaines plus tôt, à la boulangerie. Élodie avance tout en la suivant du regard dans le rétroviseur. De nouveau à l'arrêt, elle peut observer la queue-de-cheval danser sur les frêles épaules avant de disparaître après avoir franchi le seuil du commerce.

Atteindre le premier croisement, à trois cents mètres, lui prend plus de sept minutes. L'épicerie n'est plus en vue. Élodie quitte l'artère et bifurque à droite. Le trafic y est fluide. Deux cent cinquante mètres plus loin, elle tourne à nouveau sur sa droite, et s'engouffre, comme le camion qui la précède, dans une voie à sens unique. Elle a à peine le temps de dépasser quelques pâtés de maisons que le véhicule de location stoppe en plein milieu de la rue. Trois hommes en descendent, l'un d'eux lève une main en guise d'excuse vers les conducteurs bloqués, et ouvre l'arrière du fourgon. Une masse de cartons y est entreposée.

— Oh non, c'est pas vrai !

Il est impossible pour le camion de se ranger sur l'un des trottoirs, les deux côtés étant déjà occupés par des voitures garées. Combien de minutes supplémentaires va-t-elle devoir attendre avant que toute cette cargaison ne soit débarquée ?

Quelques gouttes viennent s'écraser sur son pare-brise. Ne manquait plus que la pluie…

Tant mieux, ils iront plus vite…

Il est 10 h 29.

Elle a déposé Maëlle à 10 h 14 précises. Le temps de trouver le bon rayon, de chercher la fleur de sel, peut-être de demander de l'aide à Walid, puis de passer en caisse, la petite en a bien pour un quart d'heure. Il doit y avoir du monde, un 1er mai. D'autant que rien d'autre n'est ouvert alentour…

Il n'y a sûrement aucune raison de s'inquiéter, mais il lui tarde que la rue se dégage.

Devant elle, les trois hommes sont rejoints par deux femmes, et tous les cinq s'affairent à décharger la remorque au plus vite. Ils sont rapides et organisés : un premier, resté dans le véhicule, remet à l'un des deux autres types un premier carton, aussitôt transmis au troisième, qui dépose son colis à même le trottoir. Les deux femmes s'occupent d'entreposer le tout derrière le portail d'un pavillon. À cette allure, ce ne sera peut-être pas trop long.

Quelques coups de klaxon commencent à s'emballer dans son dos, mais elle n'a aucun moyen de faire demi-tour, et la queue qui s'est formée derrière elle ne permet plus aucune marche arrière.

La pluie martèle à présent le pare-brise avec vigueur. Cela fait désormais vingt et une minutes qu'elle a déposé Maëlle devant le magasin d'alimentation. Élodie se demande un instant si elle ne doit pas filer chercher sa fille en courant. Mais son GPS lui indique qu'elle se trouve à sept cent quatre-vingts mètres du commerce. Même en sprintant, elle en a au moins pour un quart d'heure aller-retour. Elle ne peut pas planter sa voiture tout ce temps en plein milieu de la chaussée…

Calme-toi ! Maëlle a dû s'abriter dans l'épicerie ! Dans dix minutes, tout sera réglé et tu pourras enfin te remettre à la préparation de cette fichue blanquette…

Afin d'apaiser l'inquiétude qu'elle sent monter en elle, Élodie allume la radio. Deux philosophes débattent à l'antenne sur le vaste thème de la liberté. Elle, elle voudrait juste qu'on lui rende celle de circuler.

Vingt-six minutes.

Elle appelle Stéphane, lui explique la situation.

— Tu me dis qu'il ne reste plus grand-chose à décharger. Le temps que je vienne et que je me retrouve à mon tour coincé, tu seras repassée devant l'épicerie depuis belle lurette. Maëlle ne va pas s'envoler, chérie…

Élodie se retient de lui rappeler que de terribles faits divers font régulièrement la une des journaux télévisés. Bien qu'elle-même se trouve ridicule rien qu'à imaginer qu'un enlèvement puisse se produire dans cette commune tranquille et privilégiée des Yvelines, qui plus est de sa propre fille, qui l'attend à quelques mètres d'ici, à vol d'oiseau.

À vol d'oiseau, oui…

Elle raccroche, nerveuse.

Est-ce l'impatience collective qui commence à avoir raison de sa sérénité légendaire ? Elle s'efforce de garder son sang-froid malgré les coups de klaxon de plus en plus excités, mais son cœur tambourine aussi vite dans sa poitrine que ses ongles sur le volant. C'est sans doute stupide d'imaginer des dangers improbables pour sa progéniture. Mais c'est un réflexe.

Lorsque l'homme resté dans le camion saute enfin à terre, Élodie ne peut retenir une exclamation de soulagement. Elle n'est pas la seule à se réjouir. L'utilitaire redémarre, le cortège des voitures derrière elle également. Élodie remonte à vive allure la rue désormais totalement dégagée. Parvenue à la première intersection, elle tourne sur sa droite, fonce jusqu'à l'avenue de la Princesse.

Il y a moins de monde que tout à l'heure, mais le trafic reste lent. Elle refuse de patienter deux minutes de plus dans la file. Elle gare son monospace sur un bateau, s'éjecte de l'habitacle. Il pleut toujours aussi fort. Alors qu'elle remonte son gilet sur sa tête pour se protéger de la pluie, un froncement de sourcils dessine l'inquiétude sur son visage. Elle aimerait chasser les images absurdes qui continuent de l'envahir, mais ses tentatives restent vaines. Et puis, envisager le pire, c'est un peu conjurer les démons en leur faisant croire que l'on se sent prêt à les affronter, non ? Autant garder ce rempart, car son cœur bat vraiment très vite tandis qu'elle s'élance en direction du magasin.

Bee, tu vas bien rire quand tu vas me voir débouler, totalement trempée !

Elle ralentit sa course quelques secondes en passant devant le banc sur lequel Maëlle n'est pas. Puis se précipite dans l'épicerie, embrasse l'espace d'un regard. La petite ne s'y trouve pas davantage. La foule qu'elle imaginait non plus. Walid est affairé à la caisse avec un seul client.

— Bonjour madame Legaillac ! Votre fille a oublié quelque chose ?

— En fait, c'est elle que je cherche !

Elle n'a répondu ni au bonjour ni au sourire de cet homme toujours serviable. Tant pis pour les usages et la politesse. C'est sans doute stupide, irrationnel, mais, là, son instinct la bombarde de messages alarmistes.

— Mais elle est partie il y a dix bonnes minutes au moins...

— Partie ? Elle n'est pas dehors et il tombe un vrai déluge... est l'unique chose qu'elle trouve à répondre.

— Peut-être est-elle directement revenue chez vous ?

Élodie reste tétanisée quelques secondes.

Toutes les options se percutent dans son cerveau : Maëlle a-t-elle tenté de rentrer seule ? Est-elle partie se mettre à l'abri de la pluie un peu plus loin ? Mais alors pourquoi n'est-elle pas plutôt restée se réfugier dans l'épicerie ?

Son inquiétude cède la place à une angoisse plus sourde, talonnée par la peur. Élodie a toujours appris à ses filles à ne jamais monter dans une voiture avec un inconnu. Il est donc impensable que Maëlle s'y soit risquée.

Et si elle l'avait quand même fait ?

Des mots surréalistes se fracassent dans son esprit : enlèvement, viol, séquestration, agression, assassinat...

Arrête d'imaginer le pire ! Tu l'as déposée ici il y a un peu plus d'une demi-heure. Elle ne peut pas être bien loin...

Certes, mais il n'est pas dans les habitudes de Maëlle de désobéir. Or, elle lui a bien dit de l'attendre sur le banc...

Il pleut ! Elle n'allait pas rester dehors !

Élodie ressort, sans avoir prononcé d'autre mot. Sa gorge est trop nouée. La main en visière, elle scrute jusqu'au bout de l'avenue, dans les deux sens. Aucune trace de la fillette.

Sur le trottoir, à quelques mètres du banc, une femme remonte la rue d'un pas pressé avec son chien. Élodie court jusqu'à elle, demande si elle a aperçu une « adorable petite fille blonde, vêtue d'une robe jaune, avec une longue queue-de-cheval ». Pourquoi a-t-elle dit « adorable » ? C'est ridicule. « Adorable », ce n'est pas factuel.

Si, c'est très factuel. Bee est absolument adorable. Et ça, ça fait d'elle une proie idéale parce que les tarés aiment les proies adorables. Elles sont plus fragiles.

Arrête ! Tu délires. Ressaisis-toi !

Élodie serait incapable de répéter ce que la femme vient de lui répondre, mais elle en retient l'essentiel : non, elle n'a pas vu de petite fille blonde.

Élodie rappelle Stéphane, qui lui confirme que Maëlle n'est pas à la maison. Il raccroche en annonçant qu'il part immédiatement faire le trajet à pied, pour aller à sa rencontre, au cas où. Elle remonte toute la rue en courant, puis la redescend. Elle a beau chercher partout : Maëlle s'est volatilisée.

Agitée par des tremblements incontrôlables, Élodie repart maintenant comme elle le peut vers l'épicerie, tout en fouillant l'avenue du regard, dans les deux sens. Lorsque ses yeux retombent sur le banc déserté, elle reste pétrifiée.

L'angoisse de son scénario imaginaire n'était rien, comparée à l'effroi qui la gagne à cet instant précis dans la réalité.

Pourtant, le pire est à venir.

1

Vendredi 12 avril 2024

Élodie ralentit à la vue du feu orange, et s'arrête devant le passage piéton. Une jeune femme traverse la rue en guidant une poussette de sa main gauche. La droite agrippe une petite fille qui ne doit pas avoir plus de quatre ans. Ses deux couettes lui donnent un air espiègle, mais sa mine est boudeuse. D'ailleurs, sa mère semble la tirer. Il apparaît évident que cette fillette n'avance pas de gaieté de cœur. Cette scène de vie ordinaire remue Élodie. Depuis ce terrible 1er mai 2021, elle ne vit que cela. Des descentes en piqué vers un enfer toujours plus noir, toujours plus asphyxiant. Comment pourrait-il en être autrement, lorsqu'après plus de quinze heures de recherches angoissées, on vous apprend que votre enfant a été retrouvée morte sur un banc ?

De menus détails la ramènent en permanence à cette vie qui était la sienne et qui ne sera jamais plus : un vêtement ou un jouet rose, la couleur préférée de Maëlle, la référence à une abeille, une odeur, un rire, un plat. Le moindre flacon de sel. Toute son existence n'est désormais plus faite que de cela. Certaines blessures ne laissent aucun répit.

Mais, depuis quelques jours, elle étouffe en plus sous un intolérable sentiment d'injustice. Et la douleur est insoutenable. Une semaine plus tôt, le jeudi 4 avril précisément, Belbist, l'assassin de sa fille, a été acquitté et libéré. Ce verdict l'a plongée dans un état de choc, de colère et d'incompréhension. C'est tout simplement abyssal.

Un premier coup de klaxon retentit : le feu est passé au vert, elle ne l'a pas vu. Élodie s'excuse d'un geste auprès du chauffeur de la voiture rouge, juste derrière elle, décroche son regard de la jupe enfantine et avance.

Arrivée au carrefour, elle s'engage sur le boulevard Carnot. Pas question de prendre l'avenue de la Princesse. Combien de milliers de fois a-t-elle refait ce chemin dans sa tête, de chez elle à l'épicerie ? À chacune d'elles, elle a rêvé de remonter dans le temps pour réinventer sa réalité, aller plus vite pour effectuer un tour complet. Mais, même dans ses songes, elle arrive à chaque coup trop tard.

Elle n'est plus jamais repassée par les rues empruntées ce jour-là. Elle ne peut pas. Cela l'oblige souvent à un long détour. Peu importe.

À quelques mètres d'elles, deux adolescents viennent de s'engager à vélo sur le pont étroit qui surplombe la voie de chemin de fer. Insouciants, ils en attaquent la montée côte à côte. Élodie ne s'en étonne pas. Les gamins se placent rarement en file indienne. Elle sait qu'elle devra patienter jusqu'à la redescente pour les doubler : la bande blanche au sol interdit tout dépassement, et elle n'a pas suffisamment de visibilité pour apercevoir un véhicule qui arriverait d'en face.

Le conducteur qui la suit ne l'entend pas de la même manière. Deux coups de klaxon fulminants la somment de doubler les deux jeunes. Elle les ignore. Elle reconnaît dans le rétroviseur central l'excité du feu rouge : un homme à qui elle donne entre vingt-cinq et trente ans. Difficile d'évaluer son âge, avec les lunettes noires qui lui recouvrent le haut du visage. Elle le voit s'agiter et parler tout seul dans son habitacle. Elle devine aisément les noms d'oiseau qui doivent fuser à son encontre. Un autre coup de klaxon, cette fois-ci très appuyé, l'agresse à nouveau. Le conducteur capte son regard dans le miroir, baisse sa vitre, en rapproche sa tête et se met à hurler : « Mais double, bordel ! »

Les deux jeunes cyclistes se sont retournés. Ils se rangent aussitôt le long du trottoir et mettent pied à terre. Dans son bolide rouge, l'excité aux lunettes, satisfait, s'imagine qu'Élodie va enfin dépasser l'obstacle. Mais elle n'en a pas envie. Elle estime qu'elle en a assez bavé pour ne pas obéir au doigt et à l'œil à un inconnu qui libère sa testostérone en la traitant comme une moins-que-rien. Derrière elle, les appels de phare se multiplient.

Au bout de quelques secondes, la Golf GTI déboîte pour la doubler dans un impressionnant rugissement de moteur. La prise de risque est énorme, pour lui peut-être, mais surtout pour quiconque arriverait d'en face. Le jeune chauffard s'en moque. Élodie étreint son volant avec force et entend : « Connasse ! » lorsqu'il arrive à sa hauteur, malgré les vitres remontées. Mais elle ne voit que le vélo qui vient de surgir de l'autre côté du pont. Le véhicule rouge la dépasse puis se rabat brusquement, avant d'accélérer dans un bruit de moteur vrombissant. La scène n'a duré que quelques secondes, mais Élodie a eu le temps de remarquer une double sortie d'échappement, ainsi qu'un aileron recouvert de flammes à la base de la lunette arrière. Même les jantes se déclinent en un modèle tape-à-l'œil avec leurs branches en métal doré. Abasourdie par la dangerosité de la manœuvre, elle éprouve le besoin fulgurant, *viscéral*, de dire à ce chauffard ce qu'elle pense de son comportement. Sans même y réfléchir, elle dépasse à son tour les deux jeunes restés interdits, appuie brusquement sur l'accélérateur pour rejoindre la voiture rouge. Elle la retrouve deux cents mètres plus loin, bloquée à un feu.

Tout ça pour ça...

À son tour à lui de la fixer depuis son rétroviseur central. Son regard est sans doute mauvais mais les lunettes préservent Élodie de son agressivité. Elle se tapote énergiquement la tempe avec l'index. L'homme retire aussitôt ses Ray-Ban fumées, ouvre sa portière, bondit vers elle et cogne au carreau :

— D'où tu me traites de taré ? C'est quoi, ton problème ?

Élodie s'exhorte au calme. Des piétons s'arrêtent. Les disputes entre automobilistes sont monnaie courante, mais certains savourent, tout en les redoutant, les scènes où ils ne tiennent que le rôle de figurants. Elle baisse légèrement sa vitre, juste assez pour qu'il l'entende sans qu'elle ait besoin de crier :

— Vous rendez-vous compte du danger que vous avez fait courir à ces gosses, en les doublant sur ce pont ? interroge-t-elle posément. Sans parler du fait que quelqu'un aurait pu arriver en face. C'est totalement irresponsable !

La fin de sa phrase s'écrase contre un mur de mépris, avant qu'un éclat de haine ne traverse le regard de l'homme.

— Tu t'prends pour ma mère ?

— Monsieur, je ne cherch…

Il plaque brutalement une main contre la vitre latérale, tandis que l'autre attrape le haut du carreau pour tenter de le faire descendre.

— De quoi « Monsieur » ? Tu cherches quoi ? Tu veux jouer l'embrouille ? Viens, sors de ta caisse, qu'on rigole !

Élodie se tasse au fond de son siège, et fixe le bout des phalanges qui font intrusion dans son espace. Par réflexe, elle appuie sur le commutateur pour remonter la paroi de verre. Son agresseur retire brusquement ses doigts en poussant une exclamation de douleur.

Tétanisée, Élodie baisse les yeux et déglutit péniblement.

De colère, le type balance un coup de genou dans son rétroviseur gauche et repart vers son véhicule, visiblement satisfait à la vue du miroir retourné.

— Alors si t'as rien à dire, ferme ta gueule, connasse !

Ses yeux brillent d'un triomphe facile, tandis qu'une voix claire fredonne dans l'oreille d'Élodie : *« Toi, tu ne ferais pas de mal à une mouche… »*

La voix enfantine résonne dans l'habitacle. Maëlle est à ses côtés. Élodie peut même encore sentir la fragrance florale et sucrée de la camomille qui émane de ses longs cheveux blonds rassemblés en une queue-de-cheval.

Vissée sur son siège, Élodie lutte pour s'arracher de l'image qui danse devant ses yeux et revenir à l'instant présent. Elle serre les poings si fort que les ongles mordent la chair de ses paumes.

« Toi, tu ne ferais pas de mal à une mouche… »

Fermer les yeux sur les incivilités. Continuer à dire « bonjour », « merci ». Se taire en cas d'agression verbale. Courber le dos pour ne pas tomber dans le jeu de la surenchère. Elle a fait ça toute sa vie. Elle a même enseigné cela à ses enfants. Pour quel résultat ? Sa fille aînée est à jamais enfouie sous terre, son assassin déambule depuis huit jours dans les rues en toute liberté. Où se trouve le juste dans cette histoire ? Sa tolérance a ses limites, sa capacité à se résigner aussi.

Une nouvelle émotion s'insinue dans sa peur : la colère.

La démarche de vainqueur de son agresseur, sûr d'avoir imposé sa loi dans le rapport de force, lui fait voir rouge.

Trop facile.

Elle est désormais bloquée quatre années en arrière. À cet instant où Maëlle a exprimé que sa mère était gentille. Trop gentille. Incapable de faire du mal à une mouche.

Et incapable de te défendre, ma puce…

Elle se souvient s'être sentie ce jour-là rabaissée, sous les yeux de sa propre fille. Mais elle se savait alors suffisamment équilibrée et respectable pour ne pas faire d'une insulte un enjeu d'honneur. Elle aimerait se sentir encore portée par ce sentiment de dignité. Mais comment rester digne lorsque la vie vous a mise à genoux ?

« Tu ne ferais pas de mal à une mouche... »

Le monde n'était déjà pas simple, avant. Et il n'a pas évolué en mieux, depuis le départ de Maëlle – elle ne peut toujours pas se résoudre à parler de « mort » lorsqu'elle songe à sa fille. Elle préfère de loin l'euphémisme à la réalité. Car si le monde n'allait pas mieux, le sien s'était littéralement écroulé quatre ans plus tôt.

Tu n'as même pas été capable de protéger ta propre fille...

Cette autoaccusation la heurte plus violemment encore que les ongles intrusifs.

Elle n'a pas été capable de préserver la chair de sa chair de la sauvagerie d'un monstre. Comment l'aurait-elle pu, elle qui n'est même pas fichue de se défendre elle-même ?

« ... pas de mal à une mouche... »

Les mots de Maëlle tournent en boucle, de plus en plus vite, de plus en plus fort, envahissant tout. Elle sent sa raison chanceler. Sa colère est devenue fureur. Ses yeux se figent sur le rétroviseur retourné.

« ... une mouche... »

Elle aimerait pouvoir maîtriser le flot d'émotions qui la submerge, mais son cerveau roule désormais en roue libre. Il lui délivre une multitude de souvenirs, tous plus douloureux les uns que les autres. Et les images s'enchaînent en accéléré dans sa tête : Maëlle qui sort de la voiture, agite sa main en guise d'au revoir, sans pouvoir imaginer qu'il s'agit du dernier. La jolie queue-de-cheval qui s'engouffre dans l'épicerie. Et ces mots, qui lui broient définitivement le cœur : « Ne t'inquiète pas, maman. Je suis grande, maintenant... »

Les doigts de nouveau crispés sur le volant, Élodie retient sa respiration.

« Tu ne ferais pas de mal à une mouche... »

Sans doute. Et tu n'as même pas été capable de protéger ta propre fille non plus.

Une brusque douleur irradie sa poitrine. Le fou furieux s'est rassis dans son véhicule, objet symbolique de sa puissance.

Facile.

Quelque chose explose dans la tête d'Élodie. Tel un automate, elle détache sa ceinture de sécurité, déverrouille la portière et sort. Son calme apparent est en parfaite opposition avec le tsunami qui se forme au plus profond d'elle. Elle se dirige vers le coffre de sa voiture, l'ouvre, en sort le pied-de-biche en acier qu'elle utilise parfois à son cabinet pour soulever les lourdes cages, lorsqu'il faut laver le sol.

L'outil en main, elle avance d'un pas déterminé vers la Golf.

Son conducteur ne la voit pas. Pour lui, l'histoire est réglée et il savoure sa victoire en allumant une cigarette.

« Tu as entendu, maman ? Il t'a dit un gros mot... Tu vas rien dire ? »

Lorsque Élodie balance une première fois de toutes ses forces le pied-de-biche sur le toit rouge, le métal s'enfonce de plusieurs centimètres dans une cacophonie de tôle froissée. Elle a juste le temps d'apercevoir une expression incrédule se dessiner dans le regard de son conducteur avant de s'attaquer au pare-brise arrière, qui se fracture au premier assaut, puis explose en milliers d'éclats de verre au second. Son champ visuel capte bien une silhouette vêtue d'un tee-shirt bleu jaillissant du véhicule. Mais elle est bien trop occupée à massacrer le pare-chocs pour y prêter la moindre attention.

Après quelques secondes d'effarement total, l'homme s'apprête à fondre sur Élodie dans un rugissement bestial quand il réalise avoir négligé un détail : l'outil qu'elle tient fermement en main. Mais ce qui le dissuade définitivement de se jeter sur elle, c'est l'énergie brutale, presque animale, dans le regard de cette femme lorsqu'elle pivote pour se trouver face à lui, à deux mètres, son arme de fortune prête à s'abattre. Il ne peut s'agir que d'une lueur de démence. Cloué debout, son sixième sens le met en garde : il n'a pas affaire à un adversaire ordinaire, lui-même n'est pas armé, et éviter le combat reste l'option la plus prudente s'il ne veut pas terminer avec la tête fendue. Il négociera plus tard avec son orgueil blessé. Et ne manquera pas de traîner cette cinglée devant les tribunaux.

En signe de reddition, il écarte les mains et lève lentement les bras. Les deux yeux étrécis ne le lâchent pas. Élodie ne voit donc rien de l'attroupement autour d'eux, qui lui crie d'arrêter. Elle ne distingue pas davantage les smartphones qui filment la scène, ni les voitures figées au feu vert.

Dorénavant, elle est aux abonnés absents.

« Pas de mal à une mouche... »

Non, elle n'aurait jamais cru possible de faire le moindre mal à quiconque, quitte à se laisser insulter en baissant les yeux, ce qu'elle a souvent fait. Non, elle n'a pas su protéger la chair de sa chair des horreurs auxquelles elle n'imaginait pas pouvoir être un jour confrontée.

Mais là, maintenant, elle décide que plus jamais personne ne leur fera de mal, à elle ou à la seule enfant qui lui reste.

Son cœur tape tel un fou dans sa poitrine, sa peine stagne comme un caillou brûlant dans sa gorge. Elle ricane en découvrant l'inscription sur le tee-shirt du pleutre qui bat en retraite : « Born to be wild ». Lui, manque tomber sur les fesses en se heurtant à reculons au trottoir.

« Pas de mal à une mouche... »

Le champ à nouveau libre, elle reprend le martèlement de la carrosserie de la Golf. La vue du métal tordu sur le toit n'arrête pas Élodie qui s'attaque aux vitres arrière. Lorsqu'elle se tourne et que la barre d'acier s'abat sur la portière avant, elle jubile. Plus rien n'a d'importance. Elle ne souhaite plus qu'une chose : détruire tout ce qui l'entoure.

Alors, le souffle court, elle frappe, frappe et frappe encore.

2

Mardi 2 juillet 2024 – 23 h 34

Je n'ai jamais ressenti l'envie d'écrire. Je crois même n'avoir jamais aimé cela.

J'en éprouve pourtant en cet instant précis l'irrépressible besoin. Peut-être pour me donner l'illusion d'être un peu moins coupée du monde que je ne le suis, sans doute pour me laisser imaginer que ce stylo me permet de communiquer avec toi, ma fille. Car à qui d'autre me confier, ce soir ? Qui me comprendrait assez pour ne pas porter de jugement sur ce que je m'apprête à faire ?

Les gens se prononcent vite, et sans savoir. Y compris ceux qui nous aiment. Il m'aura fallu du temps pour le réaliser. Nous grandissons avec la conviction que nos proches compteront comme autant de ressources en cas de coup dur. En réalité, les vraies fractures de la vie servent de révélateurs à la solidité de ces liens que nous pensions profonds. Je l'aurai appris à mes dépens.

Finalement, rien de tel que la solitude pour cheminer jusqu'à soi-même.

Et rien de tel que retrouver les lieux de mon enfance pour me connecter à toi, Maëlle.

Je n'ai aucune idée des heures et des jours qui m'attendent. Peu importe. Pour une fois que je réussis à m'éloigner du passé pour m'ancrer au présent, je ne vais pas m'évertuer à me projeter dans le futur. Car c'est bien le problème avec les gens comme moi. Ceux dont la vie a subitement basculé. Nous essayons d'avancer, nous pensons y parvenir, mais notre valise bourrée de chagrin, de regrets et de culpabilité pèse bien trop lourd pour autoriser le moindre voyage, que ce soit dans l'espace ou dans le temps. Nous sommes condamnés au sur-place, accrochés au passé, tour à tour planche de salut et enfer éternel.

Voilà sans doute notre châtiment.

Une nuit noir de poix s'est abattue sur la maison. La lanterne promène ses lueurs sur le plafond tapissé à de nombreux endroits de toiles d'araignée. Elles oscillent au point de déformer les objets qui m'entourent. Il n'y a pourtant pas une once de vent.

Je dois me pincer pour croire que je suis bien en train de vivre cette scène surréaliste. La chaleur est écrasante, j'entends le souffle lourd de la forêt qui m'encercle, qui respire. Je devrais plutôt écrire « qui suffoque ».

Nous sommes le mardi 2 juillet 2024. Il est minuit moins le quart, et le Monstre *est à quelques mètres de moi.*

En dehors des bêtes qui doivent grouiller, ramper, voler, sauter, trotter ou galoper autour de la maison, dans cette forêt dense qui s'anime de ses activités nocturnes, je suis seule avec lui. *La première présence humaine à la ronde doit se trouver à une dizaine de kilomètres d'ici, à vol d'oiseau.*

Nous sommes au cœur de la forêt solognote, là où ont vécu tes grands-parents et où j'ai passé toute mon enfance. Tu n'y es venue que deux ou trois fois, quand tu étais bébé. Y revenir reste pour moi une épreuve. J'ai pourtant le souvenir d'y avoir été heureuse, mais la simple évocation de cet endroit me ramène à mes peurs d'enfance, puis à la culpabilité de ne pas avoir été présente le jour où ma mère aurait aimé que je le sois. Je t'écris donc d'une petite maison de gardien implantée sur un grand domaine de chasse de plus de sept cents hectares. Sept kilomètres carrés de territoire forestier privé, que nul randonneur ou passionné de la nature ne peut venir fouler sans escalader l'immense enceinte qui le clôture.

Les quelques sentiers pédestres et publics sont bien loin. Et l'entrée principale de la propriété se situe au bout d'une succession de chemins si interminable qu'il est impossible de s'y retrouver pour qui ne connaît pas précisément l'endroit. Le domaine, entièrement clos, est composé d'une partie bois en bordure de canal, de plaines et prairies, de cultures à gibier, de futaies et de nombreux étangs.

La bâtisse principale est immense. On y compte huit chambres et deux grandes pièces de réception. Une écurie, une salle de chasse aménagée et équipée, ainsi que trois petites dépendances la complètent. Certains amis ou invités occupaient ces dernières lorsque venait le temps de chasser le gibier. Aujourd'hui, l'une d'elles est habitée par un nouveau gardien qui s'apparente davantage à un homme à tout faire. Il suit les propriétaires dans leurs déplacements : au Cap d'Antibes l'été, à Paris les autres saisons durant la semaine, ici les week-ends en période de chasse.

Et puis, enfin, éloignée de cet ensemble de bâtiments traditionnels solognots, et sans doute pour ne pas être vue des invités, il y a cette maison, enfouie dans la forêt. J'y ai vécu auprès de mes parents jusqu'à l'âge de dix-huit ans. Je l'ai quittée pour me lancer dans mes études à l'École nationale vétérinaire d'Alfort, grâce à l'obtention d'une bourse. Je suis ainsi passée d'une vie en pleine nature à un quotidien constitué de béton et des bruits de la ville. Et j'étais heureuse de ce changement. Heureuse de m'échapper de cette solitude devenue pesante, heureuse de permettre à mes rêves de prendre forme, heureuse de tourner le dos à une existence poussiéreuse et ordinaire pour une autre bien plus moderne et trépidante.

Ton grand-père a été le gardien de cette propriété durant plus de quarante ans. Tu n'as connu qu'un papi au regard triste, comme j'aurais aimé que tu puisses voir l'homme grand et robuste qu'il était plus jeune ! Chargé de l'entretien du jardin et du domaine de chasse pendant plusieurs décennies, il aura fallu bien des années pour qu'il n'en assure ensuite que le gardiennage. Papa s'activait tour à tour et selon les saisons à la tonte ou à la taille, au désherbage et au ratissage du potager, ou au tronçonnage, débroussaillage, ramassage du bois du reste de la propriété. Autant dire qu'il ne chômait jamais. Mais son travail le passionnait. Cet endroit, c'était son Eldorado. Et le quitter, même pour quelques heures, impliquait pour lui un gros effort. Tout juste consentait-il à accompagner ma mère en ville une fois tous les quinze jours. Ils en revenaient le coffre de la voiture chargé de ravitaillement en nourriture et boissons, qu'ils stockaient dans la cave. Et mon père repartait aussitôt rejoindre ses bois.

Quant à ta grand-mère, elle accueillait les hôtes durant les périodes de chasse, cuisinait à la demande lors de la présence des propriétaires, quelques week-ends et semaines par an. Dès que l'automne pointait le bout de son nez, maman s'activait donc derrière les fourneaux, pour se poser enfin au retour du printemps. Avec le recul, je crois que cette vie d'ermite n'a pas été pour lui déplaire. Elle a sans doute parfois déploré de ne pouvoir rejoindre un lieu plus animé qui lui aurait permis de rencontrer davantage de monde, de sortir un peu le soir, de faire un peu de lèche-vitrines. Mais son amour pour ton grand-père étant bien supérieur à son attirance pour les boutiques, elle s'est vite rangée à l'idée de rester ici.

Je suis arrivée bien tard dans leur existence. Papa avait quarante-quatre ans, maman quarante.

J'ai donc été immergée dès mon plus jeune âge dans cet environnement sauvage. Plus disponible, dès que je revenais de l'école, ta grand-mère passait des heures à m'enseigner les différentes espèces d'arbres, à écouter et reconnaître les bruits de la forêt, à observer les animaux qui y vivaient. Plus grande, j'ai aidé papa à abattre les arbres avec précaution, à couper du bois, à entretenir cette maison qu'ils surnommaient tous les deux « la cabane ».

Je crois avoir grandi dans le respect de leur mode de vie, et j'ai sans doute développé un lien profond et intime avec cette forêt dont je connais chaque sentier. Je peux affirmer qu'une connexion quotidienne à la nature, mes interactions constantes avec une riche variété d'animaux sauvages, les soins apportés à ceux qui étaient blessés, et parfois même leur sauvetage sont à l'origine de ma vocation de vétérinaire.

Mais l'adolescence a recouvert la sagesse de l'enfance, et entendre en permanence des amis de classe me raconter leurs soirées au cinéma, dans des cafés, m'a progressivement éloignée de cette nature qui me rendait tellement singulière aux yeux des autres. Je n'ai plus alors aspiré qu'à vivre à mon tour des aventures plus excitantes, rencontrer des gens d'horizons différents, explorer des lieux auxquels je n'avais pas accès. Prisonnière d'un monde que je n'avais pas choisi, je me suis rebellée contre cette vie d'ermite.

En fermant pour la dernière fois la porte de cette maison, une valise pleine d'espoirs à la main, je ne voyais que le pan de bois usé par le temps. J'étais portée par un sentiment d'allégresse : celui de me libérer de chaînes devenues trop lourdes.

Lorsque ma mère est décédée, deux ans plus tard, foudroyée par une crise cardiaque, l'énergie de mon père a décliné. Son enthousiasme légendaire s'est brutalement éteint. L'absence de maman a sans doute eu raison du reste de sa vivacité et de sa ferveur. Malheureux, las, il ne trouvait plus dans ces arbres tant aimés la force de débroussailler, couper, élaguer... Je me demande parfois si maman n'était pas finalement la sève de sa vie, tout comme elle aura longtemps été la mienne, et ces forêts l'écrin dans lequel il la préservait. C'est curieux, cette perte commune aurait dû nous rapprocher. Elle n'a pourtant fait que nous éloigner l'un de l'autre.

Des années plus tard, trois mois avant son supposé départ en retraite, et pour le récompenser de ses bons et loyaux services, les propriétaires du domaine ont offert à papa de rester dans cette maison tant qu'il le souhaiterait, sans rien en attendre en retour. Cette sorte de cabane géante enfouie dans la forêt ne serait pas reprise par le nouveau gardien qu'ils venaient d'engager. Celui-ci logerait dorénavant dans une des petites dépendances attenantes à la bâtisse principale. Papa a aussitôt proposé de continuer d'entretenir une partie de la propriété. Il était si soulagé et reconnaissant de ne pas avoir à quitter cet endroit dans lequel il avait passé plus de la moitié de sa vie.

Alors, il a recommencé à « prendre soin de sa forêt », comme il aimait le répéter à l'envi, comme si de rien n'était, comme si le temps n'avait pas de prise sur sa vigueur et sa santé. Mais l'emprise du temps n'épargne personne. Devenu trop âgé, il a déménagé à Andrésy, une commune des Yvelines, il y a trois ans. Il occupe un petit appartement dans une résidence adaptée aux seniors. Et depuis, il n'est revenu ici que quelques jours, à chaque début de printemps, à sa demande. C'est moi qui l'y déposais. Je n'aimais pas ces moments-là. La zone n'étant pas bien couverte, son portable ne passait pas toujours correctement, et je craignais constamment qu'il lui arrive quelque chose. Le simple fait qu'il ne réponde pas systématiquement à mes appels me tendait. Et puis, je dois l'avouer, je détestais l'accompagner car ces lieux réveillaient les souvenirs d'une enfance faite de solitude et de nuits agitées, mon sentiment d'infériorité sociale, la douloureuse impression de mener une vie au rabais. Hansel et Gretel, le Petit Chaperon rouge, le Petit Poucet avaient bien avant moi fait les frais de ces forêts maléfiques. Et mes angoisses s'enracinaient dans ce très vieil héritage spirituel et littéraire. Il m'a fallu attendre des années pour me familiariser avec cet environnement sauvage et apprendre à aimer les bêtes au point de consacrer ma vie à les soigner.

Totalement accaparée par mes idées noires, je n'ai pas vu le temps filer.

Pas plus que je n'ai vu passer celui à tes côtés. Il a été trop court.

Bref. Revenons à nos moutons, si je puis dire.

Il est précisément 2 h 09.

France Météo annonce des températures très élevées pour la semaine, avec un pic pour après-demain. Je n'imagine pas ce que cela va donner. Il fait déjà trente-six degrés en pleine journée, et le mercure dépasse les vingt-cinq degrés durant la nuit.

La chaleur est étouffante. Je pourrais peut-être ouvrir une ou deux fenêtres pour tenter de faire rentrer un peu d'air. Mais la forêt qui m'entoure va m'imposer une nuée de bestioles en tous genres. Non merci.

Dans cette maison, je me sens vraiment seule au monde. L'obscurité de la nuit se confond avec les ténèbres et cela produit un effet saisissant et lugubre. Les forces du Mal semblent avoir pris possession des lieux.

Le bourdonnement de certains insectes mêlé à la stridulation d'autres bestioles crée une trame de fond incessante. Le hululement d'une chouette résonne autour de moi et ajoute une atmosphère mystique. Je crois même reconnaître le cri perçant d'un renard. Ce concert nocturne a quelque chose d'à la fois merveilleux et terrifiant. Il souligne que je suis désormais coupée du monde des hommes. Je me suis invitée dans l'univers des animaux sauvages. Le plus angoissant, ce sont les craquements des branches et les bruits furtifs qui m'indiquent la présence de bêtes en mouvement à quelques pas de la petite maison dans laquelle je me trouve.

Que me dirait ma mère, en me voyant ainsi, à quelques mètres de ce poêle à bois qui a illuminé tant de nos rires et de nos conversations complices, et au pied duquel elle s'est un jour écroulée ? Peut-être qu'elle ne me reconnaîtrait pas. Ou retrouverait-elle en moi cette insouciance, cet optimisme constant, ce sourire permanent qui me valaient le surnom de « Petit Soleil » ? Force est de consta…

Mince ! J'étais si concentrée sur mon récit que le bruit m'a fait sursauter. Tant pis pour la coulure d'encre. Tu dois en sourire, de là où tu es. Tu te souviens du nombre incalculable de fois où je te répétais de ne faire aucune rature sur tes cahiers ? Tu vois, je fais pire…

Finalement, fausse alerte. J'ai cru que la Bête *s'était déjà réveillée et qu'elle grattait le mur, s'imaginant peut-être pouvoir s'en échapper en le creusant de ses griffes. Mais aucun son ne me parvient de la cave. Sans doute s'agit-il d'un animal venu renifler l'intruse qui a repris possession de cette vieille baraque. Je n'ai pas peur de ces créatures qui doivent l'encercler, attirées par la faible lumière qui lèche la fenêtre du salon, ou par l'odeur humaine que j'ai laissée dans mon sillage. L'arsenal dont je dispose me protège des dangers de la faune : mon fusil hypodermique et ses nombreuses seringues me permettraient d'endormir sur-le-champ et à distance le plus féroce des mammifères. J'ai même emporté une vieille matraque électrique et un taser longue portée.*

Être vétérinaire présente quelques avantages.

Je n'aurai pas eu assez de temps pour te raconter cela, mais je me suis beaucoup cherchée avant de me décider à devenir généraliste en cabinet. J'ai découvert toutes sortes d'animaux au travers de différents stages. Des classiques avec les chats, chiens, et NAC, aux plus étonnants, importés puis vendus en toute illégalité sur notre sol : marsupiaux, autruches, loups, singes, alligators… On imagine mal combien la folie et l'égoïsme des gens peuvent conduire à des absurdités.

Et puis, mais ça, tu le sais, le hasard m'a offert l'occasion d'effectuer un long stage dans un zoo. Tu ouvrais des yeux émerveillés dès que je te parlais de ces animaux sauvages. Et tu avais bien raison : cette expérience reste l'une des plus marquantes de mon existence de véto. Je n'avais à l'époque pas encore conscience de la privation de liberté que cela représentait pour chacune de ces bêtes…

Approcher, toucher un animal sauvage, chercher à établir un contact avec lui a quelque chose de fort et magique. Le quotidien auprès de ces bêtes, qui ne compteront jamais aucun maître, n'est pas sans risque ni sans émotion. J'ai contribué à soigner des tigres, des lions, des gorilles et des ours. À leur côté, j'ai vécu les moments les plus intenses de ma carrière, avec un mélange de fascination et de sensation de danger permanent.

Pourtant, vois-tu, de tous les prédateurs qu'il m'a été donné d'approcher, celui qui se trouve au sous-sol, à quelques mètres de moi, est de loin le pire. Nul croc capable de déchiqueter sa proie, nulle griffe susceptible de la lacérer non plus. Sa meilleure arme reste son apparence inoffensive. Et je peux comprendre que tu ne t'en sois pas davantage méfiée. Car, contrairement au tigre ou à l'ours, rien n'annonce sa dangerosité ou sa cruauté.

Mais moi, il ne me trompe pas, Maëlle. Le Monstre *va vite le comprendre. Qu'il n'imagine pas un instant pouvoir me rendre indulgente. Ce serait peine perdue. Ma démarche de vérité ne tolérera aucun écart, aucune imploration. Chacune de mes questions devra trouver réponse pour comprendre ce qu'il s'est réellement passé ce jour-là. J'ai toujours senti au plus profond de ma chair que cet homme mentait. Enfin, je vais savoir ce que tu as vécu et subi. Cela me terrifie et m'apaise à la fois. Il sera alors temps de décider de ce qui devra advenir de cet animal-là.*

Tu vois, je n'ai pas été capable de te protéger, mais je m'inscris aujourd'hui dans un devoir de justice et de justesse. Je mettrai ma rage et ma haine de côté, écouterai, prononcerai la condamnation et infligerai le châtiment. C'est cela, pour moi, une justice « juste ». Ce sera peut-être œil pour œil, dent pour dent. Puisque la loi française n'a rien fait pour toi, je suis prête à faire mienne la loi du talion.

« On reconnaît le bonheur au bruit qu'il fait quand il s'en va. » Si tu savais, Maëlle, combien de fois j'ai songé à cette phrase attribuée à Jacques Prévert depuis que l'on t'a arrachée à moi…

J'ai eu le temps de mesurer la portée de chacun de ces mots. Car j'ai été heureuse. Mais je l'ignorais, avant ce jour maudit.

Ce 1er mai 2021.

Ce jour où j'ai manqué de sel.

Ce jour où l'on t'a retrouvée morte sur un banc.

3

Mercredi 3 juillet 2024

La cuisine semble figée dans le temps. Les volets sont restés fermés, et la lumière du matin peine à filtrer au travers des vieilles lattes. Elle suffit à trahir les couches de poussière qui se sont accumulées au fil des mois sur les étagères du vieux bahut en chêne. De nombreuses toiles d'araignée témoignent également de l'absence prolongée de tout visiteur. Même la table en bois massif, autrefois imposante, a connu des jours meilleurs : désormais marquée par les stigmates du temps, de multiples éraflures et taches parsèment son plateau.

Des vêtements sont éparpillés au sol et sur les meubles. Un sac de couchage, emporté « au cas où », est négligemment jeté dans l'un des angles de la pièce. Des cordes, filets, fusil hypodermique, réchaud portable, couteau multifonctions, piles de rechange, bougies et allumettes, une lampe de poche et une autre frontale occupent toute la surface de la table.

Sur une première chaise, la mallette de travail d'Élodie, entrouverte, révèle des pansements, un flacon d'antiseptique, des seringues et des aiguilles de différents diamètres et longueurs. Sur une seconde, un générateur électrique.

Elle a pensé à tout.

Elle jette un coup d'œil furtif sur la photo qu'elle a tenu à emporter de chez elle : Maëlle posant fièrement devant l'objectif, ses deux mains formant un cœur en premier plan. Ce cliché lui servira de boussole, si par mégarde elle venait à perdre le nord.

Saisie d'une terrible fringale, Élodie attrape un paquet de gâteaux laissé dans un des sacs qui jonchent le sol, en déchire l'emballage. Elle engouffre sans plaisir un biscuit dans sa bouche. Le but n'est pas de savourer ce qu'elle mange, mais de fournir à son corps l'énergie dont elle va avoir besoin.

On y est...

Un frisson lui parcourt l'échine. Elle le qualifierait de soulagement. Depuis combien d'années attend-elle ce moment ?

Elle n'a pas encore pris le temps de ranger le désordre qui règne autour d'elle. Maintenant, elle va pouvoir le faire. Plus tôt, elle a dégagé au mieux quelques étagères de l'épaisse couche de poussière qui les recouvrait et y a entreposé de quoi se nourrir durant une quinzaine de jours : des chips, des aliments non périssables tels que des barres énergétiques, des biscottes, des fruits secs, des conserves.

Elle a même pris quelques yaourts, du jambon et du poulet sous vide, du blanc de dinde et des œufs. Avant de partir de chez elle, elle a glissé ces produits frais dans une glacière, au cas où le vieux frigo aurait rendu l'âme. Mais il fonctionne.

Les dix packs d'eau minérale laissés devant la porte d'entrée sont là pour pallier une éventuelle défaillance du système de distribution d'eau. Les robinets envahis par la rouille et le tartre disent sans doute quelque chose du niveau d'oxydation des tuyaux…

Au milieu de ce chaos émergent des intrus : six petites bouteilles de Desperados pour se remonter le moral lorsque ce sera nécessaire, un paquet de Chupa Chups à la fraise, une bouteille de blanc de blancs de chez Ruinart. Elle l'a ajoutée comme elle l'aurait fait pour cocher la case d'une liste d'objets de première importance à emporter. Ce champagne célébrera le moment où sa sentence sera rendue. Il n'y a pourtant rien de festif dans le fait de juger un homme, mais il s'y trouve ici un symbole fort : faire entendre la voix de Maëlle.

Élodie ferme les yeux. Elle est allée plus loin dans la symbolique malsaine : l'un des sacs de sport, posé contre le réfrigérateur, contient la robe qu'elle portait ce 1er mai 2021, et dans laquelle Maëlle l'a vue pour la dernière fois. Qu'y a-t-il d'immoral à vouloir se reconnecter au dernier moment où elle était encore la maman de deux petites filles ? Le souvenir de ce jupon fleuri virevoltant autour de ses jambes la ramène à une insouciance qu'elle ne connaîtra jamais plus. Lorsqu'elle le caresse aujourd'hui, elle mesure le temps qui s'est écoulé depuis. Et elle a l'intention de porter ce vêtement au moment où elle rendra son verdict. Les magistrats enfilent bien leur tenue d'apparat, pour toutes les audiences solennelles. Alors, pourquoi pas elle ?

Dans ce même sac, soigneusement camouflé dans le tissu de la robe, elle a glissé un revolver chargé.

Pour l'heure, elle pose un regard nostalgique sur les vieux objets qui l'entourent, témoins silencieux d'un passé oublié. Si elle avait un jour imaginé que la vie lui jouerait un si vilain tour, et qu'elle reviendrait ici pour accomplir ce qu'elle s'apprête à faire, elle ne l'aurait sans doute jamais cru. Tout comme elle n'aurait pas davantage cru pouvoir autant haïr un homme.

*

Lorsque Frédéric ouvre les yeux, tout lui semble étrangement flou. Couché sur le côté, le visage à même le sol, il ne distingue que de vagues formes dans son champ de vision.

Il cherche à s'appuyer sur un avant-bras. Impossible de bouger. Ses membres sont engourdis. Il découvre qu'il gît à terre.

Après un long moment d'égarement, Frédéric cligne des paupières, tente vainement de dissiper cette vision troublée. Ses yeux ne sont pas les seuls à être recouverts d'un voile. Son cerveau paraît lui aussi plongé dans du coton. Sa tête est lourde comme du plomb, chacune de ses pensées semble ralentie, et l'ensemble de son corps refuse de répondre à ses commandes.

L'unique chose qu'il parvient à distinguer est la lanterne posée en hauteur, à bonne distance. Cette lumière pourrait être rassurante. Il n'en est rien. L'ampoule projette des ombres inquiétantes sur un mur crasseux, accentue l'aspect sinistre et délabré de l'endroit où il se trouve.

Il éprouve un sentiment de déjà-vu. Ce n'est pas la première fois qu'il doit émerger de son sommeil, et reprendre conscience par à-coups…

Une vive douleur se propage entre sa nuque et son épaule, vite rattrapée par une autre, qui irradie jusqu'à ses tympans. Il réalise qu'un bout de tissu obstrue sa bouche à lui en décrocher la mandibule.

De vagues souvenirs lui reviennent. En combien d'occasions s'est-il ainsi réveillé en pointillé, avant de retomber comme une masse ?

Il penche la tête, hisse une main tremblante pour venir ôter son bâillon. L'insupportable sensation de pression disparaît de ses joues, mais la douleur ne quitte pas les muscles de sa mâchoire. Une forte odeur rance et humide lui soulève le cœur.

Au prix d'un immense effort, il parvient à redresser le buste, et un sinistre bruit de chaîne résonne lorsqu'il plie les jambes pour poser les pieds sur le sol. L'angle créé entre ses cuisses et ses tibias lui offre un équilibre providentiel. C'était moins une : son corps vacille et il manque retomber sur le côté. Il enroule ses bras autour de ses genoux, pour mieux se stabiliser encore. Il découvre qu'un cordage très épais lui enserre le poignet droit. Cette longue corde est reliée à un anneau, scellé dans la paroi murale.

Hébété, Frédéric balaie du regard la pièce insalubre, cherche un point de repère, un indice qui lui permettrait de comprendre où il se trouve.

Face à lui, à environ cinq mètres, un vieil escalier de meunier en bois, plutôt assimilable à une échelle, longe le mur. Rudimentaire, étroit et raide, sans rampe ni garde-corps, il promet une ascension audacieuse : ses marches irrégulières, souvent penchées et peu profondes au point de ressembler à des barreaux, le rendent même dangereux.

À vue de nez, la pièce doit mesurer entre sept et huit mètres de long, ce qui représente une surface approximative de quarante mètres carrés. Un immense espace pour un taudis où se dressent de nombreuses étagères chargées de bric-à-brac poussiéreux : des livres, cartons, bibelots et objets de toutes formes s'y entassent, recouverts de couches de crasse et d'oubli. Respirer de telles vieilleries ne doit guère être sain. Mais pour le moment, c'est bien le cadet de ses soucis.

Il lève les yeux.

Les murs semblent tapissés de suie, ce qui ajoute au caractère oppressant de la pièce. Une amphore posée sur une marche prend une apparence fantomatique.

Le cœur battant à grands coups, il effleure le sol de sa main restée libre. De la terre. Il ne peut qu'être dans une cave. Il essuie sa paume moite contre son jean, y imprime une épaisse traînée noire.

Sur sa droite, à deux mètres cinquante, un second anneau de métal, que la rouille ronge, semble solidement scellé dans une plaque de fonte épaisse, elle-même fondue dans le mur d'un léger renfoncement. Une longue chaîne en acier, à gros maillons, y est accrochée. Elle se poursuit jusqu'à lui, et entrave sa cheville. Cela lui laisse à peine trois mètres de mou. Sa liberté de mouvement reste de fait très limitée. Ce n'est pas le plus dérangeant dans l'immédiat, son corps continuant à se comporter indépendamment de ce que voudrait lui impulser sa volonté. Mais tout de même…

Le tableau n'est décidément pas des plus réjouissant.

Les deux sillons situés entre ses sourcils se creusent et il palpe brusquement son torse. Sa sacoche ! Il avait une sacoche à bandoulière en partant à son travail, ce matin-là. Il avait glissé dans la poche intérieure ses maigres affaires : un portefeuille élimé avec ses papiers d'identité, deux photos de son fils, une de sa femme, les clefs de l'appartement de sa sœur, et son petit porte-monnaie crapaud en cuir avec quelques pièces.

Il n'a plus rien. Plus de sacoche. Plus de papiers. Plus de photos.

Il a aussi été délesté de tout ce que contenaient ses poches de jean : un billet de 50 euros, son téléphone portable.

Il se tourne lentement. Un éclair lui déchire la nuque, et ses cordes vocales émettent un drôle de son, entre le couinement et le gémissement. Une sorte de matelas peu épais, ou plutôt de paillasse, est installée contre le mur. Ce n'est pas le grand luxe, mais ce sera néanmoins plus confortable pour ses muscles fessiers.

Le problème repose davantage sur le moyen d'y accéder. Il est incapable de se mettre debout. Bon… il peut toujours tenter de ramper comme un escargot vers cette fichue couchette. Centimètre par centimètre, il parvient à crapahuter jusqu'à elle, mais lorsqu'il essaie de se redresser, un élancement lui foudroie le dos. Il tient bon, s'agrippe au fin matelas, se sent tanguer avant de se laisser choir sur la couche enfin atteinte.

Tout cela n'a ni queue ni tête. Comment a-t-il atterri ici ? Qui l'y a amené ? Ou plutôt traîné, à en juger par les douleurs qu'il ressent dans tout le corps dès qu'il bouge un muscle.

Qui est son ravisseur ? Il ne se connaît aucun ennemi. En dehors, sans doute, des parents de cette gamine… Mais le couple qu'il avait entrevu lors du procès lui a laissé l'impression d'adultes stables, posés, malgré leur peine.

Il reprend la chronologie des faits avant son réveil. Tout du moins, il essaie. Car il a beau convoquer ses souvenirs, c'est à peine s'il se rappelle avoir quitté l'appartement de sa sœur Sandrine, chez qui il vit depuis sa sortie de prison.

En se concentrant, il se revoit tendre le visage vers le ciel et prendre une profonde inspiration pour ancrer ce moment de liberté retrouvée, comme il le fait chaque matin depuis presque trois mois. Oui, de tout cela, il se souvient. Mais après, c'est le trou noir. Et ça, ce n'est guère rassurant.

Il sent naître une vague d'angoisse, et éprouve la fâcheuse impression que ce n'est là qu'un début…

Un nouvel étourdissement a raison de lui. Épuisé, il s'écroule sur sa paillasse.

*

Quand il émerge à nouveau, Frédéric se découvre face au mur. Il lève une main et la pose entre la nuque et son épaule droite, à la racine de sa douleur lancinante.

— Normal que ça fasse mal : effets secondaires au point d'injection...

Il se redresse brusquement sur un coude et se retourne, ce qui réveille l'ensemble de ses courbatures et lui arrache une grimace. Une femme se tient à distance, assise sur un petit tabouret rond et haut, de ceux que l'on trouve dans les bars. Il ne distingue pas bien son visage.

Qui est-elle ? Et que lui veut-elle ?

— Le problème, avec les aiguilles hypodermiques profondément plantées dans le trapèze, c'est que ça chahute le muscle... déclare-t-elle comme elle le ferait pour annoncer l'heure.

Elle glisse une main vers l'arrière de son jean, en ramène un paquet de cigarettes. Elle en sort une, la porte à ses lèvres, lui donne vie à l'aide d'un briquet. La flamme éclaire son visage. Ses traits évoquent quelque chose à Frédéric, mais le souvenir reste trop vague dans son esprit embrumé.

— Comment m'avez-vous amené ici ? D'ailleurs, où sommes-nous ? Et que me voulez-vous ?

Il essaie de se concentrer : ce regard...

— Vous transporter jusqu'ici n'a pas été chose simple. J'ai même cru que je n'y parviendrais jamais.

Il s'assied péniblement, ajuste sa vision après s'être frotté les paupières.

Il lui faut quelques secondes pour la reconnaître. Un imposant bandeau noué autour de sa tête maintient ses longs cheveux en arrière, dégage son visage accusateur et ses grands yeux clairs, ravagés de chagrin et ombrés de larges cernes.

— Maëlle, lâche une voix froide et méprisante.

Son sang se fige dans ses veines. Ce n'est même pas tant le prénom que la voix qui lui fait l'effet d'une douche glacée. Cette voix… Il l'entend encore résonner dans le prétoire, tandis qu'un silence absolu accueille les paroles bouleversantes de cette mère en deuil. De toutes les options qu'il a envisagées, il n'aurait jamais retenu celle d'un kidnapping par cette femme. Jamais. Pourtant, n'était-ce pas la plus évidente ?

Élodie tire lentement sur sa cigarette tout en le fixant.

— Et je ne vous parle même pas des subterfuges dont j'ai dû user pour brouiller les pistes et faire en sorte que personne ne me sache ici.

Dans l'air vicié de la cave, la chaleur pèse comme une enclume sur les épaules de Frédéric. Il sent son front brûlant, son corps engourdi par cette fournaise souterraine. L'odeur âcre du tabac lui parvient au rythme des bouffées de sa geôlière.

— Il m'a fallu subtiliser une première fois le permis de conduire d'une consœur au cabinet, dans son sac à main posé dans la cuisine qui nous sert de salle de repos. Nous avons toutes les deux à peu près le même âge, et je défie quiconque d'affirmer que la jeune fille qui sourit sur le cliché en noir et blanc ne pourrait être la femme que je suis aujourd'hui. C'est l'avantage des anciens permis. Je suis donc allée louer un pick-up à son nom, pour la semaine suivante.

Frédéric s'agrippe aux rebords de sa paillasse. À nouveau, elle porte la cigarette à ses lèvres et souffle deux ronds de fumée qu'elle regarde s'élever.

— J'ai gardé son permis quelques jours en priant pour qu'elle n'en ait pas besoin. J'avais posé mon lundi à l'insu de mon mari, je suis venue ici une première fois pour y déposer tout un ravitaillement alimentaire et aménager la cave comme je le souhaitais. L'exercice s'est révélé sacrément laborieux.

À en juger par la morphologie de cette femme, si c'est elle seule qui l'a amené là, nul doute qu'elle n'a pu que le balancer de là-haut. Pas étonnant qu'il ait l'impression d'avoir été roué de coups.

— J'ai déplacé des bouteilles, des malles, de vieux dossiers poussiéreux... J'ai viré le tas de bois qui se trouvait à votre place, dégagé de nombreux cloportes, cadavres de rats, toiles d'araignée. Je me rappelais la présence de gros anneaux scellés dans la pierre sur l'un des murs de la cave. Je crois qu'ils servaient à suspendre des objets. Il y en a quatre. Je me contenterai de deux d'entre eux, pour le moment... précise-t-elle en désignant sa cheville et son poignet.

Elle tire une longue bouffée avant de reprendre :

— Enfin, j'ai descendu ce vieux matelas. Il n'est pas bien épais, mais ce sera toujours mieux que de dormir à même le sol. Puis je suis rentrée sur Paris juste avant la fermeture du cabinet. J'ai prétexté avoir oublié quelque chose et j'ai remis le permis dans le sac. Ni vu ni connu…

Elle chasse d'un revers de main la mèche tombée devant ses yeux.

— Il y a deux semaines, j'ai annoncé à mon mari que j'avais besoin de partir seule pour faire le vide. Son regard surpris posait mille questions, mais il s'est vite replié sur un long mutisme. Le silence est depuis longtemps notre seul mode de communication…

Une pointe de fatalisme affleure dans sa voix. Frédéric n'arrive pas à dire quoi que ce soit. Il ne peut détacher ses yeux de ces traits éteints, à jamais gravés dans sa mémoire. Sur sa peau, aucun maquillage. Son visage n'est fardé que de chagrin.

— Côté boulot, j'ai pris un mois de congé. L'avantage d'être libérale, c'est qu'on peut disposer de sa vie comme on l'entend. Personne n'a osé poser de question. Cela fait bien des années que même mes proches ne comprennent plus ce chagrin qui est devenu mon unique compagnon.

Elle contracte ses mâchoires, serre l'un de ses poings, ses yeux s'emplissent d'une froideur effrayante. Elle glisse du tabouret et entreprend de faire des allées et venues dans la pièce.

— Tant mieux. Ça m'a facilité la mise à exécution de mon plan. Samedi, mon dernier jour de travail, j'ai à nouveau emprunté le permis, je suis allée rechercher la Ford Ranger Supercab XL, je me suis garée non loin du cabinet. J'ai discrètement redéposé le permis, j'ai souhaité bon courage à tout le monde et je suis partie planquer le véhicule jusqu'au lundi.

Elle tend fièrement le cou.

— Et nous voilà, ici, tous les deux.

Les doigts de Frédéric se crispent davantage sur le matelas de mousse. Les ombres tournoient au plafond.

— Je suis étonnée du sang-froid dont j'ai fait et fais encore preuve.

Elle effectue un demi-tour, repart vers le tabouret, le contourne.

— Vous suivre depuis l'appartement de votre sœur a été un jeu d'enfant. Cela fait plus d'un mois que je vous file, le matin, avant d'aller moi-même travailler. Vous ne vous êtes jamais rendu compte de rien ! Vous n'êtes pas méfiant. Et hier, je suis passée à l'action. Vous vous rappelez ? La dame avec le fichu autour de la tête, aux immenses lunettes de soleil ? Celle qui vous a demandé de l'aide pour un voyant clignotant sur son tableau de bord…

Dans la tête de Frédéric, les images ressurgissent aussi brusquement que des maux échappés d'une boîte de Pandore : une femme au visage partiellement dissimulé par un foulard qui recouvre ses cheveux, et dont il ne peut voir les yeux, masqués de larges verres fumés. Lui se sentant ému de pouvoir à nouveau être utile et acceptant de jeter un œil sur le signal lumineux pour la rassurer. Lui encore prenant place sur le siège passager et se hissant pour regarder derrière le volant, à l'endroit désigné par l'index de la conductrice. Lui enfin ressentant une vive douleur entre le cou et l'épaule. Et puis un gouffre noir.

— Je dois dire que les vacances m'ont bien aidée. S'il y avait eu beaucoup de passage, nous aurions attiré l'attention et cela aurait été plus compliqué…

Elle contemple la pièce avec une évidente satisfaction.

— Depuis combien de temps je suis ici ? ose Frédéric.

La cigarette, ou plutôt ce qu'il en reste, s'arrête net à quelques centimètres des lèvres d'Élodie.

— Nous sommes mercredi soir. Cela fait donc deux jours. Vous avez été sérieusement sonné, avec la dose que je vous ai injectée…

Deux jours ? Il ne ressent pourtant aucune sensation de faim. Bien au contraire : une boule au ventre lui coupe littéralement l'appétit. Et sans doute aurait-il dégobillé tout ce que son estomac aurait encore contenu…

Élodie se rassied sur le tabouret.

— Nous allons donc passer un moment ensemble, en toute tranquillité, sans personne pour nous déranger. Juste le temps pour vous de me dire tout ce que j'ai besoin de savoir.

Elle jette son mégot à terre, l'écrase du talon.

— La vérité doit être révélée, pour que chacun puisse assumer les conséquences de ses actes.

Elle se tourne et, d'un geste solennel, montre de la main les armes soigneusement étalées sur le sol, au pied de l'escalier :

— Matraque électrique, pistolet et aiguilles hypodermiques, cartouches d'air comprimé, trousse remplie de sédatifs injectables : kétamine, tiletamine-zolazépam, médétomidine, xylazine… Je n'ai que l'embarras du choix. Il me suffira d'adapter les doses comme je l'ai fait pour vous ramener ici...

Elle conclut d'une voix vibrante :

— Comme vous le voyez, ma détermination est à la hauteur de ma quête de justice.

Un sourire amer se dessine sur ses lèvres.

— Si vous saviez combien de temps j'ai attendu ce moment-là...

Les coins de sa bouche retombent.

— Autant vous le dire de suite, inutile de vous époumoner : personne ne viendra vous chercher ici. Très peu de gens connaissent cet endroit, nous sommes à des kilomètres de toute civilisation, et nul ne sait que je m'y trouve. Il n'y a donc rien que nous deux. Vous et moi. En face-à-face.

Conscient de la gravité de la situation, Frédéric juge plus prudent de ne pas entrer dans l'arène. Il réalise qu'il n'a pu passer deux jours sans uriner. Dans une telle étuve, ses vêtements ont dû sécher. Il se sent sale.

— D'un point de vue pratique, comment je fais pour... les commodités ?

— Les « commodités » ? le singe-t-elle. Vous vous croyez dans un cinq-étoiles ?

Elle ne tente même pas de dissimuler le dégoût qu'il lui inspire.

— Pour vos besoins naturels, ça se passera derrière ce renfoncement, annonce-t-elle en désignant une étagère sur sa droite. Vous y trouverez un puits, certes étroit, mais profond. Inutile d'envisager d'y faire le saut de l'ange. Le trou fait au plus quarante centimètres de diamètre. Au mieux, vous pourrez y entrer une jambe… Vous pousserez donc le couvercle en fonte, vous ferez ce que vous aurez à y faire, et vous refermerez. Vu la profondeur, aucune chance pour que les odeurs se répandent…

Il se retient de répliquer que l'air qu'il respire n'a sans doute rien à leur envier, et encaisse cette humiliation supplémentaire sans mot dire. Ne l'a-t-il pas méritée, après tout ?

Ainsi, il n'aura aucun accès à l'eau courante. Et il est totalement à sa merci.

Cette évidence éveille chez lui une première sensation de faim, avec l'impression d'un léger vide dans l'estomac. Précisément parce qu'il réalise être privé de nourriture. Pour ne rien montrer de cette soudaine préoccupation, il s'affale sur sa couche.

— Rien de tel que se retrouver face à sa conscience pour rassembler ses souvenirs, monsieur Belbist. Parce que, lorsque je reviendrai, vous commencerez par me décrire en détail cette journée du 1er mai 2021.

Il serre les dents. Il a si souvent revécu cette terrible journée dans sa tête… Mais il y a une différence notable entre revivre une scène et devoir la raconter. D'autant qu'il n'a absolument aucune intention de s'épancher auprès de cette femme.

— Vous me direz comment vous avez approché Maëlle, ce que vous lui avez dit, ce que vous lui avez fait, dans les moindres détails. Et je vous préviens : vous n'avez pas intérêt à me débiter les mêmes bobards qu'au tribunal.

Parce que, croyez-moi, chacun d'eux pourrait vous coûter cher…

Élodie quitte son siège, s'avance jusqu'au trait blanc dessiné à la craie sur le sol. Sans doute la limite de la chaîne qui pend à sa cheville.

— Vous voilà seul, Belbist. Désespérément seul.

Elle se retourne et se positionne face à l'escalier, attrape les deux montants et pose le pied sur une première traverse. Frédéric avait donc raison : cet escalier hybride est en fait une échelle de meunier. Il la regarde en gravir lentement plusieurs échelons et a juste le temps d'entendre, avant qu'elle ne claque la porte :

— Mais être seul, c'est un peu la malédiction de tout être humain, vous ne croyez pas ?

*

Frédéric est déjà réveillé depuis un bon bout de temps lorsque les gonds de la porte font à nouveau entendre leur grincement.

Élodie descend lentement l'échelle, comme pour mieux savourer chacun des centimètres volés à l'espace qui la sépare de son prisonnier. Chaque pas provoque un craquement du bois des marches.

D'une main, elle tient fermement un plateau sur lequel elle a déposé une bouteille d'eau, un sachet de biscottes et une seringue remplie de kétamine et de médétomidine. De quoi coucher un tigre forcené en deux secondes.

Arrivée en bas, elle pose sur le sol le sac imposant qu'elle porte à l'épaule.

Elle toise un instant son prisonnier avec mépris avant de lui balancer un paquet de biscottes.

— Tenez ! Voilà votre pitance. Pour reprendre des forces ! se contente-t-elle de dire.

Il agrippe le sachet en songeant que « pitance » n'est pas le terme approprié. Il n'y a pas de quoi assurer ici la subsistance journalière d'un homme.

De son côté, Élodie s'assied sans le moindre mot, examine les sourcils épais, les yeux scrutateurs, les pommettes saillantes, la mâchoire carrée portée par un cou de taureau.

Lui ne bouge plus d'un pouce. Dans cette partie d'échecs qui commence, il attend l'ouverture que va lui jouer son adversaire. Celle-ci le surprend :

— Vous êtes moins repoussant que dans mon souvenir.

Il veille à ne rien montrer sur son visage et laisse un long silence les envelopper. Mais le regard perçant qui le fixe le déstabilise. Il essaie de se raccrocher à un objet qui l'entoure, cherche désespérément celui qui lui permettrait de sauver la face.

Elle, ne cille pas. Elle ne lâche pas sa proie du regard. Combien de milliers, de millions de fois a-t-elle rêvé de ce moment-là, où elle le tiendrait à son entière merci ? Certes, elle éprouve du soulagement. Mais elle ressent aussi beaucoup de stress. Comment ne pas être angoissée à l'idée d'échouer ? Elle se contente donc d'évaluer sa prise, d'observer le manège des yeux noirs qui glissent de gauche à droite, en quête d'une rive où s'arrimer.

Frédéric déclare vite forfait. Il lève le sachet de biscottes, siffle entre ses dents :

— Et à quoi sont-elles fourrées ? À la mort-aux-rats ?

— Un cardiotoxique entraînerait un décès bien trop rapide pour le barbare que vous êtes.

Elle se redresse, effectue un aller-retour entre les deux murs.

— Bien ! Je suis convaincue que vous avez plein de choses à me dire…

Elle s'arrête et hausse les épaules.

— Moi aussi, cela dit. Parce que, finalement, nous ne nous connaissons pas si bien que ça, n'est-ce pas ? J'aurais pu découvrir une partie de votre histoire, si j'avais pris le temps d'écouter la longue plaidoirie de votre avocat, c'est vrai. J'ai choisi de ne rien entendre, et je pense avoir bien fait. Quand on mesure l'effet de ces arguties sur le jury…

Elle secoue lentement la tête tout en le regardant avec une expression de dégoût.

— Persuader trois magistrats de se montrer cléments, passe encore ! Je n'ai plus beaucoup d'illusions en ce qui concerne la justice… Mais parvenir à convaincre neuf jurés en première instance, puis douze en appel, d'un possible accident pour qualifier la mort de Maëlle, c'est une sacrée performance.

Elle s'arrête, glisse les doigts dans la poche arrière de son jean pour en retirer son paquet de cigarettes.

Frédéric observe le visage déformé par le mépris. Il ne reconnaît pas en cette femme dure et cynique la mère dévastée de douleur qu'il avait vue au tribunal. L'éclat dans son regard l'inquiète encore plus que la chaîne qui pèse à sa cheville.

— Vous savez, j'ai vraiment cru qu'au terme des débats, vous seriez condamné à une lourde peine. J'y ai vraiment cru.

Son surplus d'énergie vire quasiment à la frénésie. Frédéric ne peut s'empêcher de songer qu'il faut être sacrément désespéré pour en arriver à de telles variations d'humeur.

— Mais non ! Parce que vous avez su embrouiller le jury populaire. Parce que la justice pénale n'est qu'un miroir aux alouettes…

Élodie réprime une grimace. Le simple fait de se retrouver face à ce monstre lui a déclenché une migraine.

— Pour avoir un jour démoli la voiture d'un type qui m'avait agressée, juste pour m'être défendue, j'ai été accusée de dégradation du bien d'autrui. Moi aussi, j'ai bénéficié de circonstances atténuantes : je n'avais aucun casier judiciaire, et vraisemblablement on a trouvé que le contexte jouait en ma faveur. Je vous laisse deviner lequel… Mais la seule alternative aux poursuites du chauffard qui m'avait insultée, ça a été de conclure une convention pénale avec indemnisation de la « victime ».

Elle a souligné le caractère cynique de l'anecdote en ouvrant les guillemets avec ses doigts.

— Cela m'a valu une condamnation à un sursis simple de quatre mois. Il m'a fallu me mettre en position de contrition face à cette ordure. Je vous dispense du nombre incalculable de remontrances de la part du juge : « Si tout le monde devait faire justice soi-même, ce serait invivable », « De telles conduites sont inacceptables »…

Elle se campe face à lui, à distance, les poings sur les hanches.

— Vous, vous avez tué ma fille, et vous n'avez pris que trois ans… murmure-t-elle en secouant la tête avant de la redresser. « L'intime conviction », clame-t-elle de manière théâtrale en dessinant de sa main une vague dans l'espace.

Elle se tourne subitement vers son sac, posé sur la première marche de l'escalier, fouille frénétiquement dedans et en ressort un feuillet qu'elle lit à haute voix :

— « Sous réserve de l'exigence de motivation de la décision, la loi ne demande pas compte à chacun des juges et jurés composant la cour d'assises des moyens par lesquels ils se sont convaincus, elle ne leur prescrit pas de règles desquelles ils doivent faire particulièrement dépendre la plénitude et la suffisance d'une preuve. » Blablabla… Évitons le baratin. Ah oui ! Voici le passage que je préfère : « La loi ne leur fait que cette seule question, qui renferme toute la mesure de leurs devoirs : "Avez-vous une intime conviction ?" »

Elle s'interrompt, hors d'haleine.

— C'est pas beau, ça ? On retrouve le corps sans vie d'une gamine de huit ans sur un banc dans votre jardin. Elle a la trachée écrasée. Mais l'intime conviction des jurés, c'est que vous n'êtes coupable de rien, puisque la cause de la mort, c'est le traumatisme crânien.

Et sa petite culotte mise à l'envers, on en parle ?

Elle chasse l'image atroce qui vient de l'assaillir, reprend :

— Et ça, ça débouche sur un acquittement. Ce qui porte à un total de trois ans l'emprisonnement pour le meurtre d'une fillette de huit ans…

Elle se revoit à l'annonce du verdict. Elle a cru perdre sa fille une seconde fois. Sa répugnance est telle qu'elle lui provoque des vagues de nausée. Même sa migraine semble monter et descendre au rythme de leurs assauts.

— Ce verdict est si injuste…

Le visage blanc comme la craie, Frédéric garde les yeux baissés.

— J'ai payé pour cela. Alors qu'attendez-vous de moi ?

Son cœur bat la chamade. Elle attend qu'il relève la tête pour lui répondre.

— C'est assez simple.

Elle le défie du regard :

— Je viens chercher la vérité.

Elle scrute la moindre réaction sur son visage.

— Pour ensuite rendre justice à Maëlle.

Dans cet aveu se dissimule le germe de sa rage. Cela, il ne peut que le comprendre. Lui a toujours préféré le silence au mensonge. Tout du moins jusqu'à un certain jour.

— Nous allons donc reprendre les choses de zéro. Ou presque. Mais cette fois-ci, pas de spectacle, de voyeurisme, de protocole. Les moyens seront réduits à leur plus simple expression. Ici, annonce-t-elle en balayant d'un geste théâtral la pièce de la main, ce sera la salle d'audience. Nul besoin de pupitre, qu'il soit de l'accusation, de la défense ou du juge. Point de barre des témoins ou de banc des accusés non plus. La salle des délibérations, ce sera là-haut. Je trancherai seule, avec ce qui me reste de conscience et d'honnêteté, mes émotions et mes souvenirs. Je ne pourrai de toute manière jamais faire moins juste que le verdict rendu par le jury… achève-t-elle d'un rire amer.

Elle le regarde d'un air entendu. Il ne parviendra pas à la leurrer. Elle ne sera pas aussi dupe que les jurés.

— Rien que vous et moi. Ici. Avec la présence invisible de ma fille.

Elle se tourne vers l'escalier, tente de se ressaisir. La peine qu'elle ressent menace de l'engloutir tout entière. Ce monstre ne sait pas ce qu'est crever de chagrin. C'est un sauvage. Et on ne doit jamais rien montrer de sa vulnérabilité à un animal sauvage.

Frédéric, lui, choisit de se caparaçonner dans un silence borné.

— Je crois que nous pouvons commencer. Vous n'avez peut-être pas l'esprit encore bien clair. Néanmoins, vous trouverez assez d'énergie pour répondre à quelques premières questions.

Les yeux vrillés aux siens, elle démarre :

— Que faisiez-vous ce matin du 1er mai 2021 ?

Il ne réagit toujours pas. Elle se baisse, ramasse un objet qu'il ne distingue pas tout de suite.

— Taser de cent mille volts ! explique-t-elle en le brandissant vers lui. Lorsque la cartouche d'azote éclate, elle libère deux fléchettes reliées à des fils conducteurs de cinq mètres. Ce n'est pas la meilleure manière de faire connaissance, mais s'il vous faut ça pour vous remettre les idées en place... Donc, je répète : à quel moment avez-vous vu ma fille, ce jour-là ? Et d'où veniez-vous précisément ?

Il explose :

— Vous savez déjà tout ça ! Tout a été décrit, et redécrit lors du procès... Je ne v...

— Fermez-la ! Aujourd'hui, ce n'est pas vous qui menez la danse. C'est moi. À nouveau : que faisiez-vous précisém...

— Mon fils était parti chez ma sœur. Nous devions manger chez elle. Il pensait la trouver à son appartement.

Il a l'impression de parler au ralenti, les syllabes s'attardent dans sa bouche pâteuse.

— Ma sœur est infirmière. Elle était de garde à l'hôpital la nuit précédente. Elle aurait dû terminer son service à 7 h 30, mais la collègue qui devait prendre sa relève n'est pas venue. Elle a dû attendre qu'on lui trouve une remplaçante. Moi, je suis sorti balader mon chien.

— Dans le parc à côté de chez vous ?

— Oui, c'est à trois cents mètres de chez moi... Mais j'ai dû rebrousser chemin car il a commencé à pleuvoir.

— Et c'est là que vous avez aperçu Maëlle...

— Oui. Enfin, pour être exact, je remontais l'avenue quand j'ai croisé votre fille.

— Où était-elle ?

— J'ai vu de loin une silhouette vêtue de jaune quitter le banc qui se trouve à proximité de la supérette pour courir s'abriter sous un arbre. Mais je n'y ai pas vraiment prêté attention.

Frédéric aimerait pouvoir battre en retraite, mais il n'a aucun refuge à sa portée.

— Puis la pluie a redoublé d'intensité. Je me suis mis à courir. Et je suis arrivé à sa hauteur.

— Pourquoi vous être arrêté, puisqu'il pleuvait ? Vous la trouviez jolie ? interroge-t-elle en retenant le haut-le-cœur qui lui soulève la poitrine.

— Je ne suis pas un pédophile ! réagit-il aussitôt avec vigueur.

Elle le fusille du regard, se retient de dire ce qu'elle pense. C'est trop tôt. Frédéric a plongé la tête dans ses mains. Il a du mal à respirer, ses poumons se remplissent d'un air lourd et oppressant qui semble empoisonner chacune de ses inspirations. Il ne saurait dire ce qui, de la chaleur devenue presque palpable ou de cette discussion, le fait le plus suffoquer.

— Est-ce que je peux avoir un peu d'eau ? réclame-t-il d'une voix faible.

— Quand j'aurai estimé que vous avez répondu à suffisamment de questions. Pourquoi vous être arrêté, donc ?

— Parce qu'elle pleurait !

— Qu'avez-vous fait ? Que lui avez-vous dit ?

— Je lui ai juste demandé ce qu'il se passait.

Il se prend la tête entre les mains.

— Écoutez, je ne pourrai rien vous dire de plus que ce que j'ai déjà déclaré lors de l'enquête et du procès… Je ne peux pas réécrire l'histoire !

— Je ne suis pas là pour poser exactement les mêmes questions. En revanche, j'ai besoin de me remettre dans le contexte, tout comme j'ai besoin de vérifier que certains de vos propos concordent bien… Comment ma fille a-t-elle réagi à votre question ?

Il secoue lentement la tête.

— Elle m'a répondu qu'elle avait perdu sa mère. Qu'elle avait peur. Qu'elle ne savait pas quoi faire.

Une milliseconde, Élodie revoit la silhouette vêtue de jaune, une petite main s'agiter au loin pour lui dire au revoir. Elle se détourne pour ne rien montrer de l'émotion qui vient de la gagner. Elle est allée droit à un sujet douloureux. Mais elle n'y est pas encore prête.

Le sera-t-elle un jour ?

Elle balaie la pièce des yeux. Son regard échoue sur trois vieilles valises recouvertes d'une épaisse couche de poussière, abandonnées au sol. L'une d'elles lui a permis de partir plus d'une fois chez sa cousine, à la mer, quand elle était gosse. Ce bagage, jadis synonyme de légèreté et d'allégresse, appartient aujourd'hui à une époque qui l'a oubliée.

— Si toute une partie du jury a considéré qu'il s'agissait d'un accident, c'est qu'il y avait des raisons. Et venger votre fille ne vous la ramènera pas… ânonne Frédéric comme pour lui-même, avant de se rallonger sur sa couche dans un rictus de douleur.

— Je crois que vous ne m'avez pas bien comprise. Je ne suis absolument pas mue par une quelconque idée de vengeance, même si j'avoue que celle-ci m'a parfois effleuré l'esprit. Moi, ce qui me porte aujourd'hui, c'est une quête de justice. Une justice juste… Je ne saurais d'ailleurs dire s'il s'agit d'un pléonasme ou d'un oxymore.

Elle se rapproche légèrement, se plante face à lui.

— Je tiens néanmoins à clarifier une chose : ça fait trois ans que je ne dors plus, que mes nuits s'enchaînent au même rythme que les images qui saturent mon cerveau. Des millions de fois, j'ai tenté d'imaginer tous les scénarios possibles pour la fin de ma fille. Tous. Aucun n'est supportable…

Elle déglutit douloureusement, sans quitter Frédéric des yeux.

— Mais quand avaler une boîte entière de Lexomil vous semble plus doux que de continuer à vivre, quand la souffrance devient votre unique rempart contre la folie, alors il faut trouver une seule raison qui vous donnera l'envie de tenir : pour moi, ce sera de faire émerger la vérité et de rendre justice à ma fille. Mon intention est donc de vous obliger à faire face à la réalité, à la raconter, avant d'en assumer la totale responsabilité. Et pour cela, je suis prête à suivre les principes fondamentaux de la justice : des débats, un délibéré, un verdict.

Elle écarte les deux mains :

— Puis l'exécution de la sentence.

— Mais…

Elle l'arrête d'une main ferme. Elle en a assez dit. Et elle l'a surtout assez vu pour aujourd'hui. Le simple fait de se trouver à quelques mètres du bourreau de sa fille la glace. Même son estomac est au bord de la révolte.

Elle repart vers l'escalier, attrape une bouteille d'eau dans son sac et la fait rouler jusqu'à lui. Puis elle grimpe quelques marches, s'arrête au milieu pour une dernière interrogation :

— Pourquoi avez-vous pris la vie de mon enfant ?

Cette fois, sa question n'attend aucune réponse.

4

Jeudi 4 juillet 2024

Frédéric s'éveille sur un cauchemar dont il ne garde aucun souvenir précis. Une douleur lui paralyse totalement le buste, il éprouve une peine monumentale à respirer, et une migraine carabinée lui comprime le cerveau.

Il essuie la sueur qui coule sur son front. Rien d'étonnant dans un tel brasier. Même son tee-shirt et son jean sont trempés. Chaque minute passée dans cette fournaise souterraine s'apparente à un supplice sans fin.

Le dos parcouru de longs et terribles élancements, il tente de se redresser, mais tous ses muscles semblent devenus aussi raides et inertes qu'une poutre en bois.

Bien qu'encore sonné, il a eu du mal à s'endormir, un peu plus tôt. La présence permanente de cette lumière artificielle le rassure, mais elle reste très désagréable, avec les ombres fantomatiques qu'elle projette sur les murs. Son sommeil n'est pas le seul à en pâtir. L'absence de lumière naturelle perturbe déjà son horloge biologique.

Des souvenirs flous commencent à émerger de son esprit embrumé, et avec eux monte en lui un sentiment de culpabilité, implacable et suffocant. Il ne le connaît que trop bien.

Tu auras beau faire, tu ne pourras ni changer le passé ni revenir sur tes erreurs.

Alors quoi ? Que va-t-il pouvoir raconter à sa geôlière ? Et que lui reste-t-il comme option ?

Incapable de maintenir cette position, il étire son corps endolori, grimace, mais résiste jusqu'à ce que l'ensemble de ses muscles soient relâchés. Il tente ensuite de se mettre debout : au prix d'un effort surhumain, les mains posées à plat sur le mur crasseux pour y prendre appui, il contracte les muscles de ses cuisses et mollets pour se hisser lentement. Il étouffe un cri de douleur, tient bon. Puis il se tourne vers le centre de la cave.

Des vertiges l'étourdissent, ses jambes se dérobent sans crier gare et son corps bascule en avant. Tout juste a-t-il le temps de parer la chute avec ses bras. Incapable de se relever, il se résigne à rouler sur le côté, tout en proférant un juron.

Ses yeux s'attardent sur les armoires en fer alignées en rayons, parallèles au mur d'en face. Vieilles et rouillées, leur contenu semble aussi bordélique que vieillot. Les particules de poussière paraissent danser dans les rais de lumière. L'odeur rance et humide imprègne l'atmosphère.

Il croit même reconnaître de loin des traces de moisissure noire rampant le long des parois. Voilà ce qu'il respire.

Pourtant, aussi infâme ce taudis soit-il, sa faim n'en devient pas moins persistante. Une faim physiologique, imposée par son corps. Mais quand pourra-t-il manger ? Et quoi ?

Il cherche à se raisonner pour ne pas se laisser déborder par la peur. Il lui faut rester calme pour réfléchir au moyen de se tirer de cette situation.

Exactement. Calme-toi, respire, et réfléchis.

Ses yeux reviennent se poser sur le fatras de la pièce.

Un certain nombre de cartons s'entassent sur le sol, tandis que les étagères des rayons semblent pleines à craquer. N'y a-t-il donc rien dans ce capharnaüm qui puisse l'aider à se faire la malle ? Cet endroit est répugnant. Et il ne supporte plus l'enfermement.

Il savait pourtant à quoi il s'exposait, en pénétrant dans le commissariat de sa ville, ce soir du 1er mai 2021. Il y avait expliqué avoir étranglé une petite fille avant de la déposer morte sur un banc, dans son jardin.

La levée de corps s'était faite en présence d'un médecin légiste, qui avait aussitôt relevé la plaie à la tempe, les traces de doigts sur la gorge, quelques hématomes sur les bras. Le corps était parti à l'autopsie.

Dans la foulée, il avait été placé en garde à vue, avait subi plusieurs auditions. Les parents de la gamine avaient également été entendus. Les flics avaient recherché du matériel de vidéosurveillance entre la supérette et son domicile. En vain. Ils n'avaient pas davantage trouvé de témoins. Il n'y avait donc que ses propos pour relater ce qui s'était passé.

L'autopsie réalisée en urgence avait confirmé la fracture de l'os hyoïde, ainsi qu'une hémorragie cérébrale massive. Les deux auraient pu causer la mort. Il avait fallu des expertises complémentaires pour définir précisément ce qui, de l'écrasement de la trachée ou du coup sur la tempe, avait entraîné le décès de la gamine.

Frédéric se rappelle encore cette étrange sensation d'assister à tout cela comme un spectateur distant, alors qu'il était l'acteur principal.

À l'issue de sa garde à vue de quarante-huit heures, le procureur de la République avait ouvert une information judiciaire, rédigé un réquisitoire introductif afin de saisir le juge d'instruction. Il avait alors été présenté devant ce juge au cours d'un interrogatoire de première comparution, durant lequel il avait été assisté d'un avocat, un homme mou qui avait peut-être autrefois rêvé de victoires retentissantes, mais qui s'était laissé happer par la banalisation des horreurs de son quotidien.

Terrifié, lui avait choisi de s'exprimer sur les faits et avait répondu à toutes les questions du juge d'instruction. Sauf à celles qui concernaient le moment où il avait étranglé la gosse, et auxquelles il avait invariablement opposé un trou noir l'empêchant de se rappeler quoi que ce soit.

À l'issue de l'interrogatoire, il était passé devant un juge des libertés et de la détention, qui avait décidé d'un placement en détention provisoire d'un an pour meurtre sur mineur de quinze ans. Deux renouvellements de six mois et un délai d'audiencement d'un an pour la cour d'assises avaient porté à un peu moins de trois ans son temps derrière les barreaux de la maison d'arrêt.

Trois années de prison, ça paraissait peu, mais ça suffisait à changer un homme. Là-bas, il était resté le plus discret possible, et avait tout fait pour éviter d'aller au clash avec certains détenus, qui n'attendaient qu'un prétexte pour le punir à leur façon. Être incarcéré représentait déjà une terrible épreuve de vie, mais l'être pour le meurtre d'un enfant vous attribuait d'office un positionnement particulier : celui d'un paria, voire d'un homme à abattre. Et si le doute pouvait profiter à l'accusé dans un tribunal, sa culpabilité ne faisait pas un pli dans l'univers carcéral. Stigmatisé dès le départ et identifié comme un tueur d'enfant, il lui avait fallu redoubler de vigilance.

Emprisonné, il avait essayé d'oublier en s'adonnant à une substance psychoactive. Comme un détenu sur quatre, il avait donc fumé du cannabis, acheté sous le manteau moyennant de beaux billets glissés dans la main de fournisseurs véreux. Mais ses épaules étaient lourdes d'une crasse qu'aucun joint n'était parvenu à effacer. Il avait rapidement arrêté. Pour son fils. Puis il avait patienté. Pour son fils.

La privation de liberté lui avait fait perdre tout contrôle sur sa vie. Il avait dû apprendre des comportements et des attitudes de survie, à des années-lumière de ses habitudes personnelles. Et il ne savait plus ce qu'étaient l'obscurité et le silence, tous deux inexistants entre les quatre murs de sa cellule.

Durant trois ans, il s'était accroché à l'espoir de reprendre le cours de son destin là où il s'était interrompu ce 1er mai 2021. Et lorsqu'il avait franchi le portail d'entrée et quitté l'enceinte de la prison, il avait réellement cru déceler dans l'air le parfum de la liberté, de la vie qui recommence, enfin. Il était alors à mille lieues d'imaginer que deux mois et demi plus tard, il atterrirait dans ce cachot aux relents de moisi. Il en venait presque à regretter le cliquetis des clefs qui s'enchevêtrent, le bruit incessant de l'ouverture et de la fermeture des portes, des hurlements sinistres de la prison.

Frédéric sent une nouvelle goutte de sueur descendre de son front pour s'échouer dans un œil. Il aurait aimé bouger, ne serait-ce que pour percevoir un peu d'air sur sa peau. Il aurait aussi bien tenté une petite promenade de deux mètres, le maximum autorisé par sa chaîne, mais le simple souvenir de sa chute quelques minutes (*secondes ?*) plus tôt le dissuade d'essayer.

Il essaie d'enlever son tee-shirt mais, du fait du cordage qui lui entrave le poignet, il se contente de le faire glisser le long du lien épais. Au moins offre-t-il ainsi à sa peau l'illusion de mieux respirer.

Quelle heure peut-il bien être ?

Même privé de ses repères traditionnels, il mettrait sa main à couper que la nuit va bientôt tomber. Alors qu'il n'en sait rien, en réalité. Pas plus qu'il ne sait combien de temps il va devoir rester ici. Parviendra-t-il à convaincre cette femme de le relâcher ? Pourra-t-il s'échapper de cette geôle ? S'il ne veut pas devenir dingue, il a intérêt à essayer de conserver certaines de ses habitudes de détenu. Histoire de ne pas perdre toute notion de temps. Mais ça va être compliqué. Là-bas, chacune de ses journées était orchestrée par les activités qui se déroulaient chaque jour à heure fixe : la sortie des poubelles, la distribution des repas, la promenade, la bibliothèque, le sport. Sans oublier la douche, trois fois par semaine. Aura-t-il au moins le droit de se laver ?

Compte là-dessus et bois de l'eau fraîche !

L'unique rituel qu'il va pouvoir conserver sera peut-être celui du coucher, où il s'inventait chaque soir un monde à dormir debout, tandis que lui-même restait allongé et désespérément éveillé sur la réalité de sa vie. Seul ce monde-là finissait par l'emporter. Voilà donc ce qu'il va devoir faire – refaire ! – en attendant d'être libéré – à nouveau !

Tu parles, Charles ! Tu n'es pas près de revoir la couleur du soleil…

Arrête de tout voir en noir ! Elle ne va pas te garder ici indéfiniment. Essaie plutôt de penser aux choses positives.

Ça, ça n'allait pas être simple…

Frédéric s'efforce de poser un autre regard sur sa situation en adoptant la méthode Coué.

Tiens, par exemple, savoure ta chance de bénéficier d'une lumière constante !

Bon point. D'aucuns en auraient été gênés. Pas lui, bien au contraire. Cette lanterne le rassurait. En prison, de nuit comme de jour, les coursives et la cour de promenade étaient éclairées. Dès que l'obscurité tombait, des lampadaires venaient illuminer les façades extérieures de la maison d'arrêt, et cette lueur pénétrait dans les cellules. Sans parler du dispositif d'allumage qui permettait aux surveillants de vérifier en pleine nuit que tout allait bien. Ces contrôles intrusifs le réveillaient très souvent. Mais il n'envisageait dorénavant plus de dormir sans lumière. Depuis sa levée d'écrou, la chambre aménagée pour lui chez sa sœur restait allumée toute la nuit.

Et la pièce ! Regarde ça ! T'as vu la surface ? C'est Byzance !

Sa cellule, qu'il avait toujours partagée avec un codétenu, faisait à peine dix mètres carrés. Certes, ils disposaient d'une ouverture – une petite fenêtre – sur le monde extérieur. Mais ses barreaux fragmentaient le paysage, réduit à un immense parking. Son seul plaisir consistait à marcher durant des heures dans la cour de promenade. Bien que clôturée par des grillages à l'intérieur de hauts murs d'enceinte en béton, elle lui offrait un espace de liberté, et il aimait imaginer que son fils voyait précisément le même ciel que lui en levant les yeux. C'était là son échappatoire : fixer ce coin de ciel bleu, y compris au travers de l'œil-de-bœuf de sa cellule.

Ici, pas le moindre coin de bleu. La seule évasion ne pouvait être qu'à l'intérieur de lui-même. Et ce qu'il y voyait était beaucoup moins beau.

*

Élodie fixe Frédéric sans un mot. Son rictus haineux annonce la couleur de ce qu'elle lui réserve.

Il inspire profondément.

Complice, le silence tend l'atmosphère.

— À quand remonte votre dernier repas, les deux biscottes d'hier exceptées ? démarre-t-elle enfin.

— Au petit déjeuner pris avant votre guet-apens ! réplique-t-il.

Elle compte les heures sur ses doigts, comme pour une comptine, la mine apparemment réjouie. Mais le tee-shirt maculé, les cheveux accrochés à la va-vite racontent son abandon.

— Ah ! Votre organisme va commencer à puiser dans vos cellules adipeuses l'énergie dont il aura besoin et qu'il ne trouvera plus dans la nourriture. Vos acides gras vont donc mettre le cap sur votre foie, qui va les transformer en corps cétoniques. C'est ce qu'on appelle l'acidose.

Frédéric se sent blêmir. Élodie poursuit, d'une voix froide :

— Vous vous en moquez peut-être comme de votre première chemise, mais concrètement, ça signifie que ce changement brutal va entraîner des symptômes peu agréables : maux de tête, nausées, sautes d'humeur… Ça risque de ne pas être drôle tous les jours. Heureusement que je n'attends pas de votre présence une compagnie divertissante ! Bref. Vous voilà averti des causes de ces désagréments lorsqu'ils se manifesteront… termine-t-elle avec cynisme.

— Pour ce qui est du mal de crâne, je vous en parlerai une fois que j'aurai éliminé celui provoqué par la dose de cheval que vous m'avez injectée… riposte-t-il en massant sa nuque douloureuse.

— Comme vous êtes à plaindre… gémit-elle, sardonique.

Elle se tourne vers le tabouret qu'elle tire jusqu'au trait de craie, s'appuie sur ses deux bras tendus.

— Vous êtes-vous parfois demandé quelles répercussions la mort de Maëlle avait entraînées pour ses proches ? Avez-vous tenté d'imaginer ce que nous, ses parents, avons vécu dans notre cœur, dans notre tête, dans notre chair ?

Frédéric détourne le regard.

— Vous savez ce que ça fait, de se retrouver à la morgue pour identifier le corps d'un être aimé ?

Frédéric avale sa salive et serre les poings. Oui, il ne le sait que trop bien. Onze ans plus tard, il lui arrive encore d'être éveillé en plein milieu de la nuit par le souvenir d'une main froide dans la sienne. Mais cela, c'est son histoire…

— Vous ne pourrez jamais imaginer ce que ça fait quand il s'agit de celui de son enfant… Je ne voulais pas voir le drap se soulever. Parce que je sentais, avant même de la retrouver, que ma fille gisait dessous.

Elle ferme les yeux.

— Mais l'espoir est un sentiment puissant. De toute mon âme, de toutes mes tripes, j'implorais tous les dieux de ne pas m'imposer ça. Tant que subsistait cet espoir, Maëlle demeurait vivante. Je suis restée plantée d'interminables minutes devant ce foutu drap blanc.

Dans un silence pétrifié, elle se lève, marche jusqu'au premier rayonnage, sur lequel elle prend appui.

— Je ne suis pas parvenue à lui dire au revoir.

Sa voix se brise.

— Je suis passée par toutes les étapes du deuil : le choc et l'incrédulité, le déni, la colère, le désespoir, la culpabilité, l'isolement social, les troubles du sommeil, de l'appétit... pour finir par plonger dans une profonde dépression. Avec le temps, Stéphane s'en est mieux sorti. Il ne s'en est pas remis – comment se remettre de la mort d'un enfant ? –, mais il a appris à vivre avec. Ou plutôt sans.

Elle marque une pause.

— Il ne comprend pas pourquoi je ne cherche pas à me reconstruire, et moi, sa façon de faire semblant me révolte. Nos disputes sont devenues nombreuses. Un immense fossé s'est creusé entre nous.

Elle écarte les bras en signe d'impuissance.

— J'ai bien songé à me laisser glisser dans la folie, aidée des antidépresseurs et des anxiolytiques qui m'étaient prescrits. Mais ça ne fonctionne pas comme ça...

Elle relève la tête, plonge ses yeux dans les siens.

— La mort d'un enfant, ça vous arrache le ventre.

Frédéric se tait. Que pourrait-il dire ? Elle laisse passer de longues secondes, sans doute le temps de se ressaisir.

— J'étais perdue. Totalement perdue. Jusqu'au jour où ce type m'a agressée. Une énième incivilité au volant, qui serait normalement restée sans suite. Seulement voilà : l'assassin de ma fille avait été libéré une semaine plus tôt, et cette terrible injustice a éveillé chez moi une colère dévastatrice...

Frédéric déglutit. Le regard d'Élodie est aussi noir que ce nouveau ciel au-dessus de sa tête.

La silhouette se détache de l'armoire métallique, retourne sur son tabouret, se redresse.

— Maëlle ne peut plus faire entendre sa voix. Je suis donc celle qui la représente et je ne l'abandonnerai pas une seconde fois. C'est à moi de compenser les failles. Et c'est une grosse responsabilité. Je crois que cela m'a permis de comprendre que je ne pourrais m'occuper de mes souffrances que lorsqu'une véritable justice serait rendue. Car je tirerai de votre sentence un bénéfice thérapeutique.

Elle s'accroche à cet espoir depuis des mois. Jouer tour à tour le rôle du juge puis du bourreau ne sera sans doute pas simple. Mais elle le fera du mieux qu'elle pourra.

Frédéric comprend qu'il n'arrivera pas à l'amadouer. Terrassé par cette prise de conscience, il se recroqueville sur lui-même.

— Bien, reprenons ! ordonne-t-elle d'une voix redevenue glaciale. Vous m'avez dit hier que Maëlle avait peur et qu'elle ne savait pas quoi faire. Pourquoi avoir décidé de l'emmener chez vous ? Il vous suffisait de la ramener à la supérette pour qu'elle m'y attende tout en étant protégée de la pluie. Ou alors d'appeler la police, si vous teniez à jouer les bons samaritains. En tout cas, c'est ce que j'aurais fait à votre place ! Mais vous, vous proposez à une gamine de huit ans d'aller chez vous… Quelles étaient vos véritables intentions, Belbist ?

Il la regarde, totalement désarçonné. Où va-t-il puiser la force de revivre cette journée-là ?

— Comment l'avez-vous persuadée de vous suivre ? De quels moyens avez-vous usé : lui avez-vous fait des menaces ? Des promesses ?

— Je ne sais plus… Ça fait trois ans que je m'efforce d'oublier ce 1er mai ! Et vous voudriez que j…

— Très bien ! coupe-t-elle en s'éjectant du tabouret, qu'elle renverse dans son mouvement.

Elle se baisse, attrape le taser, le manipule sèchement avant de le pointer sur lui. Le laser rouge s'allume, un bruit de crépitement emplit la pièce, tandis que Frédéric voit un arc électrique se former. Il se colle contre le mur, blêmit.

— Non, ne faites pas ça, je vous en prie ! Écoutez, je n'ai pas attiré votre fille dans un piège ! J'avais laissé mon portable chez moi, et je lui ai donc proposé d'entrer pour vous appeler…

— Je ne peux pas vous croire. Je lui avais appris à se méfier des inconnus. Maëlle ne vous aurait jamais suivi. Jamais !

Frédéric est tétanisé par l'éclair électrique du taser. L'arc bleu ciel semble danser entre les deux points de contact. Le bruit qu'il émet ressemble au sifflement du serpent, en plus fort. De quelle puissance cette cinglée a-t-elle parlé, quand elle lui a présenté l'arme ? Cinquante mille volts ? Cent mille, peut-être… Qu'importe ! Un dixième suffirait à le terrasser…

— Éteignez ce truc ! Je n'arriverai jamais à me concentrer. Je vous dis la vérité. Croyez-vous vraiment que j'aurais pu la traîner de force jusque chez moi ? Vous l'avez vous-même déclaré, lors du procès : les travaux avaient provoqué un gros embouteillage. Vous pensez réellement que l'enlèvement d'une gamine qui se serait débattue serait passé inaperçu ?

— Vous lui avez peut-être donné ou raconté quelque chose qui l'a convaincue de vous suivre...

— Le premier rapport d'autopsie mentionne clairement que votre fille n'avait rien ingurgité : aucun alcool, aucune drogue. Si on avait découvert la moindre trace de somnifère ou une quelconque substance, ça se serait su. Je n'ai rien fait de tout ça.

Les crépitements persistent, amplifient encore la tension.

— Figurez-vous que j'ai tout autant de mal à avaler que personne n'ait vu Maëlle quitter ce foutu banc...

— Il tombait des trombes d'eau ! se défend-il. Les conducteurs et les passagers des voitures à l'arrêt se concentraient sur le moyen d'avancer. Ça n'aurait pas été le cas si la petite avait appelé à l'aide...

Élodie semble évaluer la pertinence de l'argument, hésite. Enfin, elle baisse le taser, et la cave retrouve sa quiétude poisseuse. Frédéric lâche un soupir de soulagement. Son cœur menaçait d'exploser.

— Une fois chez vous, que s'est-il passé ? questionne-t-elle. Décrivez le déroulement précis des événements.

— Je ne sais plus exactement... Je crois lui avoir proposé un verre d'eau. Elle n'en a pas voulu.

Frédéric se prend la tête entre les mains. Il donnerait cher pour ne pas être à sa place, dans ce corps douloureux, dans cette tête dévastée, dans ces réminiscences accablantes.

Il se tourne pour ne plus l'avoir en ligne de mire. Elle remarque un tatouage sur son épaule gauche, jusqu'à présent dissimulé sous le tee-shirt. La distance et le peu de clarté rendent la perception des détails difficile. Nonchalamment, elle pose l'arme, ramasse le tabouret, avance jusqu'au trait dessiné à la craie. Prudente, elle a veillé à bien mesurer l'écart maximal qu'elle doit respecter pour ne pas se mettre en risque.

— Elle était trempée ! reprend Frédéric. Je lui ai proposé de monter dans la salle de bains, à l'étage, afin qu'elle puisse se sécher les cheveux avec une serviette…

De là où elle se trouve, les contours du tatouage se précisent.

Élodie reconnaît le tracé d'un chemin. Au centre, elle distingue deux petits pieds au côté desquels apparaissent deux empreintes de pas, plus grandes. Elle ne peut les voir d'ici, mais les détails et les ombres sont à ce point travaillés que l'on imagine presque ces pieds et pas avancer. Sous le dessin, il semble y avoir une inscription qu'elle ne parvient pas à décrypter.

— J'ai laissé votre fille dans la salle de bains, et je suis redescendu, ajoute-t-il en levant puis abaissant son bras gauche, comme pour entériner son propos. Mais vous savez déjà tout ça…

Élodie reste silencieuse. Elle aimerait poursuivre son interrogatoire. Mais elle ne peut s'empêcher de se rabattre sur le tatouage que le Monstre ne cesse d'agiter sous ses yeux. Quelle histoire se cache derrière cette image ? Et que dira-t-elle de l'assassin qui le porte ?

— C'est quoi, ce tatouage ? s'enquiert-elle d'un ton sec en le désignant du menton.

Déstabilisé, Frédéric recouvre d'une main le dessin gravé sur sa peau. Il prend un long temps de réflexion pour répondre à cette question qu'elle trouve plutôt simple.

— Je l'ai fait réaliser pour les huit ans de mon fils… finit-il par murmurer, presque gêné.

— Je ne vous ai pas demandé depuis quand vous l'avez, mais ce qu'il représente !

Frédéric cogite à toute vitesse. Cette gravure, c'est une partie de sa vie. Et il exclut de la partager avec sa tortionnaire. Il baisse la tête, la secoue en signe de refus.

— Je vous conseille de me répondre. Décrivez-moi le dessin et expliquez-moi ce qu'il signifie !

Il n'éprouve aucun désir de se prendre une décharge électrique. De guerre lasse, il s'exécute.

— Il représente les pieds d'un bébé et les empreintes de pas de son père. Il symbolise le chemin à parcourir ensemble et l'engagement de marcher au côté l'un de l'autre tout au long de la vie…

— Et sous le dessin, qu'est-ce qui est écrit ? crache-t-elle en brandissant sa lampe à bout de bras vers lui.

— Un mot latin. *Semper.*

Élodie ramène la lanterne vers elle. Son visage se détache de la pénombre : il est livide. *Semper.* « Toujours. » N'est-ce pas là la promesse d'un amour indéfectible d'un parent envers son enfant, quelles que soient les circonstances ?

« Semper »… Pour elle et Maëlle, *Nunquam amplius* était plus adapté. « Plus jamais. »

Ce qu'elle vient d'entendre est tout bonnement insupportable. Elle aurait mieux fait de mettre un mouchoir sur sa curiosité. La colère qui l'inonde est amplifiée, une nouvelle fois, par une sensation d'injustice asphyxiante.

— Si vous saviez comme je vous hais ! Il faudrait vous arracher votre enfant de la même manière que vous m'avez arraché le mien, pour que vous ressentiez la douleur qui est la mienne. Je vous maudis…

— Je n'avais pas l'intention de vous blesser, bafouille-t-il. Mais vous avez insisté…

— Nous allons arrêter là notre échange. Si vous imaginez que je suis pressée d'aller au bout de mon interrogatoire, il n'en est rien. J'ai tant attendu ce moment que je vais maintenant savourer de vous avoir à ma merci. Je ne chercherai donc pas à tout découvrir d'une traite. Et je veillerai à ce que chaque jour qui passe vous apporte son lot de souffrances. Ne pas répondre à mes questions ne fera que prolonger votre supplice.

Incapable de maîtriser ses émotions, Élodie poursuit dans une fureur devenue aveugle.

— Je vais vous briser ! Je veux vous voir me supplier d'arrêter, comme Maëlle a dû le faire ce jour-là ! Je veux que, tout comme moi, plus jamais vous ne puissiez passer une nuit à dormir normalement ! Je veux que chacune de ces nuits soit l'occasion, toujours, encore et encore, de revivre en pensée le calvaire que vous avez fait subir à ma fille, et que je m'impose chaque jour d'imaginer !

— Je suis désolé…

— Je m'en moque ! hurle-t-elle, en pleurs. Gardez vos excuses pour ceux qui vous ont acquitté au bénéfice du doute ! Moi, de doute, je n'en ai pas.

Frédéric perçoit une haine infinie dans ses yeux.

— Vous avez volé la vie de Maëlle. Elle n'avait que huit ans, et avait sans doute envie, elle aussi, de longer ce fameux chemin à mes côtés. Et moi ? Combien encore d'années de calvaire devant moi, à revivre chaque nuit en pensée les mêmes scènes sordides ? Combien de temps à me laisser pétrir par le remords d'avoir été chercher cette saloperie de sel ? Vous avez pris à ma petite fille tout ce qu'elle était censée vivre un jour, et à moi tout ce que je n'aurai jamais plus. Vous avez détruit ma famille. Vous êtes un monstre !

Elle attrape son sac, grimpe les marches.

— Vous avez pensé côtoyer l'enfer en prison ? Vous allez découvrir qu'il existe bien pire !

*

Jeudi 4 juillet 2024 – 21 h 45

J'avais oublié combien la symphonie de la nuit qui se joue dans la forêt est belle…

Il me suffit de tendre l'oreille pour retrouver ces sons d'autrefois. Je les avais complètement enterrés.

Tu n'as pas eu le temps de le découvrir, Maëlle, mais la forêt a deux visages : celui du jour, celui de la nuit. Dès que le crépuscule arrive, les merles lancent des cris d'alerte. La vie semble alors s'estomper avant de laisser place à d'autres musiques. Les feuilles qui craquent le font d'une autre manière, de nouveaux bruits apparaissent avec les animaux qui assurent la relève : le bourdonnement du moustique, les grognements du sanglier, le cri de l'effraie des clochers, plus connue sous le nom de « Dame blanche »...

Ce soir, j'ai pris le temps d'assister à la transition entre ces deux mondes, à ce moment précis où la couleur du silence change.

À l'instant où je t'écris, j'éprouve l'envie furieuse de retrouver mon arbre. C'est un vieux chêne centenaire qui me servait à la fois de refuge, d'aire de jeux et de mirador. Il se trouve près d'un étang, lieu paisible niché au sud du domaine. Je t'y ai emmenée, lorsque tu étais bébé. Mais tu étais trop petite pour saisir la magie de l'endroit. Même si tu étais déjà captivée par les libellules virevoltantes !

Enfant, j'y passais des heures.

Entre deux parties de balançoire ou de chat perché, je restais suspendue à l'une des énormes branches du chêne, à admirer la vie qui s'animait sous mes pieds. Entre lui et l'étang, je comptais deux amis à qui j'ouvrais mon cœur à voix haute, avec la certitude rassurante de ne jamais voir mes confidences rapportées à quiconque.

J'y retournerai demain matin. Peut-être y puiserai-je un peu de force. Mon échange de ce soir avec le Monstre m'en a dépourvue.

Le voir, lui parler, l'écouter s'avère bien plus difficile que je ne l'imaginais. Car cet homme se fond dans la masse. Il n'a l'air ni d'un illuminé ni d'un sociopathe. Cela a sans doute contribué à convaincre le jury de la théorie de l'accident. Moi, je ne suis pas dupe. Et il éveille chez moi une violence dont je n'appréhende pas bien les limites.

Tout à l'heure, je n'ai pas pu m'empêcher de parler de ton père. Et il me semble avoir réalisé en le faisant que notre couple était mort en même temps que toi. Quel désastre...

Je crois ne t'avoir jamais raconté comment je l'ai rencontré. J'avais vingt et un ans. Il achevait des études dans la finance. Une nuit, il est arrivé à Maisons-Alfort avec son chien malade. Il accompagnait sa mère. Le vieux samoyède était entré dans sa vie quand lui-même n'avait que treize ans, et son angoisse de le perdre m'a émue. Une fois son compagnon hospitalisé, j'ai veillé sur lui comme je l'aurais fait pour ma propre bête. Ton père est venu le voir à trois reprises. Deux jours plus tard, le chien repartait guéri, tandis que le numéro de téléphone de son jeune maître était glissé dans la poche de ma blouse.

Si certains mettent des mois pour réaliser qu'il se passe quelque chose de peu commun avec quelqu'un, moi, il m'aura fallu le temps d'un battement de paupières pour savoir qu'il deviendrait le père de mes enfants. Nous avons tout de suite accroché, tous les deux. J'aimais l'écouter me parler de tout et de rien, et en l'absence de paroles, le langage de ses yeux me transportait tout autant.

Aujourd'hui, nous vivons en colocataires, nos regards se fuient, et je souffre à la fois de ses silences et de ses monologues...

Mais je ne lui en veux pas. J'espère que lui non plus. Il estime sans doute que l'expression de ma détresse devrait être arrivée à sa date de péremption. Il attend certainement de moi que ma peine se transforme en la même tristesse indélébile mais sereine que la sienne. Je n'y parviens pas. Mais je ne me plains plus. Le repli sur soi est la meilleure parade aux reproches, même silencieux.

Je perçois d'ici les faibles stridulations des grillons des bois. Je me souviens de ces heures passées sur le rebord de ma fenêtre à tendre l'oreille pour reconnaître ces notes brèves, de deux tons, qui s'apparentent à un message en morse que je m'amusais à traduire. Elles agissaient sur moi comme une berceuse. Est-ce que je pourrais retrouver cette sensation-là, en me rasseyant au même endroit ?

5

Vendredi 5 juillet 2024

Alors qu'elle franchit le seuil de la maison, un mur de chaleur frappe Élodie de plein fouet. Elle qui espérait trouver un peu de répit dehors après avoir passé des heures enfermée, elle éprouve au contraire l'impression d'entrer dans un four géant. Elle sent la sueur perler instantanément sur sa peau. La sangle de son sac bien rempli lui mord encore plus l'épaule. Elle s'éloigne de la demeure, exposée au soleil, et s'engouffre dans la forêt. Sous le couvert des arbres, les rayons brûlants perdent de leur intensité. Elle s'enfonce davantage dans les sous-bois. Malgré le temps passé, elle n'a rien oublié du raccourci qu'elle empruntait enfant pour se rendre à l'étang.

En se réveillant, elle a hésité à y aller. Car à l'instar des mille cent soixante et un matins précédents, la douleur était enroulée tel un serpent autour de sa gorge, enserrant sa proie avec délectation jusqu'à la laisser pantelante. La tentation était grande de rester emmurée avec sa peine. Mais retrouver cet endroit, essayer de se reconnecter à cette part d'elle-même, sans doute perdue en cours de route, l'apaiserait peut-être.

Pressant le pas, elle arrive à la clairière centrale, où sont implantés les bâtiments de la propriété. Leurs volets fermés, l'absence de bruit et de mouvement lui confirme qu'ils sont bien désertés de tout occupant. À en juger par la hauteur des fleurs sauvages et des herbes autour d'elle, personne n'a dû venir depuis longtemps. Elle ne traîne pas : ici, pas le moindre arbre pour lui offrir un peu d'ombre.

De nouveau, Élodie plonge dans la forêt. Elle ignore les sentiers aménagés, avance sans hésitation, étonnée de l'extraordinaire fiabilité de sa mémoire : il lui semble qu'elle pourrait se rendre là-bas les yeux fermés.

Enfin, elle atteint l'herbe plus douce qui borde l'étang, ce compagnon de longue date qui a accompagné ses pleurs, ses colères, ses rêves, ses déceptions. Face à lui, elle se laisse choir sur une vieille souche d'arbre, contemple le cœur serré l'épaisse couche de lentilles d'eau et de nénuphars. Les rives autrefois nettes et dégagées sont désormais bordées d'une végétation dense et chaotique, où roseaux, buissons et arbustes se disputent l'espace dans un enchevêtrement sauvage. Pour autant, l'endroit n'a pas réellement changé. Contrairement aux villes qui se transforment vite, la nature a quelque chose d'immuable.

Ses yeux s'arriment à l'immense chêne pédonculé, à la droite de l'étang. L'arbre majestueux semble toujours régner sur ce havre de paix. Elle note immédiatement que sa plus large branche, celle à laquelle une balançoire était jadis suspendue, n'a conservé de cette bascule qu'un bout de cordage noué en son milieu. Le siège en bois gît en dessous. Élodie a encore en mémoire l'image de son père se hissant jusqu'à cette ramification pour y enrouler la corde tressée.

Elle se laisse transpercer par le retour quasi miraculeux de souvenirs fugaces dont la netteté des détails l'émeut. Elle se rappelle l'endroit précis où elle s'asseyait, à la base de la branche : une surface légèrement concave, comme sculptée pour épouser ses formes. Elle avait tour à tour fait de ce rameau un lieu de contemplation et un poste d'observation stratégique. Combien de cerfs élaphes avait-elle surpris en train de s'abreuver dans les eaux miroitantes ? L'un d'eux venait même régulièrement bramer durant la période de reproduction. Son cri, rauque, résonnait comme un écho guttural à travers la forêt, emplissant l'atmosphère de ses profondes vibrations. Il se baladait souvent près de la maison. Élodie était capable de distinguer son cri de ceux des autres dès qu'il s'élevait de la harde. Elle avait baptisé ce cerf César. Lui l'avait vite repérée, mais il tolérait sa présence tant qu'elle ne cherchait pas à descendre de son arbre. Il passait parfois tout près du chêne après avoir levé son museau dans sa direction et posé ses yeux sombres sur elle. Élodie se contentait de ne pas bouger, reconnaissante de ce moment de communion silencieuse. Car César lui avait appris à respecter son besoin farouche de distance avec toute population humaine.

Elle n'était jamais parvenue à instaurer une telle proximité avec les biches qui venaient boire le soir avec leurs faons. Effrayées par sa présence, elles détalaient avec leur progéniture sans demander leur reste.

Élodie sourit avec nostalgie. En juillet, les mâles et les femelles n'étaient pas encore regroupés. Dans deux mois, démarrerait la période du brame, où le grand cervidé entrerait en rut. Mais la longévité moyenne d'un cerf étant de quinze ans, elle n'avait aucune chance de revoir César…

Élodie ramasse une pierre légèrement aplanie et la lance en direction de l'eau. Le caillou coule à pic, sans le moindre ricochet. Si sa mémoire des lieux est restée intacte, celle du geste a davantage souffert.

Elle quitte sa souche et rejoint le grand chêne, s'adosse à son tronc, bien à l'ombre.

Ses pensées reviennent à la cave maudite.

Ce type savait qu'il avait eu du bol. Ses réponses à tout ne le rendaient que plus suspect encore. Le problème, c'est que rien ne venait soutenir ses hypothèses à elle. Il avait la chance de son côté.

Élodie arrache rageusement une touffe d'herbe. Avant le drame, elle militait contre l'installation de caméras de surveillance dans les rues. À ses yeux, la liberté individuelle était une valeur primordiale qu'il fallait protéger. Aujourd'hui, elle regrette amèrement cette position. Des systèmes vidéo disposés à côté de la supérette auraient permis de voir ce qui s'est réellement passé ce jour-là.

L'autopsie avait clarifié la cause du décès en écartant définitivement la thèse de la mort par strangulation.

Ils avaient bien retrouvé l'ADN de Belbist, notamment au niveau des zones d'empoignade, et sur la gorge. Toutefois, les ongles coupés sur Maëlle n'avaient rien divulgué.

En revanche, l'autopsie avait révélé un détail majeur : la petite culotte portée par Maëlle était mise à l'envers. Mais aucun des prélèvements effectués par la suite n'y avait décelé la moindre trace d'ADN étranger, de sang ou de sperme.

Aucun élément n'avait permis de partir sur une suspicion de viol.

Élodie n'avait pas classé aussi facilement le sujet. Cela lui avait d'ailleurs valu de nombreuses disputes avec Stéphane, qui ne supportait pas d'en parler.

Certes, il n'y avait pas eu viol. Sans doute parce que le Monstre n'avait pas eu le temps d'aller au bout, Élodie en était convaincue. L'autopsie n'avait peut-être trouvé aucune lésion, mais aucune expertise ne pourrait jamais déterminer s'il y avait eu, ou non, attouchements sexuels.

Et la question de ce qui avait poussé cet homme à étrangler Maëlle *après le décès* restait entière. L'argutie du trou noir ne tenait pas une seconde, pour Élodie. Comme elle le lui avait dit, elle y voyait plutôt un acharnement pour s'assurer que la fillette était bien morte.

Élodie tire une sucette ronde de la poche de son pantalon, une Chupa Chups à la fraise, la déballe et la porte à sa bouche. Puis elle fouille dans son sac, en extrait son cahier, un stylo, et commence à écrire.

Lorsqu'elle lève le nez, une demi-heure plus tard, elle croit apercevoir une silhouette à une trentaine de mètres, qui se fond peu à peu d'une démarche lente et saccadée dans la forêt. La scène n'a duré que quelques secondes, et Élodie l'attribue à une hallucination due à son immense fatigue. Elle se frotte les yeux et les rouvre sur une nature dépourvue de toute présence humaine.

Elle reste néanmoins perturbée par un étrange sentiment de malaise.

*

Frédéric est appuyé contre le mur depuis quelques minutes. Son équilibre reste aléatoire, et ses jambes le soutiennent à peine. Une terrible migraine lui transperce encore le crâne et il a toujours le dos en compote. Il fait glisser ses doigts sur sa barbe de trois jours. Cela fait des années qu'il n'a eu les poils aussi longs.

Que fait donc sa geôlière ? Elle n'est pas passée depuis… combien de temps ? À vue de nez, il dirait une douzaine d'heures. Mais pourquoi ne vient-elle pas le voir plus souvent ? Il l'a entendue partir, un peu plus tôt. Pourquoi ne cherche-t-elle pas à en découdre plus rapidement avec lui, à l'obliger à parler sous la torture, à venger sa fille tout de suite, *maintenant* ? Est-elle à ce point convaincue de ne courir aucun risque d'être découverte ?

Un goût métallique, désagréable, lui envahit la bouche. Il est sans doute lié au fait de ne rien avoir dans l'estomac.

Tu es sûr ? N'est-ce pas plutôt la conséquence de la peur bleue qui est la tienne ? Car tu es totalement paniqué, n'est-ce pas ? Ton taux d'adrénaline doit exploser tous les compteurs…

Non, la sensation de vide, voire de creux dans son ventre est bien réelle, et s'accompagne maintenant de crampes et de douleurs abdominales. Rien d'étonnant à ce que sa bouche sente le métal.

Il mangerait n'importe quoi. Même une « gamelle ».

Frédéric ne peut retenir un ricanement. Il fallait être passé par la case prison pour saisir ce qui se cachait derrière ce mot. Les repas en milieu carcéral n'avaient rien à voir avec l'imaginaire américain où les détenus se réunissaient dans des espaces de restauration collective. La réalité, c'était la distribution de deux plateaux par jour en cellule, à 11 h 30 et 17 h 30. Qui n'avaient de repas que le nom. Raison pour laquelle, dans le jargon des taulards, on les appelait « gamelles ». Et aucun d'eux ne la mangeait. Tout du moins, aucun de ceux qui avaient les moyens de se payer autre chose. Pour ceux-là, leur vraie nourriture, c'était la « cantine ». Autrement dit, tout ce qu'ils pouvaient s'acheter au magasin interne de la prison, ce qui faisait de l'alimentation un véritable marqueur social. Après, chacun faisait sa tambouille en cellule, à l'aide d'un réchaud artisanal, souvent fabriqué avec un bol, des canettes, un bout de tissu et de l'huile. C'est ce qu'ils appelaient la chauffe. Là encore, chacun avait sa technique. Et finir dans la même cellule qu'un type débrouillard en cuisine et en ingéniosité devenait un précieux avantage. Le codétenu de Frédéric lors de sa dernière année d'incarcération n'était pas un cordon bleu, mais il était italien, et avait appris à confectionner des pizzas avec le minimum d'ingrédients. En taule, une telle compétence n'avait pas de prix.

Aujourd'hui, les effluves de tomate cuite flottent à des années-lumière de cette cave, et il donnerait cher pour dévorer le dixième d'une gamelle…

Combien de temps va-t-il pouvoir tenir sans nourriture ? Il n'a aucune envie de crever ici…

Ne panique pas. Souviens-toi de la règle des trois : trente jours sans manger, trois jours sans boire, trois minutes sans respirer. Tu as encore de la marge...

Lui revient en mémoire un reportage au cours duquel il avait appris qu'un homme pouvait en moyenne résister plus de deux mois sans aliments à condition de s'hydrater. Certes, l'air de cette cave n'est pas des plus sain, mais il reste respirable, et il a de l'eau.

C'est un peu rassurant côté survie, bien que totalement anxiogène quant aux perspectives des jours à venir.

Frédéric redresse brutalement la tête. Il a l'impression d'avoir vu *quelque chose* bouger (*courir* ?) sur le sol, vers la première étagère sur sa droite, derrière le renfoncement.

Calme-toi ! Tu vois bien qu'il n'y a rien. Tu te fais des films.

Il s'efforce d'inspirer lentement à pleins poumons. C'est vrai, les ombres le rendent très nerveux. Et des points scintillants tourbillonnent devant ses yeux. Il est sans doute en hypoglycémie.

Il s'écarte de la paroi crasseuse, fait quelques pas. Mais il titube, et doit à nouveau se rattraper au mur. Il se demande si son eau ne contient pas autre chose…

Il se rallonge sur sa couche dans un soupir et sombre lentement dans une semi-somnolence. Des images l'assaillent. Des fragments de rêves. Des fragments de cauchemars. Des fragments de sa réalité. Il ne parvient d'ailleurs plus trop à distinguer les deux dernières catégories.

Il s'endort.

*

Son sac arrimé sur le dos, Élodie se fraye un chemin à travers la végétation dense, en direction de la maison.

Elle retrouve un sentier autrefois bien dessiné. Ses contours sont aujourd'hui à peine discernables. Elle ne s'en étonne pas car, à part elle, peu de personnes l'empruntaient. Il était très étroit et jonché de trop d'embûches pour la chasse.

Un bruissement de feuilles et elle s'arrête net, tous ses sens en alerte. Une forme lointaine disparaît derrière un buisson. Élodie se terre derrière le tronc élancé d'un pin. Elle avait oublié la magie de ces rencontres sauvages. Mais ces instants de grâce restent rares et fugaces : la nature ne lui fait pas cadeau d'une seconde apparition.

Elle ferme les yeux, écoute vibrer ce monde qu'elle a délaissé il y a tant d'années.

Un son presque imperceptible lui parvient. Une sorte de gémissement plaintif. Elle quitte sa cachette, tend l'oreille, essaie de se rapprocher de la source du bruit, très faible. Elle avance avec précaution. Un renardeau gît sur un amas de feuilles et de branches cassées. Son pelage roux est maculé de sang.

Elle s'approche, reste cependant à distance pour évaluer la situation. Le jeune animal est couché sur le flanc, soulevé par des respirations erratiques. Il est blessé à l'abdomen. Il tremble et saigne beaucoup. Élodie note également plusieurs lacérations sur sa cuisse gauche et une plaie au niveau de l'œil droit.

Qu'est-ce qui a pu lui causer de telles blessures ? La chasse n'est pas encore ouverte, il n'y a donc ni battue ni chien. Un piège oublié par un trappeur ou un chasseur n'aurait pas causé de tels dégâts. Ce jeune renard aurait-il pu se faire renverser par une voiture et parvenir à se traîner jusqu'ici pour retrouver sa mère ? La route est pourtant loin…

Élodie demeure perplexe. Si elle le laisse ici, il va mourir. Mais comment le soigner ? Ses blessures ont l'air très sérieuses. Et elle n'a pas ce qu'il faut sur elle.

Un léger jappement s'échappe de la gueule de la créature apeurée. Bien que carnivores, les renards pouvaient manger des fruits. Et elle a une poire avec elle. Mais la technique d'apprivoisement qui consiste à appâter avec de la nourriture ne fonctionne pas avec un animal qui souffre. Même s'il est affamé.

Elle n'a pas pris son fusil projecteur et ne pourra donc lui administrer un tranquillisant à distance. En revanche, depuis qu'elle séquestre le Monstre dans sa cave, une seringue remplie d'anesthésiant ne la quitte plus. Au cas où. Elle a hésité à la laisser dans son sac, juste avant de partir. Elle se félicite de l'avoir fait.

Élodie s'avance encore, plus près du renardeau, observe ses réactions. Depuis toute petite, elle a toujours compté sur son intuition, avec les bêtes. Et elle ne sent aucun danger.

Elle se rapproche au point de ne laisser qu'un mètre entre eux. Ainsi qu'elle le pressentait, le renardeau est à ce point blessé qu'il ne montre aucun signe d'agressivité. Elle a bien entendu un grognement, mais si bref qu'elle l'interprète comme un avertissement de principe. Le mammifère reste allongé à terre, soumis au regard étranger. Il se sait en position de faiblesse.

Elle décapuchonne l'aiguille, la plante en douceur dans la cuisse de l'animal. Celui-ci ne réagit même pas à la piqûre. Sa souffrance doit être intense. Elle injecte un peu plus d'un demi-millilitre. Rapidement, les oreilles s'affaissent, les yeux se ferment, le souffle devient régulier.

Elle sait qu'il pourrait être porteur de maladies, mais elle n'hésite pas un instant à le prendre à mains nues.

La silhouette gracile, la fourrure douce et claire, les oreilles plus grandes que sa tête lui confirment qu'il s'agit d'un tout jeune renard. Il est peut-être déjà condamné.

Le corps chaud étendu sur un bras, elle empoigne son sac de l'autre main et fait demi-tour sans attendre. Tout d'un coup, sauver ce renardeau lui devient essentiel.

*

Frédéric s'adosse à la paroi et se presse les tempes. Il a rouvert les yeux il y a maintenant… quoi ? Dix minutes ? Vingt, peut-être… Comment se repérer sans montre et encore shooté ?

Son sommeil a été intermittent et agité. La chaleur étouffante doit y être pour quelque chose. Et il ne se fait pas à cette odeur moite et rance dont les murs semblent imprégnés. Elle lui porte au cœur.

Depuis son réveil, il a tenté à plusieurs reprises de se lever. Mais ses jambes percluses ont refusé de lui obéir. Ses bras sont toujours aussi lourds, et sa tête lui fait atrocement mal. Il sent ses lèvres engourdies. C'est comme s'il avait été tabassé à coups de masse.

Il serre les dents, contracte tous ses muscles pour s'asseoir sur sa couche. Une décharge de picotis se propage dans tout son corps. Bien qu'il soit encore dans les vapes, ses pensées défilent à toute vitesse à travers un dédale d'angoisses.

La lumière sculpte de nouvelles ombres dans la pièce. Il scrute à distance chaque recoin, cherche désespérément une issue qu'il n'aurait pas remarquée de prime abord. Mais il a beau guetter la moindre faille qui lui permettrait de prendre la tangente, *nada*.

Il y a bien cet escalier aux allures d'échelle qui mène à une porte. Ça, ce serait la sortie idéale…

Trouve d'abord le moyen de te libérer de tes chaînes !

Il lève son bras droit et observe son poignet : même s'il n'a rien pour la couper, il lui sera plus facile de trancher cette corde que de faire sauter le mécanisme du large cercle en acier qui emprisonne sa cheville. Et il n'est absolument pas envisageable de desceller l'anneau qui semble fondu dans le mur. Quant aux maillons de la lourde chaîne, ce ne sera certes pas avec ses ongles ou ses dents qu'il pourra en venir à bout.

Il a beau se creuser les méninges, il lui faut se rendre à l'évidence : ses chances de s'échapper sont infimes.

À moins d'avoir l'ambition de pourrir ici, il va bien falloir que tu trouves quelque chose !

À cette perspective et malgré l'étuve, la chair de poule lui hérisse les bras. Il s'oblige à mieux inspecter ce qui l'entoure. À première vue, rien à sa portée. Sa geôlière y a veillé. Tout au fond, des coffres en bois et malles métalliques. Dans les rayonnages, sur les étagères, de vieux journaux, des valises, des briques, des planches, des ustensiles de cuisine dont les derniers contacts avec toute nourriture doivent remonter à près de vingt ans. À d'autres endroits, des vêtements empilés, à moins que ce ne soient des torchons. Des livres, jouets et poupées occupent tout un pan de mur. Frédéric découvre même un téléphone à cadran.

Bref. Quand bien même il pourrait l'atteindre, rien dans ce foutoir ne lui serait d'un grand secours.

Le moral en berne, il s'efforce de visualiser sa maison, son salon. Dans les moments difficiles, en prison, cela l'a souvent aidé : s'enfermer dans une bulle virtuelle et s'envoler en pensée dans un ailleurs où nul ne pouvait l'atteindre avait même sur lui un effet revigorant. Mais pas aujourd'hui.

Ici, son unique obsession est de mettre les voiles.

Si toi tu ne peux pas t'enfuir, d'autres viendront te délivrer.

Sa sœur Sandrine et Mathéo l'ont vu partir pour son travail, qu'il a repris cinq semaines plus tôt. Ne le voyant pas revenir, ils ont dû inonder son portable de messages. Sans nouvelles de sa part, Sandrine va s'inquiéter et finir par aller trouver la police.

Nul doute que les flics ne seront pas aussi naïfs que toi. Le premier endroit où ils iront chercher, ce sera du côté des parents de la gamine...

Les mâchoires contractées, Frédéric s'efforce à la pratique de la visualisation positive : il imagine déjà une patrouille débouler dans la cave fétide.

Alors il pourra poursuivre ce qu'il avait recommencé à sa sortie de prison : reprendre une existence normale, passer du temps avec son fils. Cette perspective suffit à elle seule à éveiller de la joie en lui. Il tente de se détendre.

Mathéo. Son unique enfant. Et toute sa vie.

Une image vient danser devant ses yeux. Ce jour où, pour la première fois, il a réalisé que quelque chose ne tournait pas rond chez son petit garçon en constatant qu'il ne pouvait tenir assis seul sans appui et sans aide dans sa chaise haute. Puis ces comportements atypiques qui avaient vite allumé une inquiétude : des battements de bras « flapping », un attachement aux routines, une incapacité à exprimer ses émotions et à comprendre celles des autres, des intérêts obsessionnels, sa préférence pour les jeux en solitaire...

Le sourire de Frédéric se voile d'un nuage. Il ferme les yeux, remué par le souvenir de cet instant où il a su, *senti* dans sa chair que cet enfant n'était pas comme les autres, et qu'à ce titre, il devrait le protéger plus encore. Cette vulnérabilité a contribué à décupler la force de son amour paternel.

Il y avait aussi eu des moments d'ébahissement.

À deux ans, Mathéo avait appris à compter et à déchiffrer l'alphabet en moins de dix jours. Une année de plus, et il savait lire. Alors que les enfants de sept ans commençaient à apprendre par cœur les tables de deux à cinq, Mathéo, à quatre ans, était capable de trouver le résultat d'une vingtaine de multiplications, jusqu'à la table de treize incluse, en moins d'une minute.

Enfin, il y avait eu ces événements douloureux qui étaient restés gravés en lui. Notamment ce fameux arbre de Noël d'entreprise…

Frédéric balaie le souvenir qui tente de se frayer un chemin dans ses pensées. Ce n'est pas le moment.

Le plafond de suie le nargue en silence.

Il avait vainement essayé d'entourer son fils de gamins de son âge, car l'idée que les enfants atteints d'un trouble du spectre autistique ne voulaient pas avoir d'amis était en effet un cliché bien tenace, mais tellement infondé. Leurs difficultés à sociabiliser étaient à tort confondues avec un refus des relations de leur part. Toutefois, Frédéric savait combien Mathéo aurait aimé partager ses passions avec des camarades. Il avait donc invité des copains de sa classe chez lui. Mais Mathéo ne connaissait pas les codes qui régissent les comportements, ne comprenait pas non plus le second degré. Et lorsque, par miracle, il y parvenait, il n'en saisissait pas le contexte. Il pouvait rire devant un visage triste, interpréter une tape amicale dans le dos comme un reproche ou un geste agressif. Mathéo n'aurait pas aidé un enfant tombé à terre, et pas davantage consolé un autre en pleurs. Non pas parce qu'il était dénué de compassion, mais parce qu'il souffrait d'un déficit d'empathie. Alors, évidemment, si certains gamins avaient accepté de venir une première fois, peu d'entre eux étaient revenus une deuxième. Et aucun une troisième.

Finalement, ce cliché s'était transformé en prophétie autoréalisatrice : puisque tisser des liens l'exposait à des rejets, Mathéo s'était emmuré dans la solitude, tout aussi douloureuse, mais bien moins compliquée à affronter.

L'hiver, Frédéric le retrouvait enfermé dans sa chambre à jouer avec ses dinosaures ; l'été, il passait des heures allongé le nez dans l'herbe, à contempler la vie agitée des insectes… Le monde des insectes le fascinait. Des papillons aux scarabées, il désignait chaque espèce par son nom latin, et son antre, toujours rangé, était rempli de livres sur l'entomologie. Cet intérêt avait d'ailleurs valu une frayeur bleue à Frédéric, lorsqu'il avait découvert un jour de juillet Mathéo agenouillé au bord de la piscine, un frelon qu'il venait de sauver de la noyade sur sa main. L'insecte semblait se débarrasser de l'eau en faisant sa toilette, à une dizaine de centimètres du visage enfantin. Le petit avait alors sept ans. À aucun moment il ne s'était senti en danger. Frédéric se demandait encore par quel miracle le frelon ne l'avait pas piqué.

Mathéo était également passionné par l'astronomie. Il connaissait par cœur l'orbite des huit planètes de notre système solaire et leurs caractéristiques distinctes. De

Mercure à Neptune, il tricotait chaque soir les fils invisibles qui les reliaient dans l'espace de sa chambre, tissait un tableau virtuel des astres soumis au champ de gravitation du soleil.

Porté par le devoir, Frédéric avait fait front et s'était dévoué à son fils. Il avait affronté les interrogations muettes dans les regards gênés de certains adultes, défié les moqueries silencieuses, ignoré les remarques tour à tour anodines et assassines de ses jeunes camarades. En lui consacrant tout son temps disponible, il avait tenté de conjurer le double malheur qui s'invitait chez eux : le sort qui avait fait de son fils un enfant différent, et l'abandon de celle qui lui avait donné naissance. Ce gosse avait bousculé toutes ses priorités. Et finalement, son amour lui avait tout rendu au centuple.

Le bruit d'un battant qui claque sort Frédéric de ses pensées. Il a reconnu le son distinctif d'une porte d'entrée, plus lourd et plus profond que celui émis par des portes intérieures.

Elle rentre. Et il y a fort à parier qu'elle va débouler d'un instant à l'autre.

Frédéric se rallonge et fait semblant de dormir.

*

Élodie a fait place nette sur la table de cuisine. Le renardeau y est étendu.

Elle nettoie d'abord les plaies avec une solution antiseptique, suture ensuite les larges lacérations sur la patte, sur son dos. Elle s'applique à bien aligner les tissus afin de minimiser les cicatrices et d'éviter toute complication ultérieure.

Elle s'occupe enfin de la légère blessure oculaire. Elle n'a pas à sa disposition de gouttes antibiotiques. Alors elle rince abondamment l'œil, en désinfecte le contour pour favoriser la guérison.

Lorsqu'elle recouvre d'un bandage le flanc et la patte du jeune animal, il est plus de 14 h 30. Sans même s'en rendre compte, elle vient de passer une heure et demie à le soigner.

Elle attrape une caisse glissée en haut du bahut de la cuisine, en tapisse l'intérieur de vieux vêtements et de feuilles mortes, créant ainsi un lit douillet, assez grand pour que le renard puisse bouger confortablement, et bien confiné pour qu'il se sente en sécurité. Elle se rend ensuite dans le salon, passe près du poêle en fonte qui aurait tant à raconter, s'il le pouvait. Elle ouvre la porte de la chambre de ses parents, y place la caisse dans un endroit calme et abrité, loin de toute activité humaine ou animale qui risquerait de perturber la convalescence du jeune mammifère. Pour éviter que le renard puisse s'échapper, elle improvise un filet de sécurité en tendant un fil autour de la caisse, suffisamment haut pour qu'il ne puisse pas sauter par-dessus, mais assez bas pour ne pas le blesser s'il venait à essayer de le franchir. Elle s'assure que le filet est solidement fixé et qu'il ne présente aucun danger pour son protégé.

Puis elle y dépose l'animal encore endormi, caresse le pelage couleur de feu.

Cela fait bien longtemps qu'elle ne s'est sentie aussi fière de ce qu'elle vient d'accomplir. Elle espère que ce petit va s'en sortir.

De son côté, il est temps de retrouver le Monstre.

*

À nouveau, le couinement des gonds retentit. Frédéric referme immédiatement les yeux, mimant un profond sommeil. À travers la fente étroite laissée entre ses paupières closes, il observe la silhouette descendre les marches. Élodie pose sa lampe, sort de son champ de vision. Il ne bouge pas d'un iota. À en juger par l'ombre qui se découpe sur le mur, elle doit se trouver à moins de deux mètres de lui. Donc à portée de main, ou plutôt, de chaîne.

Il lui suffirait peut-être de faire le mort quelques secondes de plus et…

— N'y pense même pas !

Il rouvre les yeux.

Le canon d'un fusil hypodermique est pointé sur lui. Un sachet de deux petites biscottes et un litre d'eau minérale se trouvent entre sa paillasse et la ligne tracée au sol.

Élodie recule jusqu'au tabouret, s'y assied, pose son arme sur ses genoux.

— Interdiction de toucher ces biscottes tant que je ne vous en aurai pas donné l'autorisation ! déclare-t-elle calmement.

Tandis qu'il note le passage du vouvoiement au tutoiement, puis l'inverse, Élodie sort un paquet de biscuits de sa poche, croque dans l'un d'eux, le savoure sous ses yeux.

— Comment avez-vous vécu ces trois années en prison ? demande-t-elle sur un ton presque nonchalant. Vous vous êtes fait des copains ?

Son expression affectée souligne l'ironie du propos. Frédéric refuse de jouer à ce jeu-là. Il reste silencieux.

— De mon côté, ça n'a pas été simple. J'ai bien essayé de compter sur un soutien amical et familial. Mais au fil des mois, ma fille s'est estompée dans la conversation de mes proches. Sans doute pensaient-ils bien faire en éludant le sujet. Moi, je ne voyais pas les choses comme ça. Le silence, c'était l'oubli. Alors, moins ils en parlaient, plus je les fuyais. Et vice-versa. Ils ont donc fini par tourner radicalement le dos à cette douleur qui s'épuisait bien moins rapidement qu'eux.

Elle enfourne le reste du biscuit dans sa bouche. Frédéric reconnaît l'emballage. Mathéo adore ces gâteaux-là.

De là où il se trouve, il lui semble que l'arôme du biscuit a envahi l'espace. Ses papilles s'affolent, excitent sa production de salive. Le simple souvenir de la saveur à la fois salée et sucrée le ferait presque baver. Par défaut, il se jetterait volontiers sur les biscottes. Mais il ne lui fera pas le plaisir de la supplier. Même s'il en crève d'envie.

— Alors je me suis tournée vers la thérapie individuelle, j'ai accepté la prescription d'antidépresseurs et d'anxiolytiques. Je me souviens m'être rendue à ces séances avec une douleur glacée au creux du ventre. Lorsque le psy m'a gentiment dit qu'il allait me falloir apprendre à construire une nouvelle vie à partir des fragments de l'ancienne, j'ai compris que ce ne serait pas cette voie qui me permettrait de décrocher des images intolérables qui me hantaient. Quant aux somnifères, ils présentaient l'avantage de m'expédier aussitôt vers l'oubli. Mais celui-ci n'était que transitoire. Et bien trop éphémère.

Incapable de détacher ses yeux des miettes qui s'échappent régulièrement de la bouche d'Élodie, Frédéric ne parvient pas à rester concentré sur ce qu'il entend.

— J'ai même fait une « retraite deuil » de trois jours…

Elle se tourne vers lui brusquement.

— C'est dingue, ça, hein ? Une retraite deuil ! Je suis sûre que vous ne saviez même pas qu'un truc pareil existait, si ?

À l'intonation de la voix, Frédéric comprend qu'Élodie vient de lui poser une question. Il simule une quinte de toux pour masquer son embarras.

Elle avale le dernier morceau, se lève et parcourt la pièce à coups de grands mouvements de bras dans l'air.

— Trois jours entourée de parfaits inconnus, mais qui deviennent plus proches de vous que tous ceux que vous avez jusqu'à présent côtoyés pour la simple raison qu'eux seuls partagent la douleur aliénante qui est la vôtre. Mais cela ne suffit pas à apaiser la souffrance.

Elle le regarde avec un air entendu, comme pour s'assurer qu'il a bien saisi ce qu'elle vient de dire. Frédéric se ratatine sur sa couche.

— J'ai même choisi un temps l'échappée narrative, la seule voie qui permette de réécrire l'histoire. Je me levais chaque matin comme si de rien n'était, j'agissais comme si le tsunami qui avait ravagé ma vie ne s'était jamais produit. Car j'avais au fond de moi la réelle volonté de m'en sortir. Pour Zoé. Pour Stéphane. Mais l'écriture, ce n'est pas mon truc.

Elle a un geste impatient de la main.

— Bref. Du groupe de soutien à la méditation de pleine conscience, en passant par des magnétiseurs, acupuncteurs, homéopathes, activités créatives, ou l'auto-assistance, je crois avoir tout essayé… Sans aucun résultat.

Elle semble se radoucir, le jauge avec attention.

— Jusqu'au jour où j'ai compris qu'il existait une solution. Et qu'elle était en vous.

Elle effectue deux allers-retours complets, revient à la charge.

— Pourquoi n'avez-vous jamais présenté de demande de mise en liberté, lors de votre détention provisoire ?

— Parce que mon avocat m'a déconseillé de le faire : vous étiez tellement vindicative que le juge d'instruction les aurait refusées. Et finalement, je l'en remercie, parce que vraisemblablement j'aurais fini dans cette cave plus tôt que prévu !

— Arrêtez votre baratin ! Je n'ai rien à voir là-dedans ! C'est plutôt que votre histoire était à ce point cousue de fil blanc qu'il y avait bien peu de chances pour qu'il vous laisse sortir ! Votre mise en détention provisoire a été renouvelée six premiers mois, puis six autres avant d'aller aux assises. Mais comme beaucoup de vos propos n'ont pu être ni confirmés ni infirmés, le doute vous a profité…

— C'est faux ! C'est juste que le mandat de dépôt initial d'un an ne leur laissait pas assez de temps pour l'enquête sur mon entourage, une reconstitution des faits chez moi. Je vous rappelle qu'il y a également eu plusieurs autopsies, des compléments d'expertise, des analyses toxicologiques, un examen anato…

Il bute sur le mot.

— Anatomopathologique, le reprend-elle, méprisante. C'est tellement facile, de vous réfugier derrière ça. Effectivement, ils ont bien retrouvé du sang sur le meuble de votre entrée. Mais la question qui se pose est : Maëlle est-elle tombée toute seule ou bien est-ce que c'est vous qui l'avez poussée ?

— Le ministère public a soulevé les mêmes questions. Il me semble que le jury a tranché.

— Le jury, oui. Pas moi. Enfin, si, mais pas dans le même sens… Moi, je crois que vous avez commencé à faire subir des choses terribles à ma fille, qu'elle est parvenue à vous échapper par miracle, peut-être parce que quelqu'un a sonné, ou parce que votre attention a été détournée. Là, vous avez pris peur, vous l'avez rattrapée, sans doute en haut de l'escalier. Ce qui expliquerait la présence des bleus sur ses bras. Maëlle s'est débattue, vous l'avez fait tomber du haut des marches. Cela a dû vous mettre dans une colère noire. Lorsque vous l'avez rejointe, vous avez voulu l'achever. Parce que vous n'aviez pas remarqué qu'elle était déjà morte.

— Les bleus s'expliquent par sa chute. Et je vous rappelle qu'elle n'est pas morte sur le coup. Donc, si je suis votre raisonnement, il y a un truc qui ne colle pas. Parce que si j'avais agi comme vous l'affirmez, je l'aurais vraiment tuée en l'étranglant.

— Je dirais plutôt que rien ne colle dans votre version à vous. Mais comme certaines choses ne sont pas vérifiables, tout repose sur vos propres dires. C'est un peu facile.

Elle lui lance un regard noir de suspicion.

— La première autopsie a été faite durant votre garde à vue. La confirmation de la fracture de l'os hyoïde allait plutôt dans le sens de ce que vous aviez commencé à avouer, à savoir le meurtre de Maëlle. Mais lorsque l'examen anatomopatho a certifié que la cause du décès était l'ischémie consécutive à l'hémorragie intracrânienne, et non pas une asphyxie résultant de l'étranglement, vous êtes revenu sur votre déclaration pour tenter de minimiser votre responsabilité dans sa mort. Ce qui signifie que vous ne vous attendiez pas à cette conclusion-là.

Elle s'adosse contre une armoire métallique, croise les bras et le regarde fixement.

— Je suis persuadée que cette conclusion vous a pris de court. Sinon, vous auriez avancé la thèse de l'accident dès le début.

— Non. J'étais paniqué, j'ai secoué votre fille pour tenter de la ranimer avant de tomber dans un trou noir. Et c'est là que j'ai dû lui serrer la gorge, en espérant que cela la ramènerait à la conscience.

— Au point de lui écraser la trachée ? gronde-t-elle. Ça ne tient pas debout !

Elle se passe les doigts dans les cheveux. Cet homme lui fait perdre son sang-froid. Elle doit impérativement se reprendre et recouvrer son calme.

Elle retourne s'asseoir, désigne le sachet de biscottes :

— Allez-y !

Il se jette sur le paquet, déchire l'emballage, porte une tranche de pain sec et grillé à ses lèvres d'une main tremblante, mord dedans. Une explosion de saveurs remplit sa bouche. Il n'aurait jamais imaginé pouvoir trouver autant de parfum à une simple biscotte. Il a l'impression de revenir à la vie.

— Finalement, ici, ça ne te change guère de ta prison, non ?

Il se délecte de chaque miette égarée dans sa bouche, prend enfin le temps de répondre.

— Sûrement pas ! Là-bas, les fondamentaux de l'humanité sont respectés : on mange trois fois par jour, on a des sanitaires, un minimum de lumière naturelle, et un médecin pour soigner les gens qui se sentent aussi mal que moi…

Elle hoche vigoureusement la tête.

— C'est bien ça le problème ! On vous traite comme des hommes alors que vous n'êtes que des monstres, la chienlit, la crasse, la lie de la société. Voilà plutôt comment tout pédophile devrait être traité !

Elle se lève brusquement, s'approche jusqu'au trait blanc.

— Est-ce que toi, tu t'es soucié de savoir si ma fille avait besoin de quoi que ce soit, espèce de pourriture ?

Frédéric garde la tête baissée. Il cherche quelque chose à dire. Quelque chose qui n'attiserait pas sa colère. Et qui ne lui laisserait pas le temps de reprendre son interrogatoire là où elle l'a interrompu la veille.

— Je ne me suis fait aucun ami, en prison. Et je n'ai reçu que peu de visites. Je ne voulais pas que mon fils garde de moi l'image d'un père au parloir. Mon seul loisir, c'était de sculpter des morceaux de bois. J'en trouvais parfois dans la cour, ou j'en récupérais en salle de travail...

— Ah oui ! J'avais oublié que vous étiez ébéniste, avant...

L'acrimonie alourdit la fin de sa phrase.

Frédéric acquiesce.

Très tôt, il a été attiré par la chaleur et la beauté du bois. Il a toujours aimé laisser ses doigts glisser sur ce matériau avec une tendresse presque délicate, explorant chaque contour, chaque imperfection. Il aime ressentir la rugosité des fibres, la douceur des surfaces polies. Il adore observer les grains irréguliers, les lignes organiques, les contrastes saisissants entre les zones claires et sombres.

Adolescent, il passait des heures à façonner des animaux miniatures. Il avait appris seul à jouer avec les styles, les courbes, les volumes, et portait une attention particulière aux détails. Il avait mesuré l'importance de chaque geste sur la matière : tour à tour brusque ou hésitant, gauche ou précis, fantaisiste ou maniéré, mou ou énergique, chaque mouvement mordait ou incisait différemment. Entre ses mains, chaque création devenait unique. En vérité, chaque objet contenait pour lui un univers entier.

Il avait donc naturellement choisi de faire de cette passion son métier.

— Vu la largeur de vos paluches, je vous aurais plutôt imaginé tailleur de pierre !

Il se voit aisément à travers le regard qui s'attarde avec mépris sur ses mains robustes. Il se retient de lui dire combien la pierre et le bois sont de nobles matières, qui exigent à la fois force et finesse. C'était cette combinaison de force brute et de dextérité délicate qui lui permettait de ciseler avec précision le pli d'un vêtement, les traits d'un visage…

— Quoi qu'il en soit, cela nous distingue bien, tous les deux. J'ai choisi de consacrer ma vie à des êtres vivants, vous à un matériau mort… ajoute-t-elle.

Il en aurait ri, s'il n'avait été dans sa situation. Pour lui, le bois était bien plus qu'un simple matériau de travail : c'était une source infinie d'inspiration. Il se délectait du parfum naturel, de la texture rugueuse sous ses doigts, du spectacle des nœuds et des veines qui racontait l'histoire de chaque pièce. Il aimait s'enivrer du mélange subtil de senteurs boisées, de résine et d'humidité. Il réalisait des sculptures uniques avec diverses essences, façonnait la matière en fonction de ses propriétés, de sa robustesse, de sa teinte en veillant à toujours respecter la noblesse du matériau qu'il tenait entre ses mains.

Avant d'être incarcéré, il fabriquait des meubles depuis une quinzaine d'années pour un artisan associé à un architecte d'intérieur. Au fil du temps, et malgré ses réticences, il s'était adapté à de nouvelles techniques, avait appris à utiliser des machines à commande numérique. Pour continuer de travailler à l'ancienne, il avait construit un petit atelier, au fond de son jardin. Un endroit rien qu'à lui, où sa créativité et son savoir-faire s'exprimaient à l'abri de tout regard.

Son ex-patron lui avait assuré qu'il lui redonnerait son boulot à sa libération. Et il avait tenu parole.

Frédéric réalise qu'Élodie l'observe avec insistance. Le visage empourpré, il balbutie :

— Bien que le bois soit techniquement parlant le produit de tissus morts, il garde la vie en lui…

Élodie tente de se concentrer sur la réponse, mais son attention est de nouveau captée par le tatouage qui s'anime en fonction des mouvements du bras de son prisonnier. Elle contemple l'image avec une intensité quasi hypnotique. Depuis qu'elle en sait la signification, ce dessin la hante.

— Qu'avez-vous dit et fait juste avant le meurtre ?

— L'accident ! rectifie-t-il avec un geste péremptoire. Il s'agit d'un accident !

— Qu'avez-vous dit et fait juste avant la mort de ma fille ? Je veux connaître les conditions exactes de son décès.

Frédéric soupire, prend le temps de réfléchir. Les empreintes de pas sur son bras ont suspendu leurs mouvements. Elles paraissent aussi figées sur leur chemin que Frédéric l'est dans sa réflexion.

— Je vous ai dit que la petite était trempée. Je l'ai laissée dans la salle de bains, à l'étage. Mais je ne l'entendais plus. Alors je suis remonté. Je l'ai appelée, mais elle ne répondait pas. Elle se cachait. Quand j'ai eu le dos tourné, elle s'est mise à courir vers l'entrée. J'ai essayé de la rattraper pour la rassurer, mais tout s'est passé très vite. Elle a trébuché et…

Élodie se lève, arpente la cave de long en large.

— Au tribunal, il a été clairement établi que les empreintes de Maëlle figuraient bien sur cette serviette, mais elle ne s'en est pas servie pour se sécher. Ça ne colle donc pas avec ce que vous racontez ! Est-ce que vous ne cherchiez pas plutôt à la déshabiller ?

— La serviette, c'est un détail ! Le reste s'est passé comme je vous le dis. Je ne suis pas un détraqué sexuel ! Et j'ai moi-même un gamin…

Et la petite culotte à l'envers ?

— De bons pères de famille qui se révèlent être des prédateurs, ça s'est déjà vu !

Elle aimerait trouver le courage d'aller immédiatement au bout du sujet, mais elle se sent trop fragile pour ne pas craquer.

Avance étape par étape.

— Est-ce qu'elle a souffert ? A-t-elle pleuré ? Crié ? ne peut-elle s'empêcher de demander.

Frédéric savait que ce serait difficile. Ça l'avait été lors de son jugement. Mais là, seul face à cette mère anéantie, c'est pire. Il dessine son impuissance d'un geste. Les empreintes de pas virevoltent à nouveau sous les yeux d'Élodie.

— Tout est allé très vite.

— Quels ont été les derniers mots de Maëlle ?

— Je vous le répète : tout est allé très vite !

— Arrêtez de me prendre pour une imbécile ! Je ne vous crois pas !

Elle se campe face à lui, à la limite du trait, se baisse légèrement.

— Regardez-moi droit dans les yeux et jurez-moi que ma fille est morte si vite que ça ! Regardez-moi !

Il affronte son regard comme il le peut, essaie de ne pas se défiler. Il a l'impression qu'elle fouille jusque dans son cerveau.

Elle cherche dans ses yeux le signe d'une tromperie. Bien que rien ne transparaisse, son instinct lui crie que quelque chose ne colle pas, qu'il ment. Mais sur quelle partie de l'histoire ? Que cache-t-il depuis le début ? Derrière ce rideau de mensonges se dissimule une vérité qu'elle finira par découvrir, quoi qu'il en coûte. En attendant, elle doit trouver le moyen de le faire parler.

— Est-ce que vous l'avez violée ?

Il bondit :

— Arrêtez avec ça ! Toutes les expertises puis contre-expertises vous ont confirmé que Maëlle n'avait pas subi d'agression sexuelle. Cette accusation est insupportable !

— Mais aucun examen ne pourra jamais confirmer ou infirmer qu'il n'y a pas eu d'attouchements !

Frédéric se tient la tête entre les mains, tandis qu'Élodie reprend ses va-et-vient dans la largeur de la pièce. Ces questions-là vont le rendre fou.

— Madame, je comprends votre douleur, croyez-moi... Mais vous allez trop loin !

— Non ! crie-t-elle, vous n'avez aucune idée de ma souffrance ! Aucune ! Aucune lueur d'espoir ne peut plus l'atteindre, l'apaiser. Parce qu'elle va bien plus loin que moi.

— En fait, vous ne cherchez pas la justice, mais la vengeance. Je refuse d'entrer dans votre jeu !

— Le problème, c'est que ce n'est pas vous qui décidez des règles.

— Sauf à m'avoir fait prendre un long-courrier pendant mon sommeil forcé, il me semble que vous non plus finalement. Vous me tenez enfermé en toute illégalité. Ça ne durera qu'un temps. Croyez-vous vraiment qu'aucun flic ne viendra fouiner dans vos affaires si on ne me retrouve pas ? Et de mon côté, je ne désespère pas de quitter cet endroit pourri !

Elle se cabre.

— Imaginez ce qui vous chante si ça vous rassure. Mais sans vouloir briser votre enthousiasme, laissez-moi vous dire qu'il vous faudrait être sacrément doué pour vous échapper d'ici. Sauf à sortir les pieds devant…

Ses bras se hérissent de chair de poule.

— Et ce sera peut-être le cas, si telle est la sentence…

Elle lui jette un regard mauvais. Frédéric y découvre sans erreur possible la volonté d'aller au bout de son projet. Quelle qu'en soit l'issue. Un frisson d'effroi lui parcourt l'échine. Il a vraiment sous-estimé la détermination de cette femme…

— Qu'est-ce que vous avez ressenti, après avoir constaté que Maëlle était morte ? reprend Élodie.

— Mais qu'est-ce que c'est que cette question ? Que voulez-vous que je vous réponde ? Comment croyez-vous qu'on se sente après un tel drame ?

— Vous ne répondez pas à la question ! Et inutile de me la poser à moi : moi, je n'ai jamais tué d'enfant. Avez-vous éprouvé de la frayeur ? De la panique ? Des remords ?

— Des remords ? C'était un accident ! Je ne peux pas éprouver de remords pour une chose que je n'ai pas commise !

— Mais si vous n'aviez vraiment aucune intention de lui faire du mal, pourquoi lui avoir écrasé la trachée ?

Frédéric s'emmure dans le silence. Mille fois il a cherché une explication plausible à fournir. Il n'a jamais trouvé de réponse acceptable.

— Alors ? Vos doigts se sont eux aussi posés par accident sur sa gorge ?

Les yeux toujours rivés au sol, Frédéric continue de se taire. Il n'a pas le choix, il doit s'en tenir à la version qu'il a donnée au tribunal. Même s'il sait qu'elle ne s'en contentera pas. De marbre, elle le fixe de ce même œil glacial. Mais sa poitrine se soulève et retombe maintenant à un rythme rapide.

Répéter ce qu'il a dit lors du procès l'expose à une éruption de colère. Il n'a pas envie de courir ce risque. Alors il se tait et se tourne vers le mur.

Élodie réprime une grimace de dégoût. Comment cet assassin ose-t-il, à travers un tatouage, se réclamer des valeurs de protection, de soutien, d'engagement et de transmission envers un enfant ? La dissonance entre ce que cet homme est et ce qu'il prétend incarner lui est tout bonnement insupportable. Il faut qu'elle sorte de cette pièce, vite.

Elle ramasse son sac, reprend la seconde lanterne.

— Ne vous faites pas d'illusion : c'est moi qui mets fin à cet échange ! Je ne sais pas quand je reviendrai. Alors, économisez l'eau.

Elle grimpe les marches sans lui accorder le moindre regard.

6

Nuit du 5 au 6 juillet 2024

Élodie ouvre brusquement les yeux : un coussin serré contre elle, elle se tient au milieu du petit lit au sommier grinçant. Un ancien cauchemar vient de refaire surface. Elle tend l'oreille dans la pénombre : seul le hululement d'un hibou fend le silence de la nuit. Aucun bruit ne provient de la cave.

Elle a beau tourner dans son lit, elle ne parvient pas à retrouver le sommeil. Ses pensées tourbillonnent, se bousculent, refusent de se taire. Les minutes passent lentement. Elle a même l'impression d'entendre le tic-tac régulier de l'horloge suspendue dans le couloir. Celle-ci ne fonctionne pourtant plus depuis longtemps.

Elle allume sa lampe de poche, balaie l'espace du faisceau lumineux. Elle n'est pas de nature froussarde, mais là, elle doit reconnaître qu'elle n'est pas rassurée. Elle cherche un peu de réconfort en cette pièce qui a jadis été sa chambre.

Les mêmes posters d'animaux sont toujours accrochés aux murs, certains d'entre d'eux n'y tiennent encore que par un vieux morceau de Scotch. La porte étant ouverte, elle ne peut en voir l'arrière, mais elle sait que de nombreuses photos y sont collées. Il y en a notamment de César, son fameux cerf, prises depuis la branche du chêne ou de la maison avec le Polaroïd offert par ses parents le jour de ses dix ans. Les clichés s'avèrent de piètre qualité. Combien de fois, avant d'afficher ces trophées, les a-t-elle fièrement brandis devant son père ? Une milliseconde, elle croit apercevoir sa mère dans l'encadrement, un grand sourire illuminant son visage. Il lui manque tant, ce sourire…

Élodie se glisse hors du lit, gagne le couloir, passe devant un miroir sur pied. La glace lui renvoie l'image d'une femme éteinte, qui n'a plus rien à voir avec la petite fille qui courait autrefois d'une pièce à l'autre. Elle se souvient de ces fulgurances de peine qui la traversaient déjà, toute jeune, alors qu'elle se demandait comment elle pourrait un jour vivre sans sa mère. Celle-ci lui avait de nombreuses fois répété que tout cela était dans l'ordre des choses et qu'elle s'en relèverait doucement, quand le moment serait venu. Ce jour était finalement arrivé et elle avait effectivement dû apprendre, comme des milliards d'êtres humains avant elle, à le faire. Elle n'imaginait pas alors qu'on lui imposerait également d'apprendre à vivre sans l'un de ses enfants.

Une oreille tendue en direction de la cave lui confirme que le Monstre dort. La chaîne émet en effet un bruit métallique au moindre mouvement.

Élodie rejoint le salon, allume une lampe au pied en col-de-cygne, posée sur le vieux secrétaire. L'ampoule éclaire la pièce poussiéreuse. Le poêle semble l'appeler. Son visage s'assombrit. Cet appareil en fonte, c'est une bonne partie de sa vie. D'innombrables veillées, l'hiver, au côté de ses parents. Des heures à préparer des repas avec sa mère. L'endroit où celle-ci aimait lui faire la lecture. Des souvenirs d'anniversaires. Mais c'est aussi... Elle chasse ce souvenir de son esprit : ce n'est pas le moment d'y repenser.

Elle se concentre sur les rituels qui ont ponctué son enfance, puis son adolescence. Son père s'asseyait sur le vieux fauteuil aux ressorts désormais affaissés, tandis que sa mère, mains tendues, les frottait en s'approchant au plus près de la chaleur du poêle puis allait préparer le repas. Parfois, elle branchait la chaîne hi-fi rangée dans l'angle, et se déhanchait au rythme de la musique tout en râpant et coupant fruits et légumes.

Même s'il fait très chaud, Élodie ne peut résister à l'envie d'allumer l'appareil, qui renâcle à plusieurs reprises avant de se mettre en route. Devant la masse rougeoyante des charbons ardents remontent des rires oubliés, de vieilles conversations animées. Dans sa tête, les traits restent flous, mais les voix résonnent aussi clairement à ses oreilles que si ses parents se trouvaient à ses côtés.

Les histoires racontées par sa mère autour de ce même feu reprennent vie. Pour la première fois depuis bien des années, elle se sent enveloppée d'un amour protecteur et emplie de gratitude envers cette maison.

Elle demeure ainsi, hypnotisée par la magie des braises et les souvenirs qu'elles réveillent, jusqu'à ce que le feu s'éteigne.

De retour dans sa chambre, ces scènes d'enfance continuent à danser en elle. Elle ne veut pas les laisser s'échapper et les contemple encore, bien éveillée, depuis son lit. Comment a-t-elle pu oublier que ses parents ont un jour eu l'âge qu'elle a elle-même aujourd'hui ?

L'aurore point lorsqu'elle se rendort.

*

Stéphane émerge péniblement de son sommeil. Ses yeux s'ouvrent sur le visage inquiet de Zoé. Il se redresse, consulte l'écran du réveil : 5 h 22.

— Je n'arrive plus à dormir, papa…

Il s'assied, cale son dos contre la tête de lit, presse affectueusement l'épaule de sa fille.

— Il est trop tôt pour te lever, Zoé.

Elle prend un air grave, joue nerveusement avec le bord de sa veste de pyjama.

— C'est à cause de moi qu'elle est partie, maman ?

Stéphane sent son cœur se serrer. Il s'agit là d'une question d'enfant, et pourtant lui-même se l'est posée plusieurs fois. Comment pourrait-il en être autrement lorsque l'être aimé semble s'éloigner malgré tous les efforts de l'autre pour retenir son attention ? Touché par la culpabilité de Zoé, il prend le visage de la fillette entre ses mains, lui répond avec une infinie douceur :

— Non, ma puce, ce n'est pas à cause de toi. Tu sais, quand on perd quelqu'un qu'on aime très fort, comme nous avons perdu ta grande sœur, c'est très dur à supporter. Et parfois, se retrouver seul peut aider à comprendre et accepter un peu mieux les choses difficiles.

— Mais toi aussi, tu aimais Maëlle. Et pourtant tu es là.

Il réfléchit, cherche les mots justes.

— Tu ne t'en souviens peut-être pas, mais moi aussi j'ai voulu rester seul. Et ta maman a été là pour moi. Et pour toi également. Elle s'est montrée courageuse quand nous-mêmes étions trop pleins de chagrin. Mais elle a tout gardé à l'intérieur. Et ça fait très mal.

— Et moi, tu crois qu'elle m'aime ? demande Zoé d'une voix à peine audible.

— Bien sûr qu'elle t'aime ! Tu sais, elle me manque beaucoup à moi aussi. Et, comme toi, j'attends qu'elle revienne. Tu verras, un jour, elle ira mieux…

La fillette sonde le regard de son père, y cherche le serment d'un avenir meilleur.

— Je peux m'allonger à côté de toi ? J'ai peur de rester toute seule…

— Juste pour cette fois-ci, c'est d'accord ?

Une lueur de soulagement dans les yeux, Zoé se jette sur la couette et crapahute jusqu'à l'oreiller, accrochée à son doudou, un vieux bandana qu'elle avait abandonné avant de le reprendre à la mort de Maëlle.

Stéphane se rallonge, attend patiemment que la respiration de sa fille devienne régulière. Les yeux fermés sur la promesse qu'il vient de faire, il appelle de tous ses vœux sa réalisation. Combien de nuits a-t-il passées à imaginer qu'Élodie lui prend la main, se blottit contre lui, réintègre leur vie, peut-être clopin-clopant, mais forte de leur amour et de leurs traversées difficiles ?

Il se retourne, rouvre les yeux et observe la petite silhouette recroquevillée contre l'oreiller d'Élodie, confronté au vide abyssal creusé par l'absence de sa femme.

*

Samedi 6 juillet 2024

Un rugissement métallique tire Élodie de son sommeil. Sa montre lui indique qu'il est déjà 10 heures. Furieuse d'avoir dormi si tard, elle bondit hors du lit. Sous ses pieds, le Monstre l'appelle.

Il attendra. Sa priorité va au renardeau.

Elle entre prudemment dans la chambre de ses parents. Une plainte à peine audible semble monter de la caisse. Elle ouvre la fenêtre, rabat l'un des deux volets pour laisser pénétrer la lumière. L'animal est éveillé mais encore drogué, et il a l'air de souffrir. Elle s'agenouille près de lui tout en murmurant des paroles apaisantes.

Afin de ne courir aucun risque de morsure, elle lui injecte un soupçon de pentobarbital sodique. Puis elle s'attaque au nettoyage des plaies purulentes avec une solution antiseptique.

Bien qu'assommé, le jeune canidé a dû s'éveiller durant la nuit. Sa patte rasée et recouverte d'un bandage a été rongée. Le pansement déchiqueté laisse certaines zones à nu. Élodie doit à nouveau suturer les lacérations.

Elle s'y attelle dans le bruit insupportable de la clameur de la lourde chaîne balancée contre le mur de la cave. Le Monstre crie désormais à pleins poumons. Lorsqu'elle injecte une dernière dose d'antibiotiques, Élodie est à bout de nerfs et ne songe qu'à une chose : fuir cette maison pour ne plus l'entendre. Le jeune renard dort profondément : elle quitte les lieux.

Vingt minutes plus tard, elle arrive à l'étang et s'apprête à rejoindre le chêne quand une voix la saisit :

— Quelle fournaise !

Élodie se retranche brusquement derrière les grappes de fleurs blanches d'un seringat, magnifique arbuste planté par sa mère un matin de novembre, et qui atteint aujourd'hui trois mètres de haut. Elle croit tout d'abord à une hallucination en découvrant la frêle silhouette. Mais une vieille femme se tient bien à quelques mètres d'elle, assise sur une grosse souche d'arbre, sous le large dôme protecteur du chêne séculaire. Le dos légèrement voûté, une main posée sur le pommeau d'une canne, elle agite un éventail à hauteur de ses joues. Sa petite taille contraste avec l'impression de force tranquille qu'elle dégage. Les cheveux argentés rassemblés dans un chignon bas, soigneusement noué à l'arrière de la tête, encadrent un visage marqué par le temps. Quelques mèches rebelles s'échappent sur son front, ce qui apporte une jolie douceur à ses traits. Cette femme a dû être belle, autrefois.

— Que faites-vous ici ? interroge immédiatement Élodie en délaissant sa cachette.

L'inconnue se tourne légèrement vers elle, un sourire serein aux lèvres, visiblement pas du tout surprise de la voir.

— Oh ! Bonjour… Pardon, je ne vous ai pas entendue arriver ! Ce lieu est mon refuge, mon havre de paix, répond-elle d'une voix paisible. Je le retrouve chaque fois avec beaucoup d'émotion. Comme on retrouverait un fidèle compagnon… ajoute-t-elle pour elle-même.

Élodie secoue la tête.

— Mais ce domaine est privé, madame. Comment avez-vous fait pour y entrer ?

— J'occupe la résidence du gardien, près du bâtiment principal. Mon fils sait combien j'aime cet endroit. Il m'y laisse parfois lorsque lui-même est appelé à suivre les propriétaires…

Un sentiment de panique gagne Élodie. Cela signifie donc qu'elle n'est pas seule. Bien sûr, le nouveau logement du gardien se trouve dans la clairière, assez éloigné de la maison où elle vit. Mais la présence de cette femme dans le domaine, aussi âgée soit-elle, comporte une menace qu'elle n'a pas prise en compte.

Elle doit évaluer les risques associés à cette nouvelle donne.

— Je ne suis pas sûre de bien comprendre : votre fils vous laisse seule ici ? Dans cette forêt ? En pleine période de canicule ?

— Bien sûr ! Il a veillé à faire le plein de nourriture. Je n'ai besoin de rien d'autre. Et je me débrouille très bien sans personne…

Élodie se crispe. La peur envahit son esprit. Âgée ou pas, la présence d'une tierce personne lui fait courir un risque, voire un vrai danger.

— Ce n'est pas parce que je suis équipée d'une canne que je suis invalide. Avec elle, je suis capable de crapahuter des heures.

— Mais… Vous devez tout de même vous sentir très seule. Surtout la nuit…

— Pensez donc ! Il est une question fondamentale à laquelle plus personne ne cherche à répondre : savons-nous encore vivre avec nous-même ? Pour le découvrir, il faut en faire l'expérience… Quant à la nuit, je la trouve au contraire rassurante, au cœur de cet environnement.

Le cœur d'Élodie s'affole. Elle se trouve dans de sales draps. De très sales draps, même.

— Vous aimez les animaux ? lui demande soudainement sa nouvelle voisine.

— Assez, oui… confirme-t-elle dans un minuscule filet de voix.

— Ça tombe bien parce qu'ici, c'est un peu l'arche de Noé ! Vous n'imaginez pas combien d'écureuils affaiblis, d'oiseaux blessés, de hérissons affamés j'ai pu recueillir et aider. Ici, je me sens utile…

Malgré l'inquiétude que la présence de cette vieille dame a éveillée, Élodie ne peut retenir un sourire. Elle aussi se souvient de ces oiseaux transis de froid que sa mère et elle hébergeaient certains hivers trop rudes, de ces oisillons parfois dégringolés du nid, poussés par l'un de leurs frères de couvée. Recouvertes de gants en fin polystyrène, les mains maternelles réchauffaient le délicat duvet. Les adultes affaiblis étaient quant à eux placés près du poêle en fonte, dans une caisse en carton percée de trous, où elles ajoutaient une soucoupe d'eau et des graines de tournesol. Les petits rescapés repartaient quelques jours plus tard, après avoir repris du poil de la bête. Nul doute que ces gestes, ces sauvetages sont à la source de sa propre vocation de vétérinaire.

— Et alors ? Cette expérience ? Que vous enseigne-t-elle ? questionne Élodie autant pour meubler le silence que pour se montrer polie.

— Quelle expérience ? répète la vieille femme, surprise. Ah ! Vous voulez parler de la solitude ? Vous semblez si jeune… J'imagine que vous l'associez à quelque chose de négatif qu'il faut à tout prix éviter.

— Disons que oui…

— Je ne peux pas vous le reprocher ! À votre âge, on pense souvent qu'on n'existe que dans le regard des autres. Alors, forcément, la solitude est un peu perçue comme une perte de soi-même.

Sa réponse laisse Élodie sans voix.

— En vieillissant, vous découvrirez peut-être que c'est précisément l'inverse. Je crois que la solitude est une école de vie : elle renvoie chacun à lui-même.

— Je ne suis pas pressée de le découvrir.

L'inconnue hoche la tête d'une mine songeuse.

— Vous avez bien raison. Vous avez le temps. Mais tout le monde fait un jour l'expérience de la solitude, et ce, à tout âge. Il existe nombre d'épreuves de la vie où l'on est confronté à soi-même, ou à des difficultés que chacun doit assumer seul…

Elle se redresse, respire l'air comme elle le ferait avec une fleur.

— Et vous, chère madame, ajoute-t-elle innocemment, êtes-vous venue passer l'été en famille ? Je ne vous ai pas entendue arriver. Vous séjournez au domaine ?

— Non, je suis venue seule ! s'empresse de répondre Élodie. Et je vis dans la maison de mon père. Mais elle ne se trouve pas du côté de la clairière. Plutôt au cœur de la forêt.

La vieille dame se lève en prenant appui sur sa canne, Élodie se précipite vers elle dans un réflexe. Mais l'inconnue l'arrête d'un geste de la main.

— Vous êtes gentille mais, je vous l'ai dit, je m'en sors fort bien toute seule ! J'ai appris à pouvoir compter sur moi lorsque c'était nécessaire. Nous pensons trop souvent de manière illusoire que les autres nous aident à régler nos problèmes. Or apprendre à devenir responsable de soi permet aussi d'apprendre à devenir responsable des autres.

Elle se dirige d'un pas irrégulier vers le sentier qui mène à la clairière, se tourne vers Élodie.

— Je crois qu'il faut déjà avoir pris le temps de se construire une vie intérieure pour s'ouvrir au monde, pas vous ? Je vous souhaite un agréable après-midi, chère madame !

*

Au prix d'énormes efforts, Frédéric tente de s'asseoir en se contorsionnant. Il doit s'y reprendre à trois fois avant d'y parvenir. Les minutes, les heures s'égrènent avec une incroyable lenteur.

Son estomac le torture. Sa faim est à ce point extrême qu'elle a éveillé des douleurs pulsantes dans sa tête. Et pour couronner le tout, une violente crampe musculaire lui paralyse le mollet.

Quant à la chaleur, elle reste aussi difficile à supporter. La température doit avoisiner les trente-deux degrés. Son front est moite de sueur. Il devrait apprécier de bénéficier de l'humidité naturelle de la cave. Mais cette humidité-là semble différente. Elle colle bizarrement à la peau, ajoutant à l'effet de fournaise.

Il masse son muscle tétanisé, se lève prudemment. Son équilibre reste précaire. Mais il doit s'imposer le minimum d'exercice pour ne pas s'ankyloser davantage.

Il accède au renfoncement, avance vers le puits, quand quelque chose retient son attention. Il n'y a jusqu'à présent pas prêté garde mais, dans un angle, il remarque un objet de forme cubique. Il s'en approche et le soulève. C'est un beau morceau de bois. Un frisson lui parcourt la nuque lorsqu'il en caresse la surface. Rien que cet effleurement le replonge en enfance, à une époque où le moindre fragment de bois se transformait sous ses doigts en une créature. Des heures et des heures durant, il s'évadait à coups de couteaux, rifloirs, poinçons et ciseaux à denteler.

Que ne donnerait-il pour avoir ces outils-là sous la main…

Doté de ce trésor inattendu, il regagne sa couche et tente de s'y asseoir en se tortillant pour trouver une position à peu près confortable.

Supportable, tu veux dire…

Il a hurlé des heures durant. Mais à quoi bon s'égosiller de la sorte ? Qui pourrait venir lui porter secours dans ce trou ? Et implorer son bourreau ne sert à rien. Ce lieu maudit sera vraisemblablement son purgatoire…

Il retourne le cube, l'examine sous toutes ses facettes. Il l'aurait transformé en un magnifique rouge-gorge…

Non. Les oiseaux, c'était pour elle…

Il agite sa main gauche et fait virevolter ses doigts dans l'espace, dont l'un est orné d'une alliance. L'anneau extirpe de sa mémoire un regard. Les grands yeux encadrés de longs cils sombres se dessinent.

Comme Julia lui manque…

Il est tout de suite tombé amoureux de ce regard empreint de candeur, de cette bouche délicieusement ourlée, de ce visage d'une pureté envoûtante. La première fois qu'il l'a vue, il a pensé à l'apparition d'une fée. Un jour d'été, elle avait poussé la porte de l'atelier, était entrée tel un ouragan dans le local et dans sa vie. Elle venait passer commande d'une coiffeuse qu'elle voulait originale, unique.

Il s'était immédiatement proposé pour lui fabriquer ce meuble. Il imaginait déjà les détails qui feraient de cette coiffeuse un hommage à la beauté de celle qui s'y mirerait.

Lorsqu'elle était repartie, son patron s'était tourné vers lui et avait murmuré, taquin :

— Tu es tout pâle. On dirait que tu as vu une apparition !

Frédéric s'était ressaisi, avait secoué énergiquement la tête.

En réalité, il lui était arrivé bien plus que cela.

Il avait repris son travail, les yeux encore remplis des cheveux sombres cascadant autour du visage fin et délicat, des lèvres subtilement dessinées juste ornées d'une touche de rose pâle.

Il s'était investi corps et âme pour créer ce meuble. Et elle avait été conquise.

Sans doute aurait-il dû reconnaître, dans ce désir de détenir une coiffeuse d'exception, le besoin irrépressible de posséder pour exister, la nécessité d'être admirée... Mais lui n'avait écouté que son cœur.

Il avait toujours qualifié de miracle le fait que Julia soit à son tour tombée amoureuse de lui. Elle se disait subjuguée par son talent. Frédéric avait trouvé cet argument aussi valable qu'un autre. Il avait découvert en elle une femme aux humeurs changeantes, capable de passer de l'extase à la mélancolie en moins de temps qu'il n'en fallait pour le dire. Mais il ne l'en avait pas moins aimée pour autant. Ses éclats de rire effaçaient ses tracas, ses caprices teintaient son ennui, un simple sourire le débarrassait de tous ses chagrins. Aujourd'hui encore, il pouvait en ressusciter la magie à tout instant.

Les souvenirs galopent dans la tête de Frédéric. Derrière ses paupières baissées, il revoit Julia tourbillonner dans le salon sur une musique contemporaine, l'entend chanter avec enthousiasme tandis qu'elle s'habille.

Il avait été capable de toutes les folies pour elle. Y compris de s'endetter pour cette petite, quoique jolie, maison dans les Yvelines. Sans même s'en rendre compte, il avait alimenté ce besoin maladif de posséder pour exister. Rien n'était jamais trop beau pour elle, et il aurait pu lui décrocher la lune juste pour éclairer ses grands yeux verts.

Au départ, il avait naïvement cru ses réactions colériques passagères. Mais l'existence s'était chargée de le corriger : elles étaient inscrites dans l'ADN de sa femme. Il n'avait pas voulu y voir de racine pathologique. De minuscules fragments de réalité l'avaient parfois rattrapé et choqué au début, souvent par la suite. Il ne l'en avait pour autant pas moins aimée.

Elle s'inventait des histoires, qu'elle allait piocher dans la vie des autres. Il n'était pas dupe, mais tout lui était égal. Tant qu'elle restait à ses côtés.

Lorsqu'elle s'était découverte enceinte, elle avait paru heureuse. Pour Frédéric, la joie avait été plus nuancée. Julia ne travaillait qu'en dilettante et accumulait les petits boulots, qu'elle quittait rapidement. Or, cela faisait déjà quelques mois que leur compte bancaire affichait un solde rouge cramoisi. Alors, si la perspective de devenir père le rendait fou de bonheur, l'idée de ne pas pouvoir assumer financièrement cet enfant venait plomber son enthousiasme.

La grossesse s'était très bien passée. Julia attirait les regards, captait l'attention. Et cela lui convenait fort bien.

Elle avait refusé de connaître le sexe du bébé avant la naissance, arguant qu'au fond d'elle, elle le savait.

Tout avait basculé à l'arrivée de Mathéo.

Julia n'avait tout d'abord cessé de clamer que, « tant qu'à faire », elle aurait préféré accoucher d'une fille. Frédéric en avait déduit qu'elle était peut-être convaincue de porter un bébé du sexe opposé, et que sa déception ne durerait pas. Lorsqu'elle avait refusé de l'allaiter, il avait pensé que devenir mère passait par une succession d'étapes, avant de devoir admettre qu'une étape ne conduisait pas inéluctablement à la suivante.

Il avait fini par conclure que Julia avait seulement aimé être enceinte.

Même aujourd'hui, Frédéric demeurait incapable de dire si elle avait un jour cherché à tisser un lien avec cet enfant. Ce dont il était certain, c'est qu'elle n'y était jamais parvenue. Dès le départ, ses gestes avaient été mécaniques. Quand ils avaient au moins le mérite d'exister. Car la plupart du temps, elle ignorait Mathéo.

Julia n'avait vraisemblablement pas intégré qu'avoir un enfant impliquait certains sacrifices auxquels elle n'était pas prête. À commencer par celui de consacrer du temps à sa toilette, à son alimentation, à ses nuits agitées. Elle n'acceptait la présence de son bébé dans la même chambre qu'à contrecœur. Se sentir blotti contre les seins maternels gonflés de lait aurait peut-être rassuré le petit. Mais Julia ne l'entendait pas ainsi, et sa poitrine davantage gorgée de mots amers, elle n'attendait qu'un pleur de plus pour déverser ses reproches et sa colère.

Sans doute avait-elle essayé d'aimer son enfant. Seulement voilà : l'amour ne se décrète pas.

Plus tard, quand, dès huit mois, Mathéo s'était mis à agiter frénétiquement ses mains comme s'il faisait de la moto, ses pieds suivant la même cadence, elle avait qualifié cela d'« original ». Rapidement, le petit garçon y avait ajouté des mouvements avec sa tête. Leur cadence augmentait dès qu'il était stressé, fatigué ou content. Mais ils s'avéraient surtout spectaculaires, ce qui ne manquait pas d'attirer des regards embarrassés sur lui, et Julia les avait alors trouvés beaucoup moins amusants. Lui, le père, avait trouvé refuge dans le déni.

Il n'aurait su dater le moment où sa femme avait commencé à porter un autre regard sur Mathéo. Si. À bien y réfléchir, il y avait tout de même un événement qui l'avait sérieusement perturbée. Le simple fait d'évoquer cette fête de Noël d'entreprise lui fait mal. Il chasse ce souvenir de son esprit.

À la suite de cela, ils avaient consulté des pédiatres, puis des spécialistes. Le nom d'Asperger avait été prononcé. Et il avait été forcé de constater que ce syndrome avait fait définitivement prendre à Julia son enfant en grippe.

Lui avait fait mine de ne pas s'en apercevoir et avait continué de dessiner leur avenir. Elle, en parlait de manière beaucoup plus elliptique. Et de plus en plus en souvent, la réalité le rattrapait. De nombreuses fois, il avait bien flairé que quelque chose ne tournait pas rond. Par exemple, ses rires ne sonnaient plus tout à fait de la même manière, son humeur changeante ne s'inscrivait plus dans les mêmes variations… Il avait bien senti, à de nombreuses reprises, que ses projets à lui n'étaient plus partagés. Mais un seul des sourires de Julia suffisait à le ramener à ce jardin de tous les possibles. La clef qui en ouvrait la porte n'était pas la naïveté. C'était juste l'envie d'y croire. Car il ne savait plus, finalement, si elle mentait davantage à lui qu'à elle-même…

Son bonheur avait donc continué à se fissurer, tout en laissant filtrer de longues lézardes de lucidité. Et, lâchement, il n'avait pas trouvé le courage d'affronter ces périodes de clairvoyance. Là encore, il leur avait préféré le déni.

Mathéo avait grandi.

Frédéric lui avait appris à retenir ces mouvements involontaires qui attiraient l'attention des autres. Et à ne pas s'arrêter sur les remarques amères de sa mère.

Mathéo ne s'était pourtant pas distingué que par ces comportements atypiques.

À deux ans et demi, il savait lire l'heure sur une pendule. À trois, il déchiffrait seul les syllabes. À quatre, il avait mémorisé tous les noms des dinosaures. Il s'était très tôt passionné pour les planètes, les trous noirs, les galaxies. Sa soif de connaissances se révélait déjà inextinguible.

Mais tout cela n'avait pas suffi à conquérir la fierté ou le cœur de sa mère. Au contraire, ces savoirs précoces avaient davantage creusé l'écart entre eux, Julia ne se trouvant plus rien de commun avec le petit garçon.

L'isolement avait été la réponse à ce constat.

Souvent elle restait des heures dehors, à « jardiner ». Sur ce lopin de terre de trois cents mètres carrés, ne se trouvaient pourtant aucun potager, que peu d'arbres et seulement quelques fleurs. Mais elle y avait semé du gazon, qu'elle entretenait comme la prunelle de ses yeux. Et en dehors de l'été où elle se prélassait sur une chaise longue, elle s'acharnait à traquer les mauvaises herbes. Un jour, alors qu'elle était sortie arracher les orties, et que lui-même était censé veiller sur le petit, Mathéo avait échappé à sa vigilance et l'avait rejointe. Frédéric avait couru dehors. Il l'avait trouvé assis à quelques mètres de sa mère, comme s'il savait d'instinct qu'il ne fallait pas trop s'approcher. Julia se tenait agenouillée et l'une de ses mains, recouverte d'un gant épais, s'appliquait à déterrer une ortie à sa base, pour bien extraire la racine.

Elle s'était sans doute sentie observée, car elle s'était retournée et avait suspendu son geste, comme prise en flagrant délit d'un acte malhonnête. Elle était restée quelques instants le poing en l'air, des feuilles pointues et poilues s'échappant de son gant. À la vue de Mathéo, son visage s'était fermé.

— Qu'est-ce que tu fais, maman ? avait-il interrogé d'une voix fluette, autant pour comprendre à quoi sa mère s'occupait que pour nouer contact avec elle.

Julia avait gardé le silence quelques secondes, était retournée à son occupation après avoir jeté les tiges dans un seau.

— J'enlève les orties, avait-elle répondu sans même le regarder.

— Et pourquoi t'as mis un gant ?

— Parce que c'est une plante urticante.

— C'est quoi « urticante » ?

Elle avait soupiré :

— Ça veut dire que leur contact provoque des démangeaisons.

— Et pourquoi tu n'attends pas qu'elle meure toute seule ?

— Parce que si je ne les arrache pas, elles auront tôt fait de coloniser le jardin ! Ce sont des plantes vivaces… avait-elle ajouté dans l'espoir de mettre fin à cette conversation.

— Ça veut dire quoi « vivace » ?

Elle s'était brusquement tournée vers Mathéo, visiblement excédée par ses questions. Frédéric voyait encore l'expression mêlée de curiosité et de joie dansant dans les yeux du petit garçon. De curiosité à l'idée de connaître la définition d'un mot qu'il n'avait jamais entendu, de joie du fait d'être parvenu à capter l'attention de sa mère.

— « Vivace », ça veut dire « qui résiste à tout, même si pas désiré ». Comme toi, en quelque sorte.

Mathéo avait légèrement froncé les sourcils. S'il avait bien compris la première phrase, il n'avait pas saisi le message adressé par la seconde. Frédéric avait œuvré pour le préserver de cette compréhension-là : bouleversé par la scène qui venait de se dérouler sous ses yeux, il avait attrapé le petit par les aisselles, l'avait blotti contre lui et ramené à l'intérieur de la maison.

D'aucuns n'auraient pas toléré l'attitude de Julia. Lui ne lui en avait pas tenu rigueur. Ce n'était pas sa faute. Quelque chose de plus puissant avait pris possession d'elle.

Et il la sentait bien trop fragile pour un discours moralisateur.

Alors, qu'aurait-il pu dire ou faire de plus ? De quels moyens disposait-on pour sauver malgré elle une femme qui se laissait engloutir par la dépression ?

Le visage de Frédéric se referme.

À la mort de Julia, il avait dû se montrer fort, et il l'avait fait pour Mathéo. Il avait ensuite repris la routine de sa vie. Mais sans elle.

Un peu d'air souillé pénètre dans ses poumons. Frédéric tousse.

Il avait dû inventer des mots pour expliquer l'inexplicable, masquer ce que lui-même devait étouffer, de son chagrin à sa culpabilité. Tout ce qu'un gamin de son âge n'avait pas à connaître. Qu'aurait-il pu comprendre, à sept ans, des regrets que l'on rumine ? Qu'aurait-il pu décoder du dernier message laissé par sa mère, retrouvée morte sur son lit alors qu'elle le gardait, entourée de plaquettes éparpillées sur la couverture et vidées de leurs médicaments ?

Frédéric serre le morceau de bois contre lui. Il lui rappelle les dizaines d'oiseaux qu'il a sculptés pour elle. Et tous les insectes qu'il a ensuite créés pour son fils. Puisqu'il ne peut s'évader physiquement, il le fera en pensée. Ce cube deviendra en quelque sorte son miroir magique, son vortex, sa porte des étoiles…

À nouveau, le temps s'écoule avec la même lenteur désespérante.

*

Lorsque Élodie déboule quelques minutes plus tard, Frédéric est totalement abattu.

Elle balance son sac du haut de l'échelle-escalier et, à peine parvenue au bas des marches, elle attaque :

— Ça doit quand même vous surprendre de vous être ainsi fait piéger puis embarquer par un petit gabarit comme moi, non ? Trimballer un molosse de votre poids, ça n'a pas été une sinécure…

— Vous n'aviez qu'à me laisser là où j'étais. Je ne demandais pas mieux…

Elle ne réagit pas à sa réplique. Elle se contente de contempler le liquide transparent qui tournoie dans le verre qu'elle tient à la main.

— J'ai vu votre regard incrédule, quand vous avez réalisé que c'était moi, et moi seule, votre kidnappeuse…

Elle éclate d'un rire sinistre.

— Vous aviez la même expression que l'abruti dont j'ai massacré la voiture. Si vous saviez combien j'aurais aimé pouvoir faire ça des années plus tôt, quand Maëlle était encore vivante. Pour qu'elle sache que sa mère n'était pas pleutre…

Elle secoue la tête :

— Tant de fois, je me suis laissé insulter sans rien oser dire.

Elle porte le verre à ses lèvres, avale deux ou trois gorgées.

— Vous ne savez pas, vous, ce que c'est, d'éprouver un mélange de honte et de culpabilité en présence de votre enfant.

— Oh que si ! murmure Frédéric. Je ne le sais que trop…

Il poursuit, comme pour lui-même :

— Un sentiment de honte fugace. Vite remplacé par la culpabilité d'avoir osé ressentir cette même honte…

Elle écarquille les yeux, tandis que l'image d'un immense sapin lourdement décoré vient à nouveau tourmenter Frédéric. N'est-ce pas cet événement-là qui a définitivement fait basculer les choses, pour Julia ?

— Permettez-moi d'en douter ! siffle-t-elle. Mais, allez-y ! Démontrez-moi que j'ai tort…

Instinctivement, il enroule ses bras autour de ses jambes. Comme lorsqu'il était gamin, et qu'il refusait de s'endormir dans le noir, terrifié par toutes les araignées qu'il imaginait tapies dans les recoins du plafond. S'il garde le silence, elle reviendra dans quelques instants sur ce terrible jour du 1er mai 2021. Entre un souvenir douloureux et un autre insoutenable, son choix est vite fait. Il se lance.

— Mon fils avait dix-huit mois lorsque nous avons été invités à un Noël d'entreprise, organisé par la boîte pour laquelle ma femme travaillait. Mathéo était un enfant, disons… différent des autres. Il avait certains tics moteurs. Il était parfois pris de mouvements incontrôlables assez impressionnants. Avec le recul, je crois que j'en minimisais l'importance, et que je cherchais à les mettre sur le dos d'une manie qui disparaîtrait avec le temps.

Intriguée, Élodie déloge un vieux ballon rangé sur une étagère, qui vient rouler en dehors du champ de vision de Frédéric. Elle pose son verre sur le rebord dégagé.

— Ces tics avaient tendance à s'aggraver dès que Mathéo était joyeux ou stressé. Alors, évidemment, le monde, les enfants, le sapin encerclé de cadeaux ont eu pour effet de le plonger dans un état de surexcitation indescriptible…

Il marque une pause.

— Deux minutes après notre arrivée, mon fils s'est mis à tourner frénétiquement les mains, tout comme la tête. Le sapin décoré n'a pas longtemps fait le poids, face à ces gesticulations endiablées. Mathéo est vite devenu le clou du spectacle pour les autres gamins.

D'une voix à peine audible, il poursuit :

— Une fillette a tiré sur la manche de son père et lui a dit : « Tu as vu papa ? Il est dingo, le petit garçon… » Il est dingo, le petit garçon…

Le souvenir des regards tout d'un coup rivés sur son fils, l'émotion qui l'avait envahi à cet instant ressurgissent, intacts. Il entend les railleries des autres gamins, tandis que Mathéo, poussé au paroxysme de l'excitation par les rires des enfants, accélère encore la cadence de ses mouvements. Il ne remarque rien des commentaires moqueurs, des expressions gênées des parents. L'innocence de son jeune âge l'en préserve.

C'est la première fois que Frédéric raconte cet épisode à voix haute. Et s'écouter le rapporter lui fait brusquement prendre conscience d'une chose. Sur le coup, il avait pensé que cette mésaventure avait beaucoup peiné Julia. Mais il réalise que ce qui s'est passé en elle ce jour-là a en réalité été bien plus profond.

Il revoit l'expression choquée sur son beau visage, puis le regard de dégoût posé sur le petit.

De qui a-t-il finalement eu le plus honte ? De son fils ? Ou de la réaction de sa femme ?

Il revient sur ce moment où il s'est efforcé de sourire, a pris Mathéo dans les bras, et s'est transformé en clown à l'aide de grimaces. Il se revoit faire rire les enfants et détacher leur attention du petit, tandis que Julia s'isole dans un coin de la salle, prostrée. Il entend à nouveau la clameur annonçant l'arrivée du père Noël : les gosses se ruent vers le magnifique fauteuil en velours, Mathéo se tord pour découvrir à son tour le légendaire personnage au manteau rouge. Julia, elle, le fixe d'un regard qu'il ne lui a jamais vu. Elle s'approche sans un mot, lui arrache Mathéo des bras pour le remettre dans sa poussette, et quitte la pièce, lui sur ses talons. Mais de tout cela, il ne parlera pas. Julia n'est plus là, Mathéo n'en a gardé aucun souvenir. Ce souvenir ne demeure plus qu'en lui. Inutile de le partager. Qui plus est avec sa geôlière.

— Et alors, qu'avez-vous fait ? entend-il.

Il cherche à s'éclaircir la gorge, mais celle-ci est aussi sèche que Death Valley en plein mois d'août.

— Je suis parti, chevrote-t-il d'un ton sourd.

— Avant l'arrivée du père Noël ?

— Oui…

Élodie en reste sans voix. Quel papa digne de ce nom empêcherait son gamin de voir le père Noël ?

Celui qui a gravé « Semper » à l'encre indélébile sur sa peau…

Ses yeux se posent spontanément sur le haut du bras nu : les empreintes de pas reviennent la narguer.

— En dehors du fait que je trouve cette conduite assez ignoble, je vous signale que ça n'a rien à voir avec mon histoire ! Là, ce n'est pas de vous que vous avez eu honte. C'est de votre fils ! termine-t-elle, écœurée.

Elle quitte son tabouret, reprend son verre.

— Revenons à l'essentiel. Vous m'avez soutenu hier que Maëlle avait glissé. Mais, puisque c'était un accident, pourquoi avoir décidé de déplacer le corps après sa mort ? Là encore, le réflexe de n'importe qui de sensé aurait été d'appeler le SAMU. Pourquoi ne l'avez-vous pas fait ?

Nerveuse, elle suit le bord du verre de son index.

— Je craignais de ne pas être cru, soupire Frédéric.

— Vous vous rendez compte que cet argument manque totalement de crédibilité ?

Il se tait.

— Vous devriez vous montrer plus prolixe. Vous prolongez votre calvaire. Pas grave. Nous y reviendrons. Dites-moi plutôt pourquoi vous avez déplacé Maëlle dans votre jardin ? Que cherchiez-vous à cacher ?

— Je l'ai déjà expliqué : je ne supportais pas de voir le corps de la petite dans l'entrée.

Elle lui lance un autre de ses regards glacials.

Si au moins ceux-ci avaient le pouvoir de rafraîchir cet endroit maudit... ne peut-il s'empêcher de penser.

— J'ai toujours été convaincue qu'il y avait autre chose. Et je fais confiance à mes intuitions. Alors, qu'est-ce qui vous a poussé à faire ça, Belbist ? Vous avez été dérangé par quelque chose ? Par quelqu'un ?

Frédéric la considère longuement. Cette femme est perspicace. S'il doit lui lâcher quelque chose, autant que ce soit ça.

— C'est exact. À l'origine, j'avais l'intention de déposer le corps sur un des bancs du parc public, qui se trouve à trois cents mètres de chez moi. Sauf qu'il y avait des flics partout. J'aurais à peine eu le temps de franchir le trottoir qu'ils me seraient tombés dessus…

— Et alors ? Quelle différence cela aurait-il fait puisque vous vous êtes rendu au commissariat peu après ?

Sur ce point, il est totalement d'accord. La décision même de déplacer le corps était absurde. Et s'il n'y avait eu que celle-ci…

— J'étais paniqué. Je ne savais absolument pas quoi faire. Je crois que j'étais incapable de réfléchir. J'ai juste attendu qu'il fasse nuit. J'ai recouvert votre fille d'un plaid en me disant que les quelques passants qui me verraient penseraient que je ramenais un enfant qui dormait… Mais quand j'ai vu le ramdam, avec un périmètre de sécurité marqué tout autour du banc dans la rue, je me suis contenté de mon jardin.

— Et pourquoi avoir ciblé le parc ? demande-t-elle sèchement.

— Je ne sais pas… C'est le premier endroit qui m'est venu à l'esprit, répond-il, peu convaincant.

Le ton sec fait place à l'exaspération.

— Votre histoire ne tient pas debout ! Vous vous foutez de moi !

— Non, je vous assure ! Pourquoi voudriez-vous que je m'amuse à vous mentir ? Je veux sortir et retrouver mon fils !

Élodie le dévisage. Une idée germe dans sa tête. Un sourire se dessine sur ses lèvres.

Frédéric l'interprète comme un signe encourageant. Il se lance.

— Je vous en prie… C'était vraiment un accident. Les flics et l'identité judiciaire sont venus à mon domicile le soir même. Le Bluestar a de suite réagi et révélé les traces de sang. Leurs constatations ont confirmé la concordance avec mes déclarations. Alors, libérez-moi ! Mathéo doit être mort d'inquiétude…

Écœurée, elle s'efforce de contenir le dégoût que cet homme lui inspire.

— S'il vous pl…

— Fermez-la ! hurle-t-elle en pointant un index menaçant dans sa direction, tout en lâchant de l'autre main son verre, qui se fracasse contre le sol, explosant en dizaines d'éclats.

Un tesson vient se planter dans le cuir du vieux ballon, dans un silence tel qu'on peut l'entendre se dégonfler. Frédéric n'ose plus bouger. Le temps semble aussi suspendu que le bras d'Élodie.

— Moi, je vais vous suggérer une autre version des choses, poursuit-elle. Vous avez voulu l'étrangler. Sa trachée écrasée témoigne de la force avec laquelle vous avez serré sa gorge.

Mais, par miracle, elle a dû réussir à s'échapper. Et c'est là que « l'accident » a dû se produire. Elle a dû courir, paniquer, elle manquait sans doute d'oxygène et devait avoir du mal à respirer. Elle ne connaissait pas les lieux, elle a dû glisser et heurter un angle de meuble. Vous avez compris qu'il suffisait d'attendre qu'elle meure. Ça vous a évité d'avoir à terminer le travail…

Élodie s'exprime d'une voix blanche et détachée.

— Alors, évidemment, comme dans l'affaire Perdereau, il y a bien eu commencement de l'exécution, mais pas meurtre… Vous avez déjà entendu parler de cette histoire ?

Frédéric nie énergiquement de la tête.

— Elle remonte à janvier 1986. Un homme est frappé à l'aide d'une barre de fer par un premier type, qui l'étouffe ensuite en appuyant cette barre de tout son poids contre son cou. Il abandonne le corps. Le lendemain, un autre gars, le pensant encore vivant, s'acharne sur ce même homme à coups de bouteille et l'étrangle avec une corde. Et c'est lui qui finit sur le banc des accusés. Sauf que la victime était déjà morte quand il l'a étranglée. Donc, d'un point de vue aussi bien technique que juridique, ce n'est pas lui l'auteur du meurtre. Ça ne vous rappelle rien ?

Hébété, Frédéric laisse passer quelques secondes avant de s'épancher.

— De toute manière, je ne pourrai jamais expier cette mort à vos yeux. Vous ne trouverez jamais de châtiment assez juste pour la disparition de votre fille, de torture assez cruelle pour égaler la douleur de votre perte.

Elle fait mine de réfléchir.

— C'est exact. Aucun châtiment ne pourra rendre justice à Maëlle.

Il ne saurait dire pourquoi il lâche cela :

— Seul le pardon permet d'expier l'inexpiable. Il est précisément là pour les cas désespérés et incurables…

Elle se penche vers lui, un sourire mauvais aux lèvres.

— Vous pardonner serait vous faire don de quelque chose. Et la seule chose que j'ai à vous offrir est ma haine.

Il soupire mais accepte sans broncher.

Elle s'empare de son sac, en sort un sachet de biscottes qu'elle jette sur le sol, le piétine à coups de talon.

— Dorénavant, vous n'aurez plus du tout de nourriture.

— Parce que vous pensez que le terme de « nourriture » est adapté pour deux biscottes par jour ? crache-t-il.

Il retient son souffle.

— Et je vous réserve deux petites surprises, mais pas pour tout de suite. En attendant, je reviens dans un instant avec de l'eau. Qu'au moins vous puissiez boire…

*

Élodie ouvre sa mallette de vétérinaire.

Sur le plateau posé sur la table, elle ajoute un scalpel pour inciser la peau, des pinces chirurgicales, des ciseaux pour couper les tissus, des sutures pour refermer la plaie après l'ablation du tatouage, des compresses et un liquide antiseptique pour nettoyer la zone avant et après.

Cette technique laissera une cicatrice le long de la ligne dessinée par les sutures. Si elle s'applique, elle devrait rester discrète.

Élodie jette un œil sur sa montre : 19 heures.

La dose de somnifère qu'elle a ajoutée dans la bouteille d'eau a dû faire effet : le Monstre doit dormir comme un bébé.

Elle n'a plus qu'à chasser ses scrupules et descendre.

Certes, il souffrira un peu au réveil. Mais que vaudra cette douleur comparée à la sienne ?

7

Dimanche 7 juillet 2024

Frédéric ouvre les yeux à grand-peine, tant ses paupières semblent lourdes : ses pupilles se heurtent aux ténèbres. Cela fait bien longtemps qu'il n'a pas été confronté à une telle obscurité, dépourvue de toute source de lumière. Même avant son emprisonnement, la pénombre se limitait à une couleur gris sombre. Or, la nuit qui l'enveloppe en ce moment précis n'a rien de commun avec ce qu'il a pu connaître.

Il ne doit pas être bien tard, mais la température avoisine sans doute les trente degrés. Il se redresse sur un coude, écarquille les yeux jusqu'à en avoir mal, expérimente ce qu'est réellement le noir absolu. Paniqué par cette opacité totale, il pense un instant être devenu aveugle et un cri rauque s'échappe de sa gorge. Un élancement lui transperce la partie supérieure du bras. Il y porte une main, palpe un large bandage plaqué à hauteur de son tatouage. La douleur irradie jusqu'à son épaule.

Que lui a-t-elle fait ?

Il songe à leur précédent échange sur son tatouage, et comprend comment elle a réglé le sujet : de manière radicale.

Ce n'est pas possible. C'est un vrai cauchemar. Je vais me réveiller...

Sa bouche semble aussi pâteuse qu'au premier jour. Il réalise que le verre d'eau descendu la veille contenait un hypnotique. Déshydraté, il en a sifflé un bon tiers et s'est efforcé d'en laisser un peu, terrifié à l'idée de ne plus avoir de quoi boire par la suite. Il tend ses bras dans le noir, tâtonne dans l'obscurité. Ses mains suivent les contours de sa paillasse, cherchent le gobelet, découvrent une petite bouteille en plastique, sur sa gauche. Le bruit émis par le bouchon quand il le tourne indique à Frédéric qu'elle n'a pas été ouverte.

Tu peux y aller. Celle-ci ne t'emmènera pas direct chez le marchand de sable !

Assoiffé, il la porte à ses lèvres, avale goulûment une première gorgée d'eau.

Vas-y quand même mollo ! Le tyran t'a précisé que tu n'aurais plus d'eau. C'est peut-être ta dernière bouteille. Alors, chaque goutte compte.

Il s'autorise deux demi-goulées supplémentaires pour apaiser sa gorge sèche. Il se sent faible. À chaque expiration, c'est comme si un couteau lui traversait le ventre. Quant à son bras, il n'est plus qu'une douleur cuisante. En revanche, il ne ressent plus la gêne habituelle du cordage entourant son poignet droit qui vient taper son avant-bras à chaque mouvement. Il le tâte : celui-ci n'est plus relié à la longue corde. Maigre avantage, qui lui permet quand même de se sentir un peu plus libre dans ses mouvements.

Il cligne des paupières, mais sa pupille lui renvoie cette obscurité absolue qui le panique. Il croit entendre un bruit, là, sur sa droite. Il scrute la pénombre avec angoisse, mais ses yeux et ses oreilles se heurtent au même néant.

Il préférait de loin l'omniprésence de la lumière à son entière absence. Privé de repères visuels, il se sent totalement désorienté. Il se demande sans relâche ce qui se cache dans les ténèbres. Ses pensées sont dominées par des scénarios terrifiants, et il doit lutter à chaque instant pour contenir son esprit anxieux.

Garde ton calme. Tu es pris de court. Mais tu vas t'habituer à cette noirceur.

Tu parles ! Qui le pourrait ? Qui plus est dans une cave...

Du plus loin qu'il se souvienne, il a toujours souffert de la phobie des rats. Cette peur irraisonnée lui a gâché la vie au point de ne pouvoir envisager l'achat d'une maison avec sous-sol ou grenier. S'il avait imaginé se retrouver un jour dans cette situation…

Toutes les caves ne sont pas envahies de rats. La preuve : tu n'en as vu aucun pendant ta captivité.

En même temps, sa visibilité est plutôt réduite.

De rage, il tape des poings dans le vide, et la corde mord et meurtrit un peu plus la chair de son poignet.

Il serait bien tenté de tout arrêter là, maintenant. De s'étendre sur sa paillasse de bagnard et de ne plus en bouger jusqu'à ce que tout son corps flanche. Mais s'il se résigne dès aujourd'hui à ne plus espérer, il n'aura plus aucune chance de s'en sortir : car, s'il est encore à peu près en bonne condition physique, celle-ci va continuer à décliner dans les jours qui viennent.

Il s'impose de se rasseoir. Les yeux ouverts sur le vide de l'obscurité, il cherche un point de repère. Mais la pièce aux allures de caveau menace toujours de l'engloutir.

Il reste ainsi… une éternité.

Des fourmillements lui envahissent les pieds. Au moins ont-ils le mérite de le faire se sentir vivant. Un autre type de bête a également assiégé son corps : la faim. Elle lui dévore dorénavant les entrailles.

Il sait pourtant ce qu'est la sensation de faim, les gargouillements, le sentiment de creux dans le ventre, la salivation, la gorge qui se serre à l'évocation d'un plat, les crampes à l'estomac… Il l'a expérimentée une fois, les deux premiers jours de son incarcération, quand sa gamelle lui avait été confisquée par le premier codétenu avec qui il partageait sa cellule, un colosse qui ne s'exprimait que dans la brutalité.

Mais tout cela n'a rien à voir avec les douleurs qu'il ressent à présent. Les crampes se sont transformées en violentes contractions abdominales. Il pensait avoir connu la faim, mais il découvre la vraie, celle qui tord le ventre.

Les fourmillements reprennent de plus belle : ses mollets et ses avant-bras semblent eux aussi envahis par des milliers de fourmis. Il se met debout, les mains à plat contre la paroi, agite ses jambes pour stimuler les nerfs des membres ankylosés. Il va bien falloir qu'il arrive à marcher jusqu'au puits pour soulager sa vessie.

Et si tu pissais sur le mur, juste pour l'emmerder ?

Il s'imagine un instant avoir à endurer l'odeur rance de l'urine mélangée à celle de moisi qui flotte dans la pièce. Il lui reste assez de lucidité pour couper court à cette mauvaise idée.

Il longe lentement la paroi dans le noir, à l'aveuglette, ses mains n'ayant qu'elle pour repère. Le cliquetis de ses chaînes, auquel il ne prêtait guère attention, lui semble soudain assourdissant. Privés de lumière et de bruit, tous ses sens sont en alerte maximale. Chaque son est amplifié, jamais l'odeur de moisissure ne lui a paru aussi pénétrante.

Quelle ironie du sort ! Toi qui aspirais au calme absolu...

Pas faux. Combien de fois a-t-il appelé de ses vœux le silence en prison ? Là-bas, le brouhaha était omniprésent : les ouvertures et fermetures des portes des cellules avec le claquement de leurs deux lourdes barres de fer, le cri strident de l'alarme pour signaler le moment de la promenade, l'écho des voix dans les couloirs, la pratique abrutissante du « barreaudage », qui permet aux surveillants de vérifier qu'aucun barreau n'est scié en tapant une énorme règle de métal sur chacun d'eux, les discussions des détenus entre eux…

Contre ces vacarmes et conversations sans fin, il rêvait de silence. Mais, comme tous les autres, il était devenu l'esclave du bruit, contraint de vivre à son seul rythme, obsédant. Il avait fini par trouver refuge dans ses souvenirs. Tout le temps de son incarcération, il a pensé que la mémoire était le meilleur bouclier mental. Mais depuis qu'il croupit ici, il en doute.

Face au mutisme des murs qui le retiennent, il est la proie de discours intérieurs qui le troublent et l'agitent. La preuve : certaines images de cette terrible journée s'imposent à lui, alors qu'il avait jusqu'à présent réussi à les confondre dans les méandres de sa mémoire. Ces dernières heures, combien de fois a-t-il revu ses mains serrer la gorge de cette petite fille ?

Frédéric accède enfin au puits. Ses pensées s'interrompent le temps de soulager sa vessie. Il n'arrive plus à se concentrer sur la gravité de sa situation. Pourtant, seule une réflexion ordonnée lui permettrait peut-être de se sortir de ce guêpier. Mais son cerveau s'y refuse, comme aimanté par une unique image : le visage de cette petite fille.

La vraie question est : qu'est-ce que cette femme attend réellement de toi ?

Au début, il s'est imaginé qu'elle éprouvait le besoin de l'humilier, de le mettre plus bas que terre, de venger sa progéniture dans la douleur. Puis qu'elle voulait s'entendre raconter les derniers instants de vie de sa fille. Mais il ne peut lui offrir que la version qu'il a livrée à la justice.

Fébrile, il tâtonne à nouveau dans l'obscurité, retrouve la paroi du renfoncement, la longe en sens inverse.

On dit que les femmes ont un sixième sens. Elle sent peut-être que tu mens...

En lui refusant cette vérité qu'elle réclame, ne s'expose-t-il pas à vivre des moments pires ? Lui rendra-t-elle un jour sa liberté ?

Ne rêve pas ! Tu vois bien qu'elle est cinglée. Et nul doute qu'elle saura faire preuve d'imagination. Il faut être complètement givrée pour avoir découpé ton tatouage !

Ou désespérée…

Désespérée ou pas, elle n'a aucune intention de te relâcher.

Il doit absolument trouver une solution pour se tirer d'ici. Maintenant.

S'égosiller ne sert à rien : il n'y a personne à la ronde pour l'entendre, il en a fait l'expérience. Alors, que lui reste-t-il comme option ? Prier ?

Il a longtemps cru en Dieu. Envers et contre tout. Nonobstant le handicap de Mathéo. Malgré le suicide de Julia. Et en dépit de ce 1er mai 2021. Dieu a-t-il donc décidé de le mettre à l'épreuve ? Ou bien l'a-t-il abandonné en chemin ?

Frédéric se recroqueville sur son angoisse.

En prison, il implorait la solitude. Ici, il la redoute autant que ce silence de plomb. Et cette chaleur… Son front est perlé de sueur, chaque inspiration un combat contre l'air étouffant qui l'enveloppe.

Il remonte les genoux contre sa poitrine et les serre dans ses bras.

Juste avant son dernier souffle, a-t-il envie de soulager sa conscience ?

Non. Impossible. D'autant que je ne veux pas clamser maintenant.

La vie était décidément taquine. Souvent, il a eu mal au point de souhaiter que tout s'arrête. Mais les années passées lui ont appris que la souffrance ne fait pas mourir. La preuve : il est encore là. Tout comme cette femme. Même condamné à crever dans ce foutu cachot de fortune, il doit se battre pour son fils.

Il entend un gémissement, met quelques secondes à réaliser qu'il émane de sa propre gorge. Mais il n'a pas le loisir d'approfondir davantage sa réflexion. Un grincement de gonds rouillés recouvre sa plainte : il se rallonge aussitôt et referme les yeux. Faire le mort est le seul réflexe qui lui vient.

Il écoute Élodie descendre seulement quelques marches, à en juger le nombre de craquements sinistres qui s'en échappent sous son poids.

— Je sais que vous êtes réveillé, annonce-t-elle avant de reprendre sa descente.

La voix féminine a eu raison de sa ruse : surpris, il ouvre les yeux et ses pupilles se rétractent brusquement à la lumière de la lanterne brandie par sa geôlière. Il cligne des paupières pour apprivoiser la source lumineuse, pourtant faible.

Il s'assoit péniblement, s'appuie contre la paroi pour ne pas vaciller.

De violents vertiges lui donnent l'impression d'être ballotté sur un bateau en pleine mer. Il voit Élodie se toucher l'épaule :

— Ça doit lancer, c'est normal. Je ne supportais plus la vue de ce tatouage. Je n'ai pas de laser, j'ai donc fait plus simple. Mais soyez rassuré, vous n'en mourrez pas. À moins, bien sûr, que ça ne s'infecte sérieusement…

Elle grimace.

— Ce qui reste une option à ne pas négliger, si l'on considère la saleté qui règne un peu partout ici…

Frédéric réagit avec vigueur.

— Ce tatouage était important pour moi ! Il l'était aussi pour mon gamin. C'était un code entre nous. Il faut avoir bien peu d'humanité pour faire ça !

— Vous êtes bien mal placé pour me faire la morale sur ce point !

— Mon gosse ne supporte aucun contact avec autrui. Je ne peux pas le serrer dans mes bras. Ce tatouage lui rappelait à distance combien je tiens à lui. Qu'est-ce que ça vous coûtait de me le laisser ?

Les joues d'Élodie s'enflamment. Elle se sent prise en défaut. Et pas bien fière de sa petite intervention chirurgicale improvisée.

Souviens-toi de ce que ce monstre a fait à Maëlle. Ta conscience ira mieux…

Elle se concentre sur les mains de Frédéric. L'image de celles-ci s'abattant sur le cou de sa fille, l'enserrant au point de… Elle se tourne brusquement vers le mur, sur lequel elle doit s'appuyer pour ne pas tituber. Elle se fait violence pour ne pas vomir.

Puis elle fait volte-face, s'efforce d'avoir l'air plus sûre d'elle qu'elle ne l'est en réalité.

— Vous n'aurez qu'à vous en faire redessiner un autre sur le deuxième bras lorsque vous partirez d'ici ! Si vous en partez un jour…

— Nous savons tous les deux que vous n'avez aucune intention de me laisser sortir de ce trou.

Élodie le toise. Elle est en position de force et elle le sait. Elle est en position de force et il le sait.

— Je vous l'ai dit dès le départ, ça ne dépend que de vous.

Sa chaussure se pose sur le sachet de biscottes écrasé. Frédéric contemple ce qu'il en reste. Sa ration de la veille. Ou d'un autre jour, comment pourrait-il le deviner ? Sa bouche se remplit instantanément d'un flot de salive.

— Entre Maëlle et moi aussi, il existait un lien puissant. Elle me racontait tout, ses rêves, ses secrets... C'est un peu plus profond qu'un simple message délivré par un tatouage.

Émue, elle s'éclaircit la gorge :

— Ça vous échappe, non ? La beauté d'un secret...

Il déglutit :

— Nos secrets à nous sont différents...

Le premier qui lui saute à l'esprit est lourd. Il s'évade furtivement dans ce souvenir, pas si vieux que cela et en même temps si loin déjà, où Mathéo avait tenté de charmer sa mère. La veille, Julia avait exprimé son ras-le-bol de passer sa vie à s'occuper des repas et des lessives. Ce n'était pas tout à fait vrai. Mais lorsque aucune boîte d'intérim ne l'appelait pour du secrétariat, elle restait effectivement chargée de l'intendance de la maison. Le soir même, Mathéo était venu le trouver dans le salon pour lui glisser à l'oreille qu'il avait l'idée d'une surprise pour sa mère : il préparerait lui-même le prochain dîner.

« C'est un secret entre toi et moi, papa, d'accord ? »

En partant travailler le lendemain, il n'y avait plus pensé. Lorsqu'il était rentré en fin d'après-midi, Julia était sortie pour quelques courses, et il avait découvert Mathéo attelé aux fourneaux. En apercevant l'immense gamelle de pâtes, il l'avait félicité tout en espérant silencieusement que Julia aurait prévu un bon plat de viande.

Heureux, Mathéo avait posé un regard complice sur son père et un index sur ses lèvres.

— On a un secret tous les deux, papa…

Frédéric avait souri, touché par le besoin irrépressible de cet enfant de se faire aimer, lui qui ne tolérait aucune démonstration d'affection…

Lorsque Julia était revenue, Mathéo l'attendait fièrement dans le salon, son petit tablier de « Cuistot en herbe » enroulé autour de la taille, le couvert déjà mis. Elle s'était fendue d'une moue de remerciement. Puis s'était arrêtée devant la cuisinière, avait jeté un regard impénétrable sur les spaghettis stagnant dans l'eau tiède, tous feux éteints, et, sans mot dire, elle était montée dans sa chambre.

L'enthousiasme de son fils cadençait la danse de ses mains, et elles tournaient particulièrement vite.

Dix minutes plus tard, Julia redescendait, vêtue d'un peignoir, pour annoncer qu'elle n'avait pas faim et qu'elle partait se coucher. Revoir la déception peinte sur le visage de Mathéo lui faisait encore mal.

Frédéric avait simulé un appétit féroce, s'était verbalement réjoui de l'absence de Julia qui lui permettait de manger davantage de pâtes. Mathéo l'avait cru.

C'est ainsi qu'il s'était retrouvé seul à ingurgiter cinq cents grammes de spaghettis ayant cuit puis séjourné plus d'une heure dans de l'eau non salée. Il aurait été prêt à en avaler le double pour récompenser les efforts démesurés du gamin.

Alors, oui, il savait ce qu'était partager un secret avec son enfant. Il ne le savait d'ailleurs que trop bien. Même l'attitude de sa mère était une énigme étouffée, une sorte de sujet tabou qu'ils n'abordaient jamais, comme à la suite d'un accord tacite.

« On a un secret tous les deux, papa... »

C'était il y a un peu plus de sept ans. Voilà quel avait été leur premier secret, à tous les deux.

Et le dernier n'avait rien de plus léger.

Frédéric s'extirpe de ce souvenir douloureux, revient à l'instant présent.

Figée sur son tabouret, Élodie le regarde avec attention. Il pensait que les mots se bousculaient dans sa tête, mais réalise qu'ils se sont échappés de ses lèvres. Gêné, il baisse les yeux.

Elle se redresse, replace une mèche de cheveux égarée derrière son oreille. L'espace d'un instant, elle s'est presque prise de pitié pour lui. Elle écarte vite cette sensation déstabilisante.

— Je ne crois pas un traître mot de votre histoire. Vous faites chaque fois passer votre épouse pour une mère monstrueuse. C'est un peu facile. D'autant plus qu'elle n'est plus là pour se défendre.

— Jamais je ne dirai quoi que ce soit contre ma femme. Julia était fragile, perdue. Mais certainement pas monstrueuse. C'est vous qui interprétez ça.

Des fragments de plaidoirie se rappellent à la mémoire d'Élodie. L'avocat de la partie adverse avait argué que prononcer une longue peine à l'encontre de Frédéric reviendrait à punir et isoler davantage l'enfant qui vivait seul avec lui depuis le suicide de sa mère. Élodie n'avait écouté les éléments de la défense que d'une oreille distraite. Il n'était pas question qu'elle se laisse prendre à l'émotion d'un discours bien rodé. Mais elle doit reconnaître que l'homme qui se tient avachi devant elle a assumé son rôle de père dans des conditions qui n'ont pas dû être faciles. Même s'il reste un monstre.

— Votre avocat est beaucoup revenu sur votre femme. C'est curieux que vous la défendiez comme ça, après ce qu'elle a fait…

— Je ne voulais pas qu'il parle d'elle ! Personne ne peut comprendre qui était Julia. Et je me fous de votre regard ou de celui des autres. Elle était ma femme. Je l'aimerai jusqu'à la fin de mes jours. C'est là tout ce qui compte.

— Vous non plus, vous n'êtes pas parvenu à faire votre deuil… constate-t-elle tout bas.

Cette fois-ci, il ne riposte pas. Elle surprend une larme qui coule sur la joue désormais recouverte d'un poil dru, refuse de s'y attarder.

— À la mort de Julia, nos amis communs ont décidé de ne plus parler d'elle. Parce qu'elle avait commis quelque chose d'innommable à leurs yeux. Ils se sont persuadés que leur déni atténuerait un peu la gravité de son geste. Comme si son suicide pouvait être contagieux. Ça m'a fait plus de mal encore. J'avais l'impression que même eux la trahissaient, qu'il n'y avait plus personne pour l'aimer…

— Et qu'elle tombait progressivement dans l'oubli de tous… termine Élodie d'un air songeur.

— Exactement. Moi, j'y pensais tous les jours. Je lui parlais à voix haute, quand j'étais sûr d'être seul. Je ressuscitais en pensée nos plus beaux moments…

Elle coule un regard vers ce qu'il reste du ballon crevé.

— Depuis la mort de Maëlle, j'ai l'impression d'être dotée d'une mémoire surhumaine. Je la revois depuis sa naissance, je revis nos conversations. Chaque fois que le rire de ma fille retentit dans ma tête, mon cœur se frotte à du verre pilé. Et je n'aurais jamais imaginé qu'on puisse à ce point être hanté par le souvenir d'une main qui agrippe la vôtre…

— Moi, c'est sa voix qui résonne en permanence dans mes oreilles.

Élodie esquisse un léger sourire.

— Mieux encore, poursuit-il, sa coiffeuse est restée exactement comme elle était le jour de sa mort. Son rouge à lèvres est toujours à quelques centimètres de son bouchon. Elle a dû oublier de le refermer…

Élodie serre tellement ses poings que ses ongles mordent la chair de ses paumes.

— La chambre de Maëlle est intacte, comme à son départ, ce 1er mai 2021. Tout y est rangé comme si elle allait surgir d'un moment à l'autre. J'ai l'impression que le parfum de ma fille y flotte encore, j'y sens toujours sa présence… Parfois, je m'allonge sur son lit, je respire sa taie d'oreiller : j'y retrouve l'odeur de camomille dans ses cheveux, j'inhale son sommeil. C'est aussi fort qu'un shoot. Vous me trouverez peut-être sale et répugnante, mais je n'ai jamais lavé les draps de ma fille. Mon mari juge ça malsain. Il ne comprend pas…

Frédéric croit déceler, en filigrane, la mère qu'elle a dû être. Élodie ajoute, songeuse :

— Oui, un chagrin peut devenir à ce point insurmontable qu'il rend fou. Mais il faut le vivre pour le comprendre.

Elle sort son paquet de Philip Morris, en extrait une cigarette, l'allume.

— J'ai commencé à fumer à quatorze ans pour faire comme tout le monde. J'ai arrêté le jour où je suis tombée enceinte de Maëlle. Et j'ai repris le jour de ses obsèques.

Elle tire lentement sur le filtre, aspire la fumée, tandis que lui confie :

— Moi, j'ai fait l'inverse. J'ai jeté mon dernier paquet le jour de l'enterrement de Julia. Pour Mathéo.

Son regard vient de se poser sur le petit amoncellement de miettes. Il voudrait ne pas saliver. Mais c'est plus fort que lui. Rien que la vue d'un morceau resté entier lui noue le ventre.

— Mais c'est en prison que j'ai commencé à fumer des joints, poursuit-il. Pas bien longtemps. Le cannabis n'efface pas grand-chose.

Un silence recouvre la pièce, instaure une complicité inattendue qu'Élodie déchire d'une injonction :

— Ça suffit !

De là où il se tient, et malgré le peu de clarté, Frédéric peut voir son regard changer. Élodie s'est levée, fait tourner sa cigarette entre ses doigts tout en marchant. Comment a-t-elle pu se laisser aller de la sorte ? Comment a-t-elle cru trouver en l'assassin de sa fille le seul être capable d'écouter sa détresse ? Elle se maudit.

— Revenons-en à ce qui fait que vous êtes ici, reprend-elle d'un ton péremptoire. Je vous ai posé des questions précises. Mais vous y avez répondu par les mêmes arguties qu'au tribunal. Je n'ai pas de temps à p…

— Vous n'avez jamais eu l'intention de me laisser repartir, n'est-ce pas ?

Elle le toise d'un œil glacial.

— Je vous ai d'entrée de jeu expliqué les règles. Vous avez délibérément continué à me cacher la vérité. Il n'y aura pas de réquisitoire prononcé par le ministère public, pas plus qu'il n'y aura de plaidoirie de la défense. Je vais donc devoir faire avec les éléments dont je dispose. Compte tenu de la situation, ça ne pourra être que la libération ou la mort.

Elle parle d'une voix monocorde, comme si elle lisait la procédure de montage d'un meuble Ikea. Cette femme n'a pas grand-chose de commun avec celle qui se confiait à lui quelques minutes plus tôt. Nerveuse, elle contemple le nuage de fumée s'échappant de sa bouche.

— Avant de rendre ma décision qui, je ne vous le cache pas, ne vous est guère favorable à cette heure, je vous laisse une journée pour bien réfléchir aux réponses que vous souhaiteriez modifier. Parce qu'une fois prononcé, le verdict sera irrévocable. La sentence qui en découlera, aussi. Avez-vous donc quelque chose à ajouter ?

Il déglutit péniblement, avec la douloureuse certitude que sa vie dépendra de ce qu'il sera capable de lâcher au cours des heures, peut-être des deux ou trois jours suivants. Le choix lui appartient. Mais la liberté de tout dire comporte le droit de se taire. Et il compte bien en faire usage. Quel qu'en soit le prix.

— Je suis vraiment désolé. J'éprouve beaucoup de tristesse pour votre fille. Je pense que j'aurais pu réagir comme vous si quelqu'un avait fait du mal à mon fils. Mais je ne peux rien vous dire que vous ne sachiez déjà.

Il peine à soutenir son regard.

— Il y a pourtant un point sur lequel vous ne vous êtes pas exprimé : je n'ai toujours pas compris pourquoi la petite culotte de Maëlle a été retrouvée sur elle à l'envers.

Ce « détail » tourne de manière obsessionnelle dans la tête d'Élodie : cette culotte qu'elle a jetée sur le lit ce matin-là, avec une étiquette à son nom cousue à l'arrière pour le départ de Maëlle en classe de neige, quelques mois plus tôt.

— Je vous ai déjà dit que je n'étais pas un pédophile ! siffle-t-il entre ses dents.

Frédéric finit par détourner les yeux, qui se posent sur le cercle scellé dans le mur, celui qui retient sa chaîne. Il remarque que l'anneau est resté relevé.

— Réfléchissez bien. Et faites-le vite, prévient-elle.

Il ne voit rien à ajouter. Elle grimpe les marches dans un bruit étourdissant, il replonge dans les ténèbres.

Frédéric est envahi d'une peur incontrôlable. Il lutte contre la tentation terrible de revenir à un vieux comportement compulsif qu'il pensait pourtant être parvenu à enrayer : se ronger les ongles au sang. Il a tenu bon, même en prison. Mais aujourd'hui, son stress a raison de sa volonté : il porte une main à sa bouche, les dents attaquent un premier ongle.

*

Remuée par son échange avec son prisonnier, Élodie a fui la maison.

Même le renardeau n'a pas suffi à la retenir. Elle aime pourtant passer du temps à le caresser. Le sédatif qu'elle glisse dans sa nourriture lui permet de continuer à lui injecter sans risque un analgésique postopératoire pour soulager sa douleur, mais aussi de le maintenir assez dans les vapes pour lui offrir cette proximité avec lui. Même s'il ne faut pas crier victoire trop tôt, Élodie est rassurée sur l'évolution de son état de santé : il montre des signes encourageants de guérison. Sa patte se consolide progressivement, ses plaies se referment et son œil a retrouvé toute sa clarté. Être parvenue à sauver cet animal sauvage, qui aurait péri sans son intervention, lui procure un profond sentiment d'apaisement. Sans le savoir, il lui rend la pareille en la libérant d'une angoisse désormais familière : celle de l'isolement.

« Je crois que la solitude renvoie chacun à lui-même. » Cette vieille femme, l'autre jour, n'a pas cru si bien dire.

Cela fait des années qu'Élodie s'abrutit de bruit pour ne pas entendre sa douleur. Se fuir dans l'assourdissement est devenu sa drogue à elle. Ici, seuls d'imperceptibles murmures se détachent sur la profondeur du silence. Alors, oui, elle a plus que conscience de la vérité de cette affirmation. Mais que faut-il en conclure ?

Sans doute est-ce parce qu'elle arrive à peu près à la même heure que la veille au bord de l'étang qu'elle n'est pas surprise de retrouver son inconnue, assise au même endroit.

Celle-ci l'accueille chaleureusement.

— Ravie de vous revoir ! Je trouve le ciel d'un bleu encore plus profond qu'hier.

Sans attendre la réponse d'Élodie, elle poursuit :

— Regardez cette magnifique lumière dans les arbres ! C'est simple et si beau à la fois ! Je continue à m'étonner chaque jour de ce que l'existence me réserve. Elle parvient toujours à m'émerveiller. La vie est une accumulation de paradoxes : elle se compose de hauts et de bas, elle semble aussi bien durer une éternité que filer à toute vitesse…

Crispée, Élodie se contente de hocher la tête. Elle n'a envie que d'une chose : grimper sur son chêne, retrouver sa place, à la base de la branche, comme autrefois. Et ne plus penser à rien. Ce ne sera vraisemblablement pas pour aujourd'hui…

— Je ne vous connais pas mais, spontanément, je dirais que vous paraissez contrariée… remarque la vieille dame.

— Excusez-moi, se justifie Élodie. C'est juste que je viens d'avoir un échange sur un sujet un peu difficile…

— Avec ces téléphones portables, impossible de rester seul avec soi-même, où que l'on soit… Et en même temps, je croyais qu'on ne pouvait pas capter quoi que ce soit, ici ! Vous avez de la chance.

Un silence.

— Ou pas… achève-t-elle en inclinant légèrement la tête.

Elle soulève sa canne, la plante vigoureusement dans une petite motte de terre.

— Comme je vous le disais plus tôt, l'existence est faite de très hauts et de très bas, mais au bout du compte, vous verrez, quand on se rapproche de la fin, tous ces pics et creux apparaissent un peu aplanis. Je n'irai pas jusqu'à dire qu'il n'en reste qu'un tracé linéaire, mais plutôt que ne subsiste que ce qui aura réellement marqué notre vie. Si j'avais su ça plus jeune, croyez bien que je me serais fait moins de mouron pour bien des broutilles !

— Alors, savourez votre bonheur ! Parce qu'il existe certains gouffres à ce point profonds qu'ils absorbent tout le reste de la ligne droite. Et nul besoin d'avoir atteint un âge canonique pour le découvrir…

Élodie réalise sa maladresse, tente de se corriger.

— Enfin, je veux dire qu'il n'est pas nécessaire d'attendre d'arriver au bout du chemin pour en prendre conscience…

La vieille femme médite longuement avant de reprendre la parole.

— C'est juste ! J'ai une amie qui a perdu ses deux jambes à quarante ans dans un accident de voiture. Ça, c'est une vraie fracture de la vie. Les deux premières années ont été atroces pour elle. Mais elle a vécu les trente suivantes en se disant qu'elle aurait pu mourir ce jour-là, et ne pas connaître ses petits-enfants.

— Moi, ma fille a été tuée. Je ne connaîtrai donc jamais les enfants qu'elle aurait pu porter.

Elle hausse le ton.

— Et à partir de là, tout est devenu absurde. Le fait de devoir continuer à manger, à aller faire des courses, alors que ma vie entière n'avait plus de sens. Même son enterrement était surréaliste : des gens que Maëlle n'avait jamais vus pleuraient sans discontinuer tandis qu'aucune larme n'est parvenue à franchir la ligne de mes propres paupières ! Mon unique exutoire a été le travail. Je m'y suis lancée à corps perdu, comme une forcenée. Je suis véto. Il n'y avait qu'auprès des animaux que ma vie avait encore un sens.

Un long silence accueille ces derniers mots, que n'interrompent que quelques chants d'oiseaux. La vieille dame l'a sagement écoutée. Elle a ce port noble qui confère dignité et élégance, et l'expression tranquille de son visage dénote la même assurance qui se reflète dans sa remarque.

— Peut-être faites-vous désormais partie de ces gens qui sauvent les autres pour se sauver eux-mêmes…

De sa main restée libre, elle balaie l'espace d'un mouvement gracieux.

— Mais se relever après la perte d'un être cher passe souvent par un long processus de deuil…

— Avez-vous déjà perdu un enfant ?

Élodie interprète le silence de son interlocutrice comme une réponse négative.

— Maëlle est le premier enfant que j'ai porté en moi. Elle est la petite fille qui a métamorphosé ma vie. Mon deuil ne pourra jamais prendre fin. Il se ravive à chaque date anniversaire, à chaque Noël. Il se poursuit à chaque événement ordinaire de mon quotidien : une pâtisserie dont elle était particulièrement friande, une photo qu'elle aurait aimée, un rire dans la rue qui me rappelle le sien. La plus grande partie de moi est morte avec elle et la société me contraint à passer cette réalité sous silence. Parce qu'on attend de moi que je me relève. Parce qu'on refuse de comprendre que je ne pourrai jamais guérir…

C'est un flot de lave en fusion qui se déverse. La vieille femme veille à ne pas l'interrompre.

— Et je vous passe le poids de la culpabilité. Celle de ne pas avoir su protéger ma fille. Celle de l'avoir condamnée pour un flacon de sel… Je revois en boucle ce que j'aurais pu faire, ce que j'aurais dû faire différemment. Je me suis sentie, je me sens encore la pire mère au monde.

Elle se tourne vers la vieille femme, le visage dévasté.

— Ceux qui ont un jour perdu un enfant passent le reste de leur existence à faire ce qu'ils peuvent pour avancer. Mais ils ne guérissent jamais. Et au bout du compte, leur ligne droite ressemble à un gigantesque fossé.

Le visage plissé semble à son tour terriblement contrarié.

— Quel est votre prénom, mon petit ?

— Élodie…

— Le deuil ne s'apparente pas à une recherche de guérison, Élodie. Je crois qu'il se rapproche davantage d'un processus de cicatrisation.

De son index, elle effleure le dos de sa main en y dessinant une ligne virtuelle.

— Toute votre vie, vous ressentirez le manque créé par l'absence de votre fille. Toute votre vie, vous continuerez à imaginer ce qu'elle aurait fait de la sienne, à quoi aurait ressemblé son visage en grandissant, comment serait votre quotidien si elle était encore là. Votre chagrin sera toujours présent, prêt à éveiller une émotion intense. Mais la plaie doit se refermer doucement pour que ce processus de cicatrisation s'achève…

— Pour ma part, j'ai bon espoir d'entamer ce processus lorsque le meurtrier de Maëlle sera justement condamné !

— Parce qu'il n'a pas encore été jugé ? Moi, je crois que la vie se charge d'évaluer nos actions et leurs conséquences. Et que celles-ci finissent toujours par se payer.

Élodie lâche un ricanement, que la vieille dame ignore.

— Mais pour y croire, il faut avoir la foi…

— La foi est un leurre !

— La foi est une force, mon petit.

Élodie se plante face à la canne.

— Si Dieu existait, il n'aurait jamais permis cela ! Tout comme il ne tolérerait pas les horreurs dont on entend parler tous les jours.

— Toutes les guerres, les souffrances et injustices sont le résultat des actions humaines, pas d'une volonté divine. C'est ce que l'on appelle le libre arbitre, pouvoir que Dieu a accordé aux hommes… Apprendre à surmonter l'intolérable, à vaincre les obstacles permet à chacun de parvenir à une conviction profonde. Car il n'existe pas de foi sans doute, Élodie...

— Perdre un enfant engendre la pire des douleurs. Elle reste logée dans les entrailles, là où un embryon s'est un jour formé, s'oppose Élodie en désignant son bas-ventre. La foi n'est que l'ultime rempart contre la folie. Elle permet de croire en une puissance qui nous échappe, d'imaginer ce que nous ne pouvons pas voir, et de ne plus chercher de sens à ce qui n'en aura jamais plus. La mienne s'est émoussée avant de disparaître complètement. Tout comme ma faculté d'aimer, je le crains...

Visiblement peinée par ce qu'elle entend, la vieille femme considère sa canne avec attention avant de planter son regard dans celui d'Élodie.

— Mais si vous pensez que votre vie n'a plus de sens, qu'est-ce qui vous empêche de lui en trouver un ?

— Vous ne pouvez pas comprendre...

— Peut-être pas, ou peut-être que si. Mais j'imagine que pour accepter la mort d'un enfant, il faut d'abord pouvoir se réconcilier avec soi-même...

Le malaise d'Élodie atteint son point culminant. Elle regrette de s'être laissé entraîner dans cette conversation.

— Je dois partir, bafouille-t-elle. Mais laissez-moi vous faire une dernière confidence. Maëlle adorait les Chupa Chups à la fraise. Elle en raffolait. Je n'ai jamais aimé les sucreries, mais ces sucettes me donnent l'illusion de me connecter à elle. Lorsque j'en prends une, j'ai l'impression qu'elle me regarde de là-haut. Ces sucettes sont devenues de vraies bouées de sauvetage, pour moi. Vous devez me penser complètement folle… termine-t-elle en repartant vers l'étang.

— Mais, si vous ne croyez pas en Dieu, comment pouvez-vous imaginer que votre fille vous regarde de là-haut ? demande doucement la femme en pointant le ciel.

— Il faut bien qu'elle soit quelque part…

— Certes. Mais si vous ne croyez en rien, alors, Maëlle n'est plus…

Élodie s'arrête, se retourne, le visage décomposé.

— Je peux espérer une vie après la mort sans me raccrocher à un dieu. Et ça, j'ai besoin d'y croire.

Elle se met à courir et s'engouffre dans la forêt.

*

Frédéric tire brutalement sur sa chaîne et la claque au sol dans un tintamarre métallique. Inutile de rêver : les maillons ne céderont pas. L'acier continue à lui mordre la cheville. Impossible d'élargir le cercle qui l'enserre. Il ne parviendra jamais à se défaire de cette chaîne, à moins de se couper le pied.

Il doit se rendre à l'évidence : ce n'est pas avec ses muscles qu'il pourra sortir de ce taudis, mais avec son cerveau. Que ne donnerait-il pour être dehors, dans la peau d'un animal ou d'un insecte. Un papillon. Ou mieux encore : une abeille. Pour butiner de fleur en fleur, s'abrutir de couleurs et de senteurs.

Il dirige son regard vers les étagères figées devant lui, qu'il ne peut plus voir. À défaut de trésors, ne peuvent-elles pas dissimuler un objet tranchant ou pointu comme un couteau, un tournevis, qui lui permettrait de couper ou de desserrer sa chaîne ? Comment pourrait-il le savoir ? Il a déjà tenté plusieurs fois de les atteindre, mais même avec son corps tendu à l'extrême, il lui manque un à deux centimètres pour entrer en contact avec le premier rayonnage…

Oui, mais reviens quelques instants sur l'anneau scellé dans le mur.

Frédéric fait presque un bond sur sa paillasse.

La chaîne est attachée à ta cheville, donc près du sol. Si l'anneau est relevé avec la chaîne à son sommet, cela signifie qu'en le baissant…

— Je gagne quatre ou cinq centimètres supplémentaires ! s'exclame-t-il à voix haute.

Une aubaine, dans son cas.

Il décide de vérifier immédiatement sa théorie. Avec une détermination farouche, mais une démarche bancale, il rejoint l'anneau à tâtons. Il tire dessus de toutes ses forces, l'acier rouillé lui opposant une grande résistance. Au bout de six tentatives, il parvient à le mettre à l'horizontale. À nouveau, il s'acharne, hisse ses fesses jusqu'à lui pour y faire peser tout son poids. Enfin, l'énorme boucle en acier cède, se rabat et retombe contre la paroi dans un bruit sourd.

Les deux bras tendus dans les ténèbres, Frédéric s'écarte du mur aussi loin que sa chaîne le lui permet. Une fois sa laisse de métal tendue à fond, il s'efforce de tirer au maximum sur sa jambe droite, incline son corps en direction des étagères, étire le plus possible ses deux bras. Une décharge électrique traverse son épaule bandée, mais cela lui est bien égal. Son cœur bat toujours la chamade lorsque ses phalanges effleurent le rebord en métal du rayonnage. Ses doigts l'agrippent avec précaution, caressent le premier objet qu'ils croisent. Cela lui procure une émotion indescriptible.

Maintenant, il faut choisir le bon rayon à secouer...

Dans le noir le plus complet, il fait appel à sa mémoire : il se souvient de certains éléments, sans intérêt. Soudain, ses pensées se figent sur un bagage. Une grande valise rouge, rangée à la verticale, qui se trouve sur la deuxième étagère, dans le rayonnage du centre. S'il parvient à ébranler doucement l'armoire métallique, il peut réussir à la faire glisser lentement. Quand elle dépassera suffisamment, il l'attrapera. Le plus difficile sera d'éviter de faire tomber le reste.

Une nouvelle fois, il se lance à la conquête des étagères : il se contorsionne et s'étire lui-même avec une telle intensité qu'il ressent chaque fibre de ses muscles tendue à l'extrême. Son pansement le comprime davantage, des décharges électriques remontent sans discontinuer de son bras à son épaule.

Agrippé au rebord d'un rayon, il entreprend de faire bouger le meuble. Chaque centimètre de son corps semble sur le point de se déchirer. Mais sa détermination est inébranlable : cette valise peut contenir quelque chose de vital pour son évasion. Le bagage oscille légèrement. Un geste plus sec le fait brusquement basculer. Frédéric tente de retenir sa chute, qui entraîne elle-même la dégringolade d'autres objets : la valise et une boîte en métal viennent heurter le sol de la cave dans un fracas assourdissant.

Frédéric reste pétrifié. Il lui est impossible de voir l'étendue du désastre, mais nul doute qu'elle doit être significative…

Il se jette à quatre pattes, ses mains tâtonnent sur le sol. La situation ne serait pas si tragique, il se croirait à une partie de colin-maillard, version « objets mystères ». Il identifie au toucher une chaussure, des bouts de ficelle, des vis, des boulons, des blocs, des livres. Rien qui puisse l'aider. Sa main s'arrête soudain sur une petite boîte. Lorsqu'il la secoue, une vague de joie l'inonde. Ce bruit est reconnaissable entre tous : une boîte d'allumettes. Ne lui reste qu'à espérer que l'humidité de la pièce ne les ait pas rendues inutilisables. Il gratte l'une d'elles contre la surface abrasive du carton, doit s'y reprendre à trois fois, mais celle-ci s'enflamme. La cave s'illumine.

Frédéric constate l'ampleur des dégâts : non seulement la valise a entraîné pas mal d'autres objets dans sa chute, mais elle a de surcroît éclaté au sol lors de l'impact. Une boîte de métal a suivi le même sort. Leur contenu s'éparpille dans un désordre chaotique : des centaines de boulons crasseux, vis, écrous et rondelles gisent à terre, se mélangent. Et puis il y a des photos. Des dizaines de photos. En couleur. En noir et blanc.

Rien d'utile.

Il imagine déjà la réaction d'Élodie lorsqu'elle découvrira ce fatras…

Ses yeux tombent sur un objet de forme oblongue, épais. Il souffle sur la flamme, arrivée à proximité de ses doigts, craque une seconde allumette.

Un couteau suisse ! Il s'en empare, admire l'objet comme s'il s'agissait d'une relique, déploie ses outils : un couteau à la lame affûtée, un tournevis, un tire-bouchon, un ouvre-boîtes. Certes, cela ne suffira pas à le libérer de sa chaîne, mais cela lui permettra de s'évader en esprit. Entre ses mains, le morceau de bois déniché plus tôt va pouvoir prendre vie. Tailler et ciseler dans le noir ne lui fait pas peur. Il l'a fait de nombreuses fois lorsqu'il était gamin, pour que ses parents ne le grillent pas en plein milieu de la nuit.

Il tente de rassembler au mieux le désordre au sol et rejoint sa couche, caresse le cube en réfléchissant à ce qu'il pourrait en faire jaillir. Puis il s'attelle à la tâche.

8

Lundi 8 juillet 2024

Élodie referme son cahier, inspire profondément.

Elle n'a pas reproduit l'erreur de la veille. Afin de ne pas retomber sur sa nouvelle voisine, elle a attendu le milieu d'après-midi pour retrouver son étang. Mais elle n'est pas montée sur la grosse branche du chêne. Éprouvant le besoin de partager avec sa fille les pensées qui se bousculaient dans sa tête, elle s'est adossée contre le tronc massif et a sorti son calepin.

Elle lui a parlé de la guérison en bonne voie du renardeau.

Puis des doutes qui, tels des serpents, s'insinuent dans son esprit : n'a-t-elle pas commis une erreur en cherchant à en savoir davantage sur cet homme ? N'aurait-elle pas dû se cantonner à sa mission première : pourchasser la vérité, dont elle redoute moins l'émergence que la dissimulation, sur les conditions de cette mort ?

Elle réitère à Maëlle sa promesse de faire payer le Monstre. Il n'est pas question pour elle de se laisser embobiner par ses manipulations, même si elle s'étonne de devoir reconnaître en lui une once d'humanité dont elle le pensait totalement dépourvu.

Ça fait plus d'une heure qu'elle couche sur le papier les flots tumultueux qui jaillissent de son stylo, comme s'ils cherchaient à se libérer de leur prison intérieure.

Élodie est fatiguée. Tant physiquement que psychiquement.

Les mots continuent de couler, remplissant les pages d'une écriture déterminée, serrée et précise. Le chant du geai des chênes et de la tourterelle des bois, le vrombissement des abeilles et des bourdons l'enveloppent. Ses paupières se font plus lourdes, son poignet moins agile. Elle pose le cahier sous son sac, juste pour quelques instants.

Et sombre sans même s'en rendre compte dans un profond sommeil.

*

Stéphane referme la porte sur les deux agents et s'y adosse, sonné.

Il aimerait pouvoir assurer que ce qu'il pense en son for intérieur dépasse l'entendement, mais il sait – il *sent* ! – que cela pourrait être la vérité.

Deux flics viennent de sortir de la maison. Ils sont venus l'informer de la disparition de Belbist, le type incriminé dans la mort de Maëlle. L'homme n'a plus donné signe de vie depuis six jours, après être parti travailler. Les policiers ne lui ont pas semblé soupçonneux à son égard.

Tu sais bien qu'il ne s'agissait pas d'une visite de courtoisie. Sinon, ils ne t'auraient pas posé toutes ces questions.

Ils se sont notamment enquis de l'absence d'Élodie, ont demandé à quel endroit ils pouvaient la contacter…

Il est tellement tombé des nues qu'il n'a pas eu à beaucoup jouer la comédie.

Il s'écarte de la porte, rejoint le salon, se laisse choir sur une chaise, face à son ordinateur portable. Une série de photos défile sur le moniteur en veille. Mais il n'a plus le cœur à travailler, ni à se perdre dans les vestiges heureux d'un passé révolu. Il rabat brusquement l'écran, pense à Élodie.

Tous les deux ont fait ce qu'ils ont pu pour surmonter le décès de Maëlle. Ils ont subi la même douleur, seulement ils ne l'ont pas gérée de la même manière. Lui a eu du mal à admettre que la Terre puisse continuer de tourner. Il s'est raccroché à tout ce qu'il pouvait. Y compris au déni. Le temps et la foi l'ont sans doute sauvé du naufrage. Il n'est pourtant pas pratiquant, contrairement à sa famille, qui l'a éduqué dans la religion catholique, mais ce cataclysme a remis en question toutes ses certitudes et éveillé le besoin *vital* de croire en une puissance supérieure. Cette foi fragile a rallumé en lui une lueur d'espoir suffisante pour l'aider à traverser les ténèbres. Durant tout ce temps, Élodie a été là pour lui. Elle a été sa force, son ancre, alors que lui-même se noyait dans son chagrin.

Les souvenirs des derniers mois tournent en boucle dans son esprit. Il y a tout d'abord eu son incartade avec une femme. Une erreur. Une terrible erreur qu'il ne parvient toujours pas à s'expliquer, d'autant que son amour pour Élodie n'a jamais faibli. Perdre Maëlle a ébranlé son monde de manière inimaginable. Sans doute a-t-il vu en cette femme l'accès à une vie où, durant quelques heures, il n'était plus le père qui avait perdu un enfant, mais juste un homme.

C'est alors qu'il mettait fin à cette liaison qu'Élodie l'avait découverte. Après une discussion houleuse au téléphone avec sa maîtresse pour lui signifier que c'était terminé, il était sorti de la chambre pour redescendre télétravailler. Élodie se trouvait au pied de l'escalier, assise contre le mur. Il la pensait au cabinet, il ne l'avait pas entendue rentrer. Il était resté figé, muet, trois longues secondes. Elle s'était contentée d'un regard. Un seul. Tout y était. Elle s'était levée sans un mot, avait attrapé son blouson et claqué la porte. Elle n'était rentrée que le soir, son visage ne trahissant pas le moindre bouleversement. Ils n'en avaient jamais reparlé.

Puis étaient arrivés le procès et la libération de Belbist, qu'Élodie n'avait pu supporter. Au point de péter les plombs, avec l'agression du type en bagnole. Il avait espéré que cet épisode déboucherait sur une prise de conscience, permettrait à son épouse de se reconstruire lentement. Bien au contraire, cela avait précipité sa descente aux enfers et distendu davantage leur lien. Aujourd'hui, il avait l'impression d'assister au lent naufrage de son mariage, avec la pression de plus en plus forte d'avoir à élever seul leur cadette, Zoé.

Car, pour Élodie, la vie n'avait jamais réellement repris le dessus. Sans doute parce qu'elle n'avait jamais cru à la théorie de l'accident.

Et lui, y croyait-il ?

Certains éléments de l'enquête l'avaient laissé dubitatif : étrangler un enfant est un acte d'une violence inouïe. Or, l'homme incriminé a toujours soutenu avoir été victime d'un trou noir et ne se souvenir de rien. Un peu facile. Stéphane avait néanmoins décidé de s'en remettre à la science, qui réfutait la thèse du meurtre et confirmait celle de l'accident : cela lui avait permis de ne pas sombrer dans des hypothèses qui l'auraient toutes rendu fou. Mais face à la descente aux enfers d'Élodie, il se sentait totalement impuissant.

Stéphane vient d'expliquer aux agents que les difficiles épreuves traversées depuis la mort de leur fille les avaient progressivement écartés l'un de l'autre. Qu'ils avaient tous deux ressenti le besoin de faire le point, chacun de son côté. Ce n'était pas tout à fait vrai…

Mais ce n'est pas tout à fait faux non plus, n'est-ce pas ?

… car Élodie a unilatéralement décidé de partir seule « quelque temps ».

Lorsqu'elle l'a informé de cette décision, bien qu'il n'ait pas été totalement surpris, il a dû masquer son dépit. Et finalement pris le parti de respecter ce besoin de « changement d'air ».

Ce qui le contrarie davantage, c'est que, chaque fois qu'il tente de la joindre sur son portable, ses appels basculent directement sur la messagerie, sans sonnerie.

Il s'est contenté de dire aux policiers que cette décision était concertée : Élodie était partie seule pour deux semaines, il ne lui avait pas demandé où, ils étaient convenus qu'ils n'auraient aucun contact et feraient le point à son retour. Mais tout ça, c'était du baratin. Car il avait bel et bien été mis devant le fait accompli. La seule chose vraie, c'est qu'il n'a aucune idée de l'endroit où sa femme se trouve, et qu'il est désormais plus que préoccupé par l'absence de nouvelles.

Pour le moment, la sœur du type a déclaré une disparition. Les flics ont reconnu que de tels départs volontaires se produisent tous les jours. Les circonstances de cette disparition restent étranges, car cet homme est très proche de son fils, mais elle n'en est pas pour autant considérée comme inquiétante à ce stade par les autorités. La visite des deux agents n'était qu'une enquête de routine pour rassurer la famille.

D'ailleurs, sa bonne mine et sa spontanéité ont dû les tranquilliser. Ils sont repartis sans insister outre mesure.

Mais la réalité, c'est que non seulement tu ne sais pas où elle est, mais tu ignores également quand elle reviendra !

Stéphane prend conscience qu'à aucun moment il ne lui a dit combien il l'aimait encore, profondément, désespérément. Inutile de se lamenter maintenant. Ce qui importe le plus, aujourd'hui, c'est d'avoir gagné du temps, avec les flics. Mais il a intérêt à anticiper sur la suite, car sa bonne foi apparente ne tiendra pas sur la durée. Il y a maintenant une urgence : retrouver Élodie avant eux. Parce que, il doit se l'avouer, il a un sérieux doute sur le fait que sa femme ne soit pour rien dans cette disparition.

Lorsque les policiers lui ont demandé s'il pensait à un endroit particulier où Élodie aurait pu aller, Stéphane a vigoureusement répondu par la négative. À bien y réfléchir, si, il y a bien un lieu où Élodie aurait pu se réfugier pour rester seule : la maison de son enfance.

Stéphane se précipite vers la boîte à clefs, rangée dans le placard de l'entrée, la fouille. Le double du trousseau du domaine a disparu…

Il ne s'est rendu là-bas qu'une fois, il y a plusieurs années. Il va sans doute avoir du mal à en retrouver le chemin. Mais ce qu'il vient d'entendre le pétrit d'angoisse. Élodie aurait-elle été capable de… ?

Il rejette immédiatement l'idée. Mais la lucidité le rattrape : il n'est plus certain de connaître les limites de sa femme.

Il jette un œil sur la pendule de l'entrée : il est l'heure d'aller chercher Zoé chez la voisine. Trop tard pour rendre visite à son beau-père. Il ira demain.

Il quitte précipitamment la maison, tout en se demandant quel prétexte il va pouvoir inventer pour lui subtiliser son trousseau.

*

Lorsqu'elle rouvre les yeux, Élodie met un certain temps à comprendre où elle se trouve.

Une vague de panique la submerge quand elle réalise qu'elle s'est endormie. Sa montre étant restée à la maison, elle est incapable de dire l'heure précise. Mais à en juger par la hauteur du soleil dans le ciel, il doit être facilement 19 h 30. La nuit tombe tôt, en forêt, elle n'a pas pris sa lampe torche, et elle n'y verra bientôt plus rien.

Elle attrape précipitamment son sac, bondit sur ses pieds et court en direction de la maison, avant que les bois ne s'enveloppent dans leur manteau de ténèbres.

*

Satisfait de son avancée, Frédéric glisse sa création entre le mur et la paillasse. Il n'a pu les compter, mais il a travaillé son cube de bois durant un bon nombre d'heures.

Dans cette obscurité hostile, il lui faut bien occuper le temps. Or, il est incapable de dormir, obsédé par ce qui pourrait se cacher dans les ténèbres. Parfois, lorsque le silence se fait presque total, son ouïe devient à ce point sensible qu'il a l'impression de pouvoir entendre le sang circuler dans ses vaisseaux… Cette profonde obscurité lui a permis une immersion complète dans le monde des insectes. Le frottement régulier des ailes des papillons de nuit crée un léger bruissement qui lui évoque le son d'une page de livre que l'on tourne délicatement. Il s'est d'ailleurs souvent demandé d'où provenaient ces lépidoptères. Sans doute se faufilent-ils dans la cave lorsque Élodie est présente et laisse la porte ouverte. Il perçoit également les bruits de mastication et de mouvement des coléoptères fouisseurs qui, tels des mineurs invisibles, creusent la terre.

Voilà quelque chose qu'il pourra raconter à son fils. Tout du moins si l'occasion lui est donnée de vivre assez longtemps pour le faire. Et si quelqu'un vient à son secours. Parce que les flics ne déboulent toujours pas, alors que Sandrine doit déjà avoir remué ciel et terre pour le retrouver. De toute façon, même si la police le recherche, il lui faudra un certain temps pour dénicher ce trou perdu. Et combien en mettra-t-elle encore pour soupçonner qu'une mère de famille à l'apparence équilibrée puisse dissimuler une telle cinglée ?

Une idée bien plus sombre s'engouffre dans son esprit. Depuis son incarcération en maison d'arrêt, il ne peut plus soutenir le regard de sa sœur. Il a trop honte de l'incompréhension, de la déception et du dégoût qu'il y a générés. N'a-t-elle pas pu se dire qu'il aura préféré disparaître pour ne pas faire rejaillir l'humiliation sur eux trois ? Auquel cas, elle n'aura prévenu personne.

Et donc…

Il s'efforce de bloquer cette pensée. Il est tenté d'enflammer une allumette, mais il se raisonne. Il doit veiller à ne pas les dépenser inutilement. Il inspire un grand coup, mais l'odeur de renfermé et de moisi importune toujours autant ses poumons.

Un nouveau besoin viscéral s'impose à lui : boire. La simple évocation d'un verre d'eau fraîche accentue encore sa sensation de soif.

C'est dans ta tête. Oui, c'est purement psychologique. Tu y penses sans cesse parce que tu sais que tu ne peux pas le faire. Songe à autre chose.

Bonne idée ! À manger, par exemple ?

Mauvaise option. Parce qu'il est mort de faim.

« Mort de faim. » Jamais cette expression ne lui a paru plus appropriée.

Mais si la faim est une sensation douloureuse, la soif est un supplice.

Plus que de faim ou de soif, c'est de chaud que tu vas crever...

Il avait lu un jour que la chaleur extrême tuait davantage que le froid. Tous les montagnards rescapés d'expéditions ayant mal tourné s'accordaient sur le fait que les moins chanceux s'endormaient doucement pour ne plus jamais se réveiller. Ce n'était pas aussi rapide avec la canicule. Elle ne tuait pas directement. Il fallait d'abord en passer par la déshydratation, avec son lot de malaises et d'hallucinations.

Alors, va-t-il plutôt mourir de chaud ?

Un picotement sourd irradie tout autour de sa plaie, à l'emplacement de son tatouage, signal discret mais insistant qui lui indique que quelque chose ne tourne pas rond. Ne manquait plus que ça...

Il se concentre de toutes ses forces sur Mathéo. Sa persévérance le mène au grelot de son rire lorsqu'il était bébé.

Que lui dirait son fils, s'il lui annonçait n'avoir aucune idée de quelle était la date du jour ? Mathéo le disputerait en lui déclarant avec gravité qu'il manque de précision.

Frédéric sent son cœur se serrer : pour un sourire de son fils comme pour cent, il serait prêt à toutes les inexactitudes.

Un nouveau son, bizarre, capte son attention : un grattement beaucoup plus accentué, semblable à des ongles griffant une surface. Frédéric s'immobilise et tend l'oreille, une boule au creux du ventre. Imaginer qu'une souris, pire, qu'un rat puisse se balader dans la cave le tétanise.

Le bruit s'est interrompu. Seul le silence nappe la pièce. Mais il lui semble entendre un froissement vers la droite, sous le rayonnage le plus lointain, comme si quelque chose se faufilait à travers les espaces restreints entre les étagères.

Il cherche à se rassurer, se convainc qu'il délire. Il a déjà connu le problème, en prison. Il avait ouï dire que des souris pouvaient s'infiltrer dans les cellules. Les premiers temps, il n'en avait pas dormi de la nuit. Puis il avait réalisé qu'il se faisait peur pour rien. Mais il disposait alors d'un élément précieux pour le vérifier : la lumière.

Il doit se rendre à l'évidence : l'obscurité totale lui fait perdre la boule. À bout de nerfs, il se cogne délibérément la tête contre le mur, histoire de se remettre les idées en place.

Le grelot du rire enfantin a fini par se tarir, las de tintinnabuler en vain dans cet esprit surmené.

Frédéric se met à nouveau en boule et répète en boucle le prénom de son fils à un rythme qui frôle la démence. Mais il se redresse brusquement, happant l'air à la manière d'un noyé.

À moins de devenir fou, il vient de percevoir un chuintement. Puis un autre.

Dans la pièce enténébrée, chacun des bruits se condense dans le silence.

Ce bruit-là s'interrompt, mais lui l'entend encore.

Tu as des hallucinations, mon pauvre vieux !

Les yeux exorbités sur les ténèbres, Frédéric cherche à chasser la panique qui s'est emparée de lui. Peine perdue. Celle-ci s'est ancrée dans sa tête et dans sa chair, impossible de l'en déloger. Il croit même entendre les stridulations d'une araignée, puis un autre raclement, juste dans l'angle, à deux mètres de lui. Un couinement provenant du bas du matelas lui fait brutalement ramener ses pieds sous lui. La position n'est pas confortable, mais présente le mérite de préserver ses orteils. Quelle qu'elle soit, la bestiole se rapproche de plus en plus, et ça, ce n'est pas une vue de l'esprit. Terrorisé, il se recouvre les oreilles de ses mains. Cette peur incontrôlable le questionne sur ce qui se dérobe en lui.

Les poils hérissés sur ses avant-bras, il cherche l'apaisement en portant un premier doigt à sa bouche. Une petite séance de grignotage d'ongles s'impose. Pourtant, aujourd'hui, c'est un désastre. Car il en est arrivé à se rogner jusqu'à la chair. Cela saigne et lui fait mal. Pas comme quand il s'arrache les cuticules. La douleur est plus profonde et lancinante. Mais il ne peut pas s'arrêter. Et puis, à part guetter son bourreau et sentir la présence menaçante du rat dans le noir, il n'a que ça à faire.

Justement, il entend Élodie marcher à l'étage du dessus. Elle semble s'approcher de la porte. Va-t-elle venir ? En profitera-t-elle pour l'achever s'il se cantonne dans le silence ?

En écoutant les pas s'éloigner, il ne peut retenir un soupir de soulagement – un soulagement très relatif : cela signifie qu'il n'est pas près de boire.

Finalement, qu'elle descende ou pas, ta jauge de stress monte au max...

Exact.

Voilà le lourd tribut à payer lorsque l'on a fondé le reste de sa vie sur un mensonge.

*

Sandrine glisse une tête dans l'encadrement de la porte. Sans surprise, Mathéo est assis face à son bureau. Concentré, il se comprime les tempes, continue à échafauder des hypothèses à voix haute, puis à les remettre en question.

Depuis la disparition de son père, l'adolescent a transformé sa chambre en véritable centre de commandement.

À sa gauche, un immense panneau de liège est suspendu au mur. Frédéric le lui a installé quand il était petit, pour les moments où elle le gardait. Mais la centaine de photos d'insectes et d'articles consacrés à leur monde, qui s'y trouvaient encore punaisés six jours plus tôt, ont été remplacées par une carte de France, cernée de Post-it.

Les éléments sont connectés par des fils de différentes couleurs : les rouges relient les lieux dans lesquels son père avait pour habitude de se rendre, ou dont il lui a déjà parlé. Les verts, les personnes qu'il côtoie, les orange, les événements qui ont marqué sa vie. Certains d'entre eux sont symbolisés par une photo : celle de son mariage, Mathéo à sa naissance, celle de l'atelier pour représenter l'endroit où il travaille… Le tout forme une gigantesque toile d'araignée complexe, mais ordonnée.

Au milieu de ce réseau, le regard rieur de Frédéric fixe l'objectif.

Sur le bureau, d'autres Post-it colorés sont éparpillés ici et là, voisinant avec plusieurs carnets remplis d'une écriture chaotique, véritable casse-tête pour quiconque tenterait de la déchiffrer.

— Il y a forcément un truc que j'ai loupé. Un détail doit m'échapper…

Émue, Sandrine garde le silence. Depuis l'enfance, Frédéric et elle sont proches. Cela s'explique peut-être par le fait qu'elle a cinq ans de plus que son frère, et qu'elle a tout de suite adopté une posture protectrice envers ce bébé surgissant dans sa vie. En grandissant, ils sont à ce point restés complices qu'elle n'a pas hésité à quitter leur ville natale de l'Essonne pour se rapprocher de Frédéric, lorsque sa femme et lui ont acheté une maison dans les Yvelines. Après le suicide de Julia, elle s'est montrée extrêmement attentionnée et disponible. Elle a tout fait pour éviter le naufrage du père et du fils.

Mathéo a trouvé en elle une présence féminine dont il manquait cruellement. Pour elle qui n'a pas eu d'enfant, son neveu est un peu devenu celui qu'elle n'aurait jamais. En cet instant, elle aimerait le prendre dans ses bras, lui apporter le réconfort de la chaleur humaine. Mais elle a appris à se contenter de témoignages d'affection sans contact.

Il lui est difficile de ne rien montrer de l'angoisse dans laquelle la disparition de Frédéric l'a plongée. Mais elle doit tenir le coup pour Mathéo. D'autant qu'ils n'ont pas l'un et l'autre la même vision des choses. Car plus le temps passe, plus elle est convaincue que son frère a disparu volontairement.

Elle imagine le poids de la honte et des remords qu'il doit éprouver. Elle-même a eu du mal à masquer son incompréhension lorsqu'il lui a décrit le terrible accident survenu chez lui, avec cette petite fille. Et son explication au sujet de la trachée écrasée de cette gosse ne l'a jamais convaincue. Elle est bien placée pour savoir qu'il faut quand même faire preuve d'une sacrée force pour agir de la sorte.

D'une sacrée folie, aussi.

Malgré son envie, *son besoin* d'y croire, elle n'a donc pas un instant pu adhérer à cette théorie, ni faire taire en elle les nombreuses questions qui restaient en suspens : pourquoi n'avait-il pas ramené cette gamine à la supérette ? Pourquoi n'avait-il appelé ni les secours ni la police lorsqu'il avait compris qu'elle était morte ? Frédéric la connaissait assez pour avoir senti qu'elle ne le croyait pas. Depuis, il n'osait d'ailleurs même plus la regarder droit dans les yeux. Alors, oui, sa conviction était faite. Mais comment dire à un enfant fragile et déjà malmené par l'existence que son père avait fui pour ne plus avoir à affronter les regards accusateurs de sa frangine ? Certes, Frédéric chérissait Mathéo plus que tout. Mais s'effacer de la vie d'un proche pour ne pas lui imposer le déshonneur n'était-il pas un acte d'amour ? Si tel était le cas, Frédéric ne donnerait plus de nouvelles… Jamais elle n'aurait cru possible qu'il abandonne ainsi Mathéo. Pas plus qu'elle n'aurait pu imaginer que son frère puisse faire du mal à une petite fille.

Elle préférait donc laisser Mathéo s'obstiner à croire qu'il était arrivé quelque chose à son père. Toutes ses pensées se consacraient à sa recherche, et ce combat lui permettait de ne pas s'effondrer. Chaque soir, Sandrine le voyait s'écrouler de fatigue, mais il se relevait chaque matin avec un entêtement renouvelé.

Viendrait bien assez vite le moment où il devrait se faire une raison. Il serait alors temps d'aviser.

Sandrine referme doucement la porte sur ce sanctuaire.

9

Mardi 9 juillet 2024

Élodie se redresse brusquement dans son lit. Elle a eu beaucoup de mal à trouver le sommeil la veille au soir. Sa sieste tardive a rendu son endormissement difficile. Ses échanges avec Frédéric puis avec la vieille femme lui ont aussi embrouillé l'esprit.

Elle doit son réveil en sursaut à un détail : elle s'est revue étendue sous le chêne séculaire, savourant la quiétude environnante, puis quitter précipitamment l'étang après avoir attrapé son sac. Mais elle ne se voit pas reprendre son cahier.

En proie à une panique soudaine, elle s'empare de sa montre : il est à peine 5 h 45. Elle s'élance vers la cuisine, retourne sur la table le contenu du sac.

Pas de cahier.

— Merde !

Dehors, les premières lueurs filtrent à travers le feuillage des arbres. Mais la forêt baigne encore dans une semi-obscurité.

Certes, elle est ici chez elle. Elle connaît chaque sentier, peut-être même chacun des vieux arbres du domaine. Elle pourrait quasiment guider quelqu'un à l'étang les yeux bandés. Mais le faire seule dans le noir, c'est une autre histoire. Il y a quelque chose d'oppressant à parcourir cette distance dans l'obscurité, entourée de bruits étranges et inquiétants.

Le jour se lève. Ce n'est qu'une question de minutes.

D'ici une demi-heure, les branches des arbres auront fini de se tordre dans des formes menaçantes, les craquements et les murmures de la forêt fredonneront leur musique habituelle.

Tu préfères attendre que ta nouvelle voisine se pointe et qu'elle te pique le cahier ? Comment crois-tu qu'elle réagira si elle vient à découvrir ce que tu caches ?

Elle regarde à nouveau dehors. Certes, il ne fait pas encore totalement jour, mais c'est jouable…

Elle ira ni une ni deux chercher les flics.

Élodie saute dans son jean, saisit la lampe frontale dont elle ajuste les sangles, glisse la lampe torche dans l'une de ses poches. Puis elle attrape le fusil hypodermique.

On ne sait jamais.

*

Stéphane coupe la sonnerie du réveil. Il aurait pu s'en dispenser. Ses cernes creusés attestent de sa longue nuit blanche. Il n'a cessé de se repasser en boucle son échange avec les policiers.

Ce qui l'accable le plus n'est pas la fatigue, mais le poids de l'incertitude.

Il se lève, veille à faire le moins de bruit possible pour ne pas réveiller Zoé.

Il allume la cafetière, espère puiser dans l'effet de la caféine ce qui lui permettra de dissiper le brouillard de ses pensées.

À nouveau, il tente de joindre Élodie sur son portable. Sans surprise, il bascule directement sur sa messagerie, qui n'a pas changé depuis le décès de Maëlle. Son cœur se serre en entendant la voix dynamique et enjouée.

Il raccroche.

Il n'a jamais rendu visite seul à son beau-père. Quel prétexte va-t-il pouvoir avancer pour lui demander les clefs de sa maison en Sologne, alors qu'Élodie en possède le double ? Il n'en a aucune idée. Ce qui est certain, c'est qu'il n'a pas d'autre choix que de repartir avec ce trousseau s'il veut s'assurer de l'innocence de son épouse dans la disparition de ce type.

Il ne sait pas davantage comment il pourra justifier de débarquer sans prévenir, un matin en pleine semaine. Tant pis. Il ne peut pas se payer le luxe d'attendre davantage.

*

Lorsque Élodie déboule à l'étang, elle est à bout de souffle. Elle se précipite vers le chêne, s'agenouille à l'endroit précis où elle s'est endormie la veille. Son stylo s'y trouve toujours.

Ses doigts écartent les feuilles, écrasent la mousse. Elle fouille chaque centimètre autour de l'arbre.

Il n'y a plus la moindre trace du cahier.

*

Une crampe réveille brutalement Frédéric. Il réprime un juron, applique ses deux mains sur son mollet gauche, là où le muscle tendu forme une masse enflée et dure. Il étire ensuite ses orteils, tente une flexion dorsale avec son pied en tirant la pointe vers le haut. Une douleur fulgurante lui arrache un gémissement. Il bascule ses jambes pour poser ses pieds sur le sol terreux, fait plusieurs allées et venues face à sa paillasse, en marchant sur ses talons. Il sent enfin la contracture s'estomper, pousse un soupir de soulagement.

Son estomac profite de ce répit pour se rappeler à lui. Il plaque les mains sur son ventre pour essayer d'en contenir les crampes.

Il n'a toujours pas revu Élodie. Qui sait si elle n'a pas décidé de le laisser crever tout seul dans son coin ?

Frédéric recherche à tâtons la bouteille qu'elle lui a laissée. Il a attendu aussi longtemps que possible, mais là, il atteint la limite du supportable. Il a soif. Tellement soif.

Chaque parcelle de son corps réclame de l'eau. Sa bouche est si sèche que sa langue demeure collée au palais lorsqu'il déglutit.

Il secoue la bouteille. Il doit rester deux gorgées, pas une de plus. Il porte le goulot à ses lèvres et boit si précipitamment que le liquide emprunte le mauvais trajet et passe dans ses voies respiratoires. Une violente quinte de toux lui permet d'expulser l'eau avalée.

Bien joué, imbécile ! Du coup, il ne t'en reste plus qu'une...

Il lâche un juron. Décidément, rien ne lui sera épargné.

Ça ne va guère mieux côté psychique. Des hallucinations continuent d'exacerber sa peur du noir. Son sentiment d'impuissance, de désespoir a tout envahi. Et il demeure incapable de trouver le moindre répit dans l'obscurité oppressante qui l'entoure.

Enfin, pour terminer le tableau, la plaie sur son bras semble sérieusement s'infecter. Chaque pulsation de son cœur martèle la blessure avec une insistance cruelle. À travers son bandage, il sent que la peau devient chaude et tendue, comme si elle brûlait de l'intérieur.

En parlant de brûlure, profite plutôt de tes allumettes...

Heureusement qu'il peut compter sur elles. Elles embellissent aussi bien son cachot que son moral. Il en enflamme une première, pour le plaisir des yeux. Puis une seconde : il examine à nouveau les étagères des rayons, comme il le ferait devant les vitrines d'un magasin à Noël.

Il se passe la langue sur les lèvres. Elles sont si sèches qu'elles commencent à se fendiller par endroits.

Si ça continue comme ça, il va se décomposer vivant.

Il avale sa dernière gorgée d'eau.

Tu vas crever ici.

Cette perspective s'impose désormais à lui comme une évidence.

Seuls les souvenirs l'aideront à tenir. À donner un sens à cette vie qu'il n'aimait déjà plus depuis longtemps, sans se l'avouer.

Il n'arrive plus à chasser ses pensées noires. La folie serait peut-être salutaire.

Finalement, il préférait encore être gavé de sédatifs. Au moins, avec eux, il n'était conscient de rien.

Résigné, il s'assoit en tailleur et, attrapant les photos, saisit un premier cliché monochrome. Quatre personnes attablées lèvent leur verre en riant. Sur un deuxième figure un homme en train d'abattre un arbre. Un troisième, puis un quatrième… Le visage de ces inconnus, ces paysages inexplorés le transportent loin de sa captivité. Il ressent l'éclat du soleil sur une plage, le frisson du froid dans un panorama enneigé, la chaleur d'un sourire partagé. Son esprit s'envole, libre de toute entrave, essaie d'imaginer l'histoire que chaque photo raconte.

Jusqu'à ce qu'il tombe sur *elle.*

La valise a dû écorner l'image dans sa chute : une pliure traverse les deux visages que l'objectif a immortalisés.

Sur le cliché en couleurs, Élodie étreint une fillette. Elle doit avoir deux ou trois ans. Les couettes qui encadrent son sourire accentuent son air espiègle. Il ne peut que la reconnaître : ces yeux-là le hanteront jusqu'à la fin de ses jours.

Dans le regard d'Élodie rayonne une confiance presque enfantine, la même que celle qui danse dans les yeux de sa fille. Bouleversé, Frédéric tente de réparer l'offense faite aux deux visages par la valise en lissant doucement la surface pelliculée du plat de la main.

Ne t'aventure pas sur ce chemin-là. Cela ne la ramènera pas à la vie…

Il écrase un doigt sur la photo, masque un instant la frimousse de cette petite fille dont il ne peut subitement plus soutenir le regard rieur. Mais la boîte de Pandore s'est ouverte, et son déni s'en est allé.

Il se laisse happer par les souvenirs, qui jaillissent soudain comme d'un geyser trop longtemps contenu. Jusqu'où va-t-il remonter ?

Les yeux clos, il tente de s'inventer les mots qui réparent. Mais même ses mensonges ne suffiraient à lui racheter une dignité de façade. Il demeurera pour le monde entier celui qui a tué une fillette, mais à qui le bénéfice du doute a profité. Car la plaie sur la tempe a bien moins marqué les esprits que la trachée écrasée. Post-mortem ou pas.

Ce n'est pas le moment de s'effondrer. Pas maintenant. Pas ici.

Un bruit régulier de tapotements contre le sol le sort de ses pensées. Des couinements aigus traversent la pièce. Le cœur affolé, Frédéric reste pétrifié durant quelques secondes, craque une allumette, tend le bras pour éclairer le plus loin possible autour de lui. Tout semble figé. Mais il sait désormais avec certitude qu'il n'est plus seul dans cette cave.

Rattrapé par ses vieilles habitudes compulsives, il porte une main à sa bouche. Il a pourtant sérieusement dépassé les limites. La douleur est atroce, et il pourrait presque affirmer qu'il ne se ronge plus les ongles, mais se rogne les doigts. Pour autant, la pulsion qui le pousse à déchiqueter la chair de ses dents est encore plus forte que son supplice.

Concentre-toi sur autre chose. Sinon tu vas vraiment devenir dingue.

Il souffle sur les peaux arrachées, s'empare à nouveau de son ouvrage en bois, gratte une nouvelle allumette. Il le contemple le temps que la tige se consume.

Les ténèbres reprennent alors leurs droits, lui, son travail d'orfèvre.

*

Quand Élodie surgit en haut de l'échelle-escalier, Frédéric a juste le temps de dissimuler sa sculpture en bois, la lame du couteau suisse et la boîte d'allumettes derrière sa paillasse.

— Je vais vous avouer quelque chose : lorsque j'ai appris qu'enfin on vous renvoyait aux assises, j'étais satisfaite. J'étais pourtant prévenue : s'il y avait un doute, vous seriez acquitté. Si vous étiez déclaré coupable, ça pouvait être la perpétuité. Entre ces deux extrémités, je n'ai pas imaginé un instant que la balance de la justice pencherait du côté de l'acquittement. Pas une seconde. Le pire de mes pronostics vous faisait prendre vingt ans. Autant vous dire que le verdict m'a anéantie.

Elle marque une pause l'espace d'une seconde.

— Deux années d'instruction, une de plus pour audiencer le dossier, tout ça pour ce résultat... Je n'arrive toujours pas à comprendre comment vous avez pu convaincre le jury de votre innocence...

Ses gesticulations laissent deviner le mépris qu'elle porte aux six jurés et trois magistrats qui ont siégé à la cour.

— Je comprends que cela soit difficile pour vous de l'accepter. Mais si je suis passé aux assises, c'est uniquement parce que j'ai involontairement brisé la trachée de votre fille, ose-t-il avec d'infinies précautions oratoires. Ce qui m'a rendu suspect ne devait pas forcément me rendre coupable. Ce n'était qu'un élément à charge, même si vous teniez à y voir bien plus. Je vous rappelle que l'étranglement a eu lieu après la mort, sur... un cadavre, complète-t-il d'une voix à peine audible. Ce qui ne fait pas de moi un criminel. C'est pour cette raison qu'un acquittement au bénéfice du doute a été prononcé...

Le regard d'Élodie le fige dans l'angle de la cave.

— Eh bien moi, je juge tout cela bien suffisant pour élever la charge en preuve pour une condamnation.

Elle le suit des yeux, tel le félin qui guette sa proie avant de fondre dessus.

— Avez-vous quelque chose à ajouter avant que je ne me retire pour réfléchir à votre nouveau verdict ?

Le visage pâle et creusé reste figé au fond de la pièce.

— Très bien ! reprend-elle, fermée. Vous l'aurez v...

— Taisez-vous ! Vous avez entendu ? balbutie Frédéric.

Élodie, surprise, le regarde.

— Entendu quoi ?

Frédéric se lève précipitamment, le cœur battant la chamade.

— L'espèce de grattement !

Les sourcils d'Élodie se soulèvent, perplexes.

— Non, je n'ai rien entendu du tout, répond-elle, agacée.

— Je ne suis pas fou ! Il vient d'y avoir un bruit, comme une bête qui racle quelque chose…

— Ou votre imagination vous joue des tours, ou vous cherchez à gagner du temps. Le résultat sera le même : vous ne me ferez pas dévier de mon but.

Frédéric se rassoit.

Tu vois ? Tu es tellement stressé que tu fais des bouffées délirantes !

Il préfère de loin cette option à celle d'un rat baladeur. Il respire lentement, tente de retrouver un rythme cardiaque normal.

— Je n'ai donc pas d'autre choix que de vous déclarer coupable du meurtre de Maëlle.

Elle s'éclaircit la gorge.

— Compte tenu du fait que vous n'avez à aucun moment cherché à avouer la vérité, vous ne bénéficierez d'aucune circonstance atténuante.

Elle se tourne vers Frédéric, totalement accaparé par ce qui se passe sous les étagères. À quatre pattes, il fouille la pénombre.

— Vous m'écoutez ?

Un léger bruit traverse le silence. Frédéric sursaute.

Elle voit sa respiration accélérer de nouveau. Il semble authentiquement terrorisé.

— Et là, vous n'entendez toujours rien ? Non mais, vous êtes bouchée à l'émeri, ou quoi ? ! Il y a une bestiole, là-dessous !

Elle le considère avec ironie.

— Moi qui pensais que l'hystérie était associée à la gent féminine. Hippocrate, Charcot et Freud recevraient une belle leçon d'humilité...

Elle avance jusqu'au trait de craie, prête à ajouter une nouvelle remarque cinglante, quand son regard se pose sur le bazar dégringolé des étagères.

— C'est quoi, cette pagaille ? murmure-t-elle, sidérée.

Elle se retourne vers lui, les yeux étrécis par la méfiance. Frédéric peut y lire la colère, malgré la distance qui les sépare.

— Cette saloperie me narguait depuis des heures ! bafouille-t-il. J'ai secoué l'une des armoires pour faire du bruit et l'éloigner. Je ne savais même pas que j'avais renversé tout ça par terre !

Il se lève, tourne comme un lion en cage.

— Non mais sans blague ! Il fait un noir d'encre, ici ! J'y vois que dalle ! Vous avez peur de quoi ? Que je creuse un tunnel à coups d'écrou ?

Elle secoue lentement la tête de gauche à droite.

— Vous ne me facilitez pas la tâche, vous savez...

Frédéric ne parvient pas à se concentrer sur ce qu'elle dit. Il est obsédé par le rongeur, par *cette présence à quelques pas de lui.*

— Compte tenu de ce que vous m'avez raconté sur votre ancien tatouage, on aurait pourtant pu imaginer que Mathéo comptait suffisamment pour vous pour que vous ayez envie de le revoir. Mais non…

Le prénom fonctionne comme un sésame.

— Laissez mon fils tranquille ! s'écrie-t-il.

— Rien d'étonnant, finalement… Quel père digne de ce nom peut avoir honte de son enfant ou ne pas le défendre quand un autre gamin le traite de « dingo » ? Vous ne devez pas l'aimer tant que ça…

Frédéric reste interdit. Comment ose-t-elle dire cela ? Mathéo est dans chacun de ses gestes, occupe chacun de ses mirages…

— Vous n'avez rien compris !

— Ça, c'est vous qui le dites ! Je crois au contraire vous avoir bien cerné au travers de cette anecdote !

— C'était tout sauf une anecdote !

Il se rapproche, l'air menaçant. Elle tourne les talons et repart vers le tabouret.

— Vous n'avez aucune idée de ce que ça implique, d'élever un enfant différent. De l'aider à grandir, à lui faire rencontrer d'autres personnes, alors que le moindre changement peut être source de perturbation.

— Ce que je crois surtout, c'est que vous ne voulez pas voir la réalité de ce côté-là non pl…

Elle entend un hurlement, et a juste le temps, en se retournant, d'apercevoir une masse sombre détaler sous les étagères. Frédéric s'est jeté sur sa paillasse et a brusquement ramené ses pieds sous lui. Il est pétrifié.

— C'est un rat ! lance-t-elle, méprisante. Vous avez peur d'un rat ?

— J'ai la phobie des rats ! Ils me dégoûtent et me terrifient, souffle-t-il.

Élodie émet un ricanement moqueur.

— Comment un grand gaillard comme vous peut-il avoir peur d'une petite bête ?

Elle disparaît derrière l'un des rayonnages, en revient quelques secondes plus tard avec une pelle. Elle la glisse sous l'étagère vers laquelle le rongeur a filé et la tape contre le sol.

L'intrus prend la fuite dans un couinement strident, se faufilant dans une cavité située au bas du mur opposé.

— Mais il va revenir ! s'exclame Frédéric, livide. Et puis un rat ne vit jamais seul…

Elle attrape un vieux vêtement, bouche le trou avec, tire une lourde malle qu'elle cale devant.

— Aucun d'eux ne pourra sortir avant quelque temps. Rassuré ?

Les lèvres gercées esquissent un faible sourire de remerciement. Elle reprend :

— Vous devez quand même mourir. Et si vous vous imaginez que je vais me dégonfler, vous vous mettez le doigt dans l'œil…

Un long silence s'installe, qu'elle finit par rompre d'une voix enrouée.

— Je ne saurai même pas si vous regrettez ou pas votre geste… Mais, au moins, je serais allée jusqu'…

Elle s'interrompt et tend l'oreille. Elle a cru entendre trois coups sourds portés sur une porte. C'est à son tour de devenir livide. Elle regarde Frédéric, qui n'a pas bougé d'un iota.

Avant de se précipiter vers l'échelle de meunier.

*

Quand elle referme la porte de la cave, elle se sent au bord de la crise cardiaque. Ses jambes tremblent sous l'effet de l'adrénaline, et sa respiration saccadée l'empêche de calmer la panique qui s'est emparée d'elle.

— J'arrive, j'arrive, j'arrive ! Juste quelques instants... Voilà, voilà ! crie-t-elle tout en rebranchant la prise télé du vieux poste de son père, en priant pour qu'il fonctionne encore.

Par miracle, la voix d'un présentateur envahit la pièce. Elle monte le volume, court vers la porte, l'ouvre.

— Mais qu'est-ce que vous faites ici ?

Face à elle, l'inconnue de l'étang s'appuie avec élégance sur sa canne.

Élodie sort sur le perron, referme la porte, se justifie :

— Je suis occupée avec un animal sauvage que j'ai récupéré blessé. Je ne peux pas prendre le risque de laisser la p...

— Qu'allez-vous faire, après ? attaque sa visiteuse surprise.

— Après quoi ?

La vieille femme l'observe sans ciller, le visage grave.

— Une fois que vous aurez réglé le sort de cet homme, que ferez-vous ? Où irez-vous ?

Élodie se raidit, ses joues s'empourprent.

— Vous l'avez lu…

Dans un mélange de panique, de colère et de vulnérabilité, les hypothèses se bousculent dans son cerveau : « Elle a compris que je détenais le meurtrier de Maëlle dans la cave, elle va vouloir entrer dans la maison, elle va prévenir les flics, elle va… »

En tout cas, aucune chance qu'elle rentre tranquillement chez elle…

Il faut absolument qu'elle recouvre son sang-froid.

— Vous avez conscience que vous me mettez dans une situation bien fâcheuse…

— Ah ! Alors, que faisons-nous ? Envisagez-vous d'ajouter un second pensionnaire dans votre cave ?

Un silence interminable, masqué par le son étouffé de la télé, se glisse entre elles.

— De quel droit avez-vous lu ce cahier ? finit par interroger Élodie.

— Pour savoir à qui le rendre, il me fallait découvrir qui se cachait derrière ces feuilles…

— Il n'y a que vous et moi ici ! Vous saviez forcément qu'il m'appartenait !

— Il n'est pas indiqué dessus qu'il s'agit d'un journal intime…

— Et pour cause : ça n'en est pas un !

Le regard aiguisé de la vieille dame la percute.

— Peu importe. Ce qui me fait de la peine, c'est l'issue…

— Qui ne vous concerne pas. Répétez-vous simplement que la Terre comptera un monstre de moins.

— Non, ce n'est pas tant à cet homme que je songeais en disant cela... Je pensais plutôt à vous...

La remarque prend Élodie de court. Elle n'y a elle-même jamais songé.

— Je ne sais pas. Je suppose que je commencerai à panser mes plaies.

— Le dupe n'est pas tant trompé par les autres que par lui-même. Je ne vois qu'une issue possible, pour vous.

— Ah oui ? Et laquelle ?

— Le suicide...

Élodie cligne des yeux, demeure un instant sans voix. Elle en oublie celle qui tente de se frayer un chemin sous la porte d'entrée.

— Où allez-vous chercher de telles idées ? C'est absurde ! glapit-elle.

— Ces mots que vous écrivez à votre fille, et qui ressemblent à un journal posthume, cet acte que vous vous apprêtez à commettre alors que vous semblez incapable de faire du mal à quiconque...

« ... à une mouche... »

Élodie reste paralysée par ce qu'elle entend.

Parce que cette femme ne dit pas que des âneries, n'est-ce pas ?

Est-il possible qu'inconsciemment elle n'ait jamais pensé rentrer chez elle, après ?

— Avez-vous déjà tué un homme, mon petit ?

— Ce monstre n'est pas un homme. C'est un prédateur. Avec beaucoup d'optimisme, il n'a tué qu'une fois. Mais moi je n'y crois pas. Il sait flairer le danger. Il repère ses proies et…

Elle ne peut terminer sa phrase. Elle donnerait cher pour allumer une cigarette. Mais cela implique d'ouvrir la porte. Elle souffle sur sa frange, reprend :

— Moi, les seules morts que j'ai sur la conscience sont celles des braves bêtes dont j'ai souhaité abréger les souffrances. Je n'ai jamais appris à tuer pour tuer. Mais il n'était pas question pour moi d'accepter le meurtre de Maëlle sans réagir !

La fin de sa phrase a pris la forme d'un cri.

La vieille femme lève la tête, observe le ciel sans un mot. Élodie la dévisage, tente de deviner ce qui se passe derrière ce regard mystérieux. Mais s'il n'est pas facile d'interpréter ce qui s'exprime, il est encore plus difficile d'interpréter ce qui se tait.

— Il faut quand même être cruelle ou sacrément désespérée pour en arriver à torturer un de ses semblables…

« Tu ne ferais pas de mal à une mouche… »

— Détrompez-vous ! Vous ne soupçonnez pas la violence qui s'empare de vous quand on vous arrache votre enfant ! Vous n'imaginez pas non plus combien la douleur est un puissant catalyseur.

Portée par la voix de Maëlle, Élodie a retrouvé de l'assurance.

— Vous vous prenez pour une justicière, déplore la vieille femme.

— Ce type est sorti de prison à l'unique bénéfice du doute. La société entière l'a absous. Pour moi, cet acquittement, c'est comme si on avait tué Maëlle pour la seconde fois. Et renvoyé à tout jamais ma détresse au silence. Mais ça, tout le monde s'en fout. Certes, je ne suis qu'un simple dommage collatéral. Une autre catégorie de victimes, qui le deviennent par ricochets. Mais une victime à perpétuité.

La voix légèrement aiguë, elle poursuit :

— On peut passer sa vie entière à se plier à ce qui s'appelle l'ordre établi. Parce que l'on se dit que tant qu'on reste dans le rang et qu'on respecte la Loi, on est protégé. Mais le jour où on découvre que sa propre fille a été enlevée et assassinée par un homme à l'apparence honnête et que la justice l'innocente, tout cela vole en éclats. Voilà comment on passe de quelqu'un comme vous à celle que je suis aujourd'hui.

Soudainement survoltée, Élodie s'éloigne de la maison d'une dizaine de mètres, effectue des allées et venues. Elle n'entend désormais plus rien de la voix assourdie de Frédéric, de la télévision qui braille depuis le salon.

— Il y a le droit et il y a la justice. Je m'efforce de réduire la distance qui existe entre les deux. Le premier ne tient aucunement compte de facteurs tels que les sentiments. Et si je ne supporte pas l'idée que ma fille soit morte, je supporte encore moins celle de savoir son tueur en liberté. Alors, je joue peut-être les justicières. Mais si je ne le fais pas pour elle, qui d'autre le fera ?

La femme l'observe, sourcils froncés. Lorsqu'elle reprend la parole, sa voix est empreinte d'une grande douceur.

— Vous pensez pouvoir vous libérer de votre blessure en ôtant la vie à cet homme, comme il a selon vous ôté celle de votre fille. Cette vengeance ne vous soulagera que momentanément. Elle ne vous réparera pas. La haine est une ogresse qui a besoin de nourriture : elle finira par vous dévorer de l'intérieur.

D'une démarche saccadée, elle s'approche d'Élodie.

— La réalité, c'est que vous êtes emprisonnée dans un cycle destructeur de violence et de représailles. Vous allez progressivement perdre votre propre humanité. Ce n'est pas la lumière qui vous attend, c'est l'obscurité la plus totale…

— Chacun s'accroche à ce qu'il peut pour continuer.

— Vous, vous vous accrochez surtout au pouvoir de votre colère.

Élodie aimerait pouvoir mettre sèchement fin à cet échange. Mais les propos de cette vieille dame ont l'accent de la vérité…

— Laissez-moi vous dire quelque chose, fait-elle. Nous avons tous une part de folie au fond de nous. Je ne parle pas de névrose. Je vous parle bien de folie. Tapie dans l'un des recoins de notre cerveau, elle stagne, immobile et silencieuse, guette dans l'ombre l'événement ou le détail qui la fera jaillir de sa cachette. J'en veux pour preuve ce qui m'est arrivé. Vous avez raison. Jamais au grand jamais personne n'aurait imaginé, y compris moi, que je serais un jour capable de la moindre violence sur autrui. Et pourtant… Croyez-moi, nous avons tous nos limites. Tous. Elles sont juste différentes. Pour certains, il faut une insulte.

Pour d'autres, un regard suffit. Pour moi, il a fallu qu'on tue ma fille.

— Mais si Maëlle était décédée d'une tumeur au cerveau non décelée, à qui vous en prendriez-vous ?... Il vous faut un responsable, et donc un coupable. Vous pensez le tenir entre vos mains, et vous vous croyez prête à le broyer. Mais quelle revanche pouvez-vous réellement prendre sur cet homme ? À supposer que le chagrin ou la folie vous pousse à aller jusqu'au bout, le tuer apaisera-t-il votre douleur ?

La vieille dame caresse délicatement un pendentif ancien autour de son cou, qu'Élodie ne parvient pas à distinguer.

— Moi, je crois que sa mort signera peut-être ma renaissance.

— Soyez bien sûre de vous, Élodie. Parfois, les apparences sont trompeuses. Imaginez que vous fassiez erreur. Qu'il s'agisse vraiment d'un accident. Que vous ayez élaboré toute une histoire fausse autour de cette petite culotte mise à l'envers...

— Arrêtez ! l'interrompt Élodie d'une voix impérieuse.

La vieille femme soupire, dodeline de la tête.

— Et si, en réalité, votre renaissance passait par votre capacité à pardonner ?

Élodie se fige. La déception s'abat sur elle aussi lourdement qu'une chape de plomb.

— Et moi qui ai cru un instant que vous me compreniez...

— Mais je pense que je vous comprends très bien. Vous passez votre temps à ruminer vos regrets, votre chagrin et votre culpabilité. Vous vivez dans un monde parallèle où il n'y a plus que vous.

— Ah oui ? Et alors, que fait l'autre monde ?

La vieille femme hausse les épaules.

— Les gens font des projets. Ils se tournent vers l'avenir. Ils prennent une grande respiration et ils essaient d'avancer. Avec et malgré le poids de leur fardeau, pour un certain nombre d'entre eux. Car vous n'avez malheureusement pas le monopole de la souffrance. Voilà. C'est ça, ce que font les gens de l'autre monde.

— Sûrement pas ceux dont la petite fille a été tuée.

— Nous sommes tous confrontés à des épreuves, dans la vie. Certes, celle que vous avez à affronter est terrible. Mais elle ne vous dispense pas d'essayer d'avancer pour ceux qui restent.

— Où est mon cahier, madame ? la coupe sèchement Élodie.

— Je ne l'ai pas pris avec moi.

— Je ne peux pas vous laisser repartir.

— Que voulez-vous que je fasse ? Je n'ai même pas de téléphone. Et le premier poste de police se trouve à dix kilomètres d'ici. Sans voiture, ça va être compliqué, même en aimant la marche. Mon âge m'impose tout de même quelques limites…

Élodie est perdue. Que doit-elle faire ?

Tu ne vas quand même pas supprimer tous ceux qui vont croiser ton chemin…

— Promettez-moi de ne pas bouger…

— Je vous le promets, mais cela suffira-t-il ?

La vieille dame effectue quelques pas en direction du sentier qui mène à la clairière, s'arrête, se retourne.

— Vous dites avoir tout essayé sans parvenir à apaiser votre souffrance. C'est faux : vous n'avez jamais cherché du côté du pardon.

Élodie ne peut retenir un début de rire hystérique.

— Vous avez raison. Je vais suivre votre conseil : je vais aller voir ce monstre et lui dire que, tout bien réfléchi, je lui pardonne d'avoir tué ma fille. Rien qu'à y penser, je me sens déjà mieux. Je m'étonne d'ailleurs de ne pas y avoir songé plus tôt ! dit-elle en se frappant le front dans un geste théâtral.

— Il s'agit pourtant là d'un des plus beaux mots de la langue française. Je regrette qu'il soit galvaudé, transformé en une simple formule de politesse qu'on lâche à tout bout de champ pour un oui ou pour un non. Ou prononcé du bout des lèvres, pour que le cœur ne s'en mêle pas. Alors que le pardon accordé lorsqu'on est confronté au pire lui donne toute sa profondeur…

— Pour accorder son pardon, encore faut-il qu'il existe une demande… Et, là-dessus, mon invité et moi-même sommes parfaitement d'accord…

— Vous avez raison : il y a le pardon que l'on implore et le pardon que l'on donne. Mais les deux sont parfois le fruit d'un long chemin… Réfléchissez bien, mon petit. Si je sais combien pardonner à autrui n'est pas facile, le pardon le plus difficile à accorder reste celui que l'on s'accorde à soi-même. Je suis certaine que vous en savez quelque chose… Quoi qu'il en soit, abstenez-vous de commettre un acte insensé.

Élodie choisit de battre en retraite : elle se rapproche à reculons de la maison, sans quitter la femme des yeux.

— Lorsque le monde est devenu fou, la folie s'impose comme la règle.

*

Élodie est assise contre l'un des murs du salon. Elle tente de chasser le malaise indéfini que sa conversation avec la vieille femme a provoqué.

Une bouteille de liqueur à la main, elle parle à voix haute. Le renardeau, son unique public, l'observe de loin d'un air perplexe. Ce matin, elle l'a examiné à son retour de l'étang. Elle lui a encore administré un analgésique pour soulager sa douleur. Elle lui a également réinjecté une dose d'antibiotiques afin de prévenir tout risque d'infection.

Ce soir, elle a remarqué une nette amélioration : ses plaies montrent des signes de cicatrisation, et sa patte opérée est en voie de consolidation. Et pour la première fois, le jeune animal a mangé toute sa nourriture et vidé sa gamelle d'eau.

En début d'après-midi, Élodie s'en serait réjouie. Mais depuis le départ de sa visiteuse inattendue, quatre heures plus tôt, Élodie est abattue. Elle s'est retrouvée face à ce poêle en fonte, source de tant de souvenirs et d'autant de cakes aux pommes, dont elle raffolait enfant. Lorsque les murs se sont refermés sur elle et sa conscience, elle s'est dit qu'il allait lui falloir quelque chose de sacrément costaud pour anesthésier ses émotions. Désemparée, elle s'est rabattue sur le pack de Desperados. Celui-ci n'a pas fait long feu. Alors elle s'est souvenue de la réserve de liqueur de son père. Elle a démarré par un premier verre, enchaîné avec un second. C'est là, croit-elle se rappeler, qu'elle a ouvert la porte de la chambre et que le renardeau est sorti pour se balader dans la maison.

Malgré l'alcool qui commence sérieusement à lui monter à la tête, ses souvenirs tourbillonnent dans un mélange de choc et de tristesse. Picoler était sans doute une erreur, car son envie de pleurer est encore plus forte, et ses pensées sont totalement décousues.

— Allez ! À mon copain le renard, et à ma voisine la fouine ! s'exclame-t-elle en tendant son verre vers le plafond.

Tu ferais mieux de faire attention. Parce que si cette fouine-là part chercher les flics...

Élodie espère qu'elle n'a pas entendu les appels étouffés de Frédéric. Ni trop pris ses projets au sérieux. Après tout, qu'elle continue de la croire incapable de passer à l'action...

Élodie vient de crier quelque chose. Quoi ? Elle n'en a aucune idée. Le renardeau, lui, ne la lâche pas des yeux. Quant au Monstre, on ne l'entend plus.

Finalement, tu ne vaux pas mieux que lui...

— Qui, *lui* ? hurle-t-elle d'une voix éraillée.

Elle frappe rageusement le sol du poing. Elle doit régler au plus vite le sort de cet homme. La situation est à présent devenue aussi invivable pour elle que pour lui.

Elle s'empare de la bouteille d'une main tremblante, porte le goulot à ses lèvres, engloutit deux, trois gorgées du liquide brûlant.

Cela lui donnera peut-être un peu de courage.

*

Voilà maintenant des heures que Frédéric entend Élodie taper du pied sur le sol, crier des mots incompréhensibles, éclater d'un rire glaçant avant de partir dans des insultes incohérentes.

Certains désespoirs poussaient à chercher refuge dans la boisson. Loin de lui l'intention de la juger. S'il pouvait, il ferait la même chose…

Au moins, l'avantage, c'est qu'en se précipitant vers la porte d'entrée, tout à l'heure, elle a oublié sa lanterne sur une étagère. Il a donc retrouvé la lumière de ses débuts. Il fallait apprendre à se réjouir de peu…

Assis, Frédéric observe une araignée qui tisse sa toile entre la lampe et un des poteaux de l'armoire. Il ne peut s'empêcher de penser que le fil qui le retient à la vie doit être aussi ténu que celui qui se dessine sous ses yeux.

Il reprend sa sculpture, s'attaque aux mandibules.

10

Mercredi 10 juillet 2024

« Si je sais combien pardonner à autrui n'est pas facile, le pardon le plus difficile à accorder reste celui que l'on s'accorde à soi-même. Je suis certaine que vous en savez quelque chose… »

Élodie rumine ces deux phrases depuis des heures.

Le cœur battant, éreintée par sa nuit agitée et par tout l'alcool qu'elle a ingurgité la veille au soir, Élodie continue à se faufiler à travers les broussailles. Elle s'est réveillée avec la voix entêtante de la vieille femme intrigante aux cheveux gris.

« Je suis certaine que vous en savez quelque chose… »

Tu en sais effectivement quelque chose, n'est-ce pas ?

Malgré l'heure matinale, la chaleur est étouffante. Élodie s'est tout de même imposé d'enfiler un jean. Elle a très tôt appris à se protéger des piqûres de tique. Ces sales bestioles adorent se fixer sur les animaux ou les humains qui passent sur les bords des sentiers ou s'assoient dans les zones herbeuses. Elle en a si souvent fait les frais, gamine. Sa mère devait lui enlever les parasites à l'aide d'éther et d'une pince à épiler. Tout ce qu'il est déconseillé de faire, aujourd'hui…

« Le pardon le plus difficile à accorder reste celui que l'on s'accorde à soi-même. »

Pourquoi lui a-t-elle dit ça ?

Le pack de Desperados et la liqueur de la veille ont laissé des traces, et Élodie se sent encore un peu groggy, même si l'angoisse a pris le pas sur sa gueule de bois. Les effets résiduels de l'alcool réactivent néanmoins le souvenir d'un vieil échange par téléphone avec sa mère.

« Ma fille, tu ne veux pas passer me voir, aujourd'hui ? Tu me manques. Et je ne suis pas très en forme.

— Je serais venue avec plaisir, maman, mais je ne peux pas : j'ai donné rendez-vous à une copine pour réviser mes cours de physiologie des appareils circulatoire, respiratoire et urinaire. On se rappelle ? »

Un silence, puis une voix qui cherche à masquer sa déception.

« Bien sûr, ma chérie ! Il y a des priorités. Réussir ton examen est plus important. Je t'embrasse… »

Cette vieille femme ignore à quel point le sujet du pardon la poursuit depuis longtemps. Et si elle se moque bien aujourd'hui de pardonner au monstre qui survit dans sa cave, ce n'est pas du tout le cas d'un pardon qui restera à jamais sans réponse.

Élodie atteint l'étang le souffle court et le cœur battant. Elle regarde un lapin de garenne détaler. Une rainette verte semble guetter au pied d'un roseau. Écrasée par la chaleur, elle attend la pluie, sans conviction.

Impassible, une carpe fend l'eau trouble de l'étang, tandis qu'un grèbe huppé se pose avec grâce sur le plan d'eau pour rafraîchir son plumage.

Mais pas la moindre trace de la sage inconnue.

Élodie se tourne vers le chêne centenaire qui l'accueille comme autrefois, ses larges branches déployées pour lui ouvrir les bras. Celle qui lui permettait d'observer de haut Dame Nature semble l'attendre.

Pas chiche d'y retourner ?

Portée par la nostalgie et une soudaine pointe d'excitation, elle s'élance vers l'arbre comme au bon vieux temps. Avec une agilité retrouvée, elle agrippe une branche basse, plante fermement un premier pied sur l'écorce rugueuse. Ses mains s'accrochent avec assurance aux aspérités puis, en quelques mouvements rapides, elle se hisse jusqu'au même endroit qu'autrefois. Elle se redresse, le sourire aux lèvres, fière d'elle.

Elle contemple la vue, éprouve la sensation oubliée et vertigineuse de tenir le monde dans un regard. Il lui semble qu'elle pourrait demeurer ainsi jusqu'à la nuit des temps.

Tu ne le peux malheureusement pas. Tu dois aller retrouver ton prisonnier.

Certes, mais elle n'en a pas du tout envie. Plus précisément, elle redoute ce moment. Elle pourrait avoir l'honnêteté de prononcer un acquittement si la théorie de l'accident était vraie. Mais pour cela, il faudrait que toutes les réponses sur l'existence de sa culpabilité soient négatives. Or, elle sent, elle sait même avec certitude qu'il ne dit pas la vérité. Et elle sait aussi qu'il ne parlera pas.

Donc...

Même si sa quête lui semble profondément juste, haïr un homme est une chose, le tuer en est une autre.

C'est trop tôt. Si tu l'élimines maintenant, tu ne connaîtras jamais la vérité.

Rassurée par ce sursis, elle se dit qu'à force de lui refuser la véritable version de la fin de Maëlle, sa haine finira par recouvrir le peu d'humanité qui scintille encore en elle.

Elle s'adosse contre le tronc robuste, avec la sensation que la mission de ce chêne est de veiller à jamais sur les vivants qui vieillissent à ses pieds.

— Vous m'avez devancée, cette fois-ci ! entend-elle d'en bas.

Élodie se redresse. La silhouette désormais familière apparaît, se rapproche pour s'asseoir sur la même souche d'arbre que lors de leur rencontre. Sa canne dans une main, un *tote bag* dans l'autre.

— J'espérais vous trouver ici... finit par lâcher Élodie d'une voix sourde.

— Pas en haut de ce chêne, tout de même ?

Élodie laisse échapper un petit rire nerveux.

— Pourquoi ne m'avez-vous pas dénoncée ?

— Qui vous dit que je ne l'ai pas fait ?

La vieille femme gratte distraitement une écorce d'arbre tout en réfléchissant.

— On ne peut pas commettre une telle horreur sans avoir une sacrément bonne raison de le faire. Ou alors il faut être fou. J'ai voulu comprendre. Et pour cela je vous ai écoutée.

Elle prend une profonde inspiration, hoche gravement la tête.

— Et je vous ai entendue, Élodie. Je vous ai entendue... Et j'en ai conclu qu'il était préférable de vous aider.

De sa branche, l'intéressée lui décoche un regard agacé.

— Je vous en remercie. Mais les mots n'ont aucun pouvoir pour me délester du poids que je porte.

— Peut-être. Mais je ne crois pas que vous n'attendiez de moi que d'endosser le rôle de témoin. Sinon, que feriez-vous ici, à cette heure ?

— Comme vous, je me ressource, riposte Élodie. Et je viens à mon tour chercher à vous comprendre. Pourquoi m'avoir dit que le pardon le plus difficile à accorder était celui que l'on se donnait à soi-même ? Puis ajouté que j'en savais quelque chose ?

La vieille femme se penche, saisit une grande brindille et commence à tracer des traits dans la terre.

— J'essayais simplement de dire que se pardonner à soi-même impliquait un voyage intérieur, long et douloureux. Ce périple exige de l'honnêteté, du courage. Et il n'est pas facile. Voilà ce que je voulais dire. Rien de plus. Rien de moins.

Elle lève la tête vers elle, les yeux brillants.

— La vie est faite d'épreuves. Naître, grandir, vieillir en font partie. Nous le savons tous. Mais bien d'autres se glissent entre elles. Et sans que nous les ayons clairement identifiées.

Alors nous ne les combattons pas. Et elles nous rongent en silence… Vous ne croyez pas ?

Élodie ne peut s'empêcher de détourner le regard. Elle est bouleversée. Revenir ici a fait resurgir de nombreux souvenirs refoulés. Certains remontent à bien avant Maëlle, comme ces moments de complicité avec sa mère. D'autres après, comme la tromperie de Stéphane. Et certaines de ces résurgences ont réveillé des peines.

— Je crois que beaucoup de choses vous ont blessée, mais que vous avez préféré faire comme si rien de tout ça n'avait jamais existé. Comme si rien n'était suffisamment grave pour vous faire du mal. Mais, la vérité, c'est que cela vous en a fait.

— Peu importe. Ça n'a rien de comparable avec ce que je vis aujourd'hui.

La vieille femme acquiesce.

— Je comprends. Quand votre mère meurt, vous perdez votre passé. Quand votre enfant meurt, vous perdez votre avenir… Moi, je crois que nos morts demeurent en nous. Mais ce tsunami-là ramène d'un seul coup tous nos chagrins au premier rang. Alors, forcément, c'est normal que vous… Comment disent les jeunes d'aujourd'hui ? Que vous pétiez les plombs…

Un gazouillis passe.

— Néanmoins, reprend-elle, vous ne voyez que ce qu'on vous a enlevé, et rien de ce qui vous reste. Pourtant, vous avez autour de vous de nombreuses raisons de continuer à avancer, Élodie.

— J'en ai une d'importance en moins…

— Oui. Mais vous en avez d'autres.

Élodie se laisse glisser le long du tronc et vient se planter face à la vieille femme.

— Regardez-moi et répondez-moi en toute franchise : pensez-vous que je sois responsable de quoi que ce soit dans ce qui s'est produit ? Croyez-vous que j'aurais dû agir différemment, que prendre d'autres décisions m'aurait permis d'éviter la mort de Maëlle ?

La vieille femme déclare d'une voix douce.

— Ce que je sais, c'est qu'une perte est toujours une rupture irréversible. Plus elle est douloureuse et injuste, plus la culpabilité nous envahit. Mais tous les « si » du monde ne suffiraient pas à détricoter la trame impénétrable du destin. Vous ne pourrez jamais revenir sur ce qui s'est produit…

Élodie se mordille la lèvre inférieure avec nervosité.

— Vous savez, nous sommes tous confrontés à des circonstances extérieures, à des facteurs qui échappent à tout contrôle et qui pourtant façonnent le cours de notre existence. Ces risques-là font partie de la vie, Élodie. Et ce sont ces aléas qui la rendent aussi précieuse. Que vaudrait-elle si, comme dans les jeux des jeunes d'aujourd'hui, nous avions droit à un nombre illimité de vies ?

Élodie ouvre la bouche pour répliquer, mais elle lui enjoint de se taire d'un geste de la main.

— Quoi qu'il en soit, je n'imagine pas un instant que torturer cet homme, puis le tuer, vous apportera la rédemption que vous attendez…

— La rédemption ? Mais vous n'avez absolument rien compris ! Cette histoire n'a rien à voir avec Dieu. Je n'attends rien de Dieu et je ne veux rien avoir à faire avec Lui ! hurle Élodie.

— Je crois beaucoup en la puissance transformatrice du pardon. Il y a les pardons de culpabilité, les pardons de facilité, les pardons calculés et les pardons de politesse, les pardons bricolés et les pardons provisoires. Il y a encore les pardons brefs qui acquittent d'une simple erreur, voire d'une étourderie. Il y a les pardons qui absolvent les tromperies plus graves. Et il y a enfin ceux qui ne gracient qu'au bout d'un long chemin.

La vieille femme ferme les yeux et se perd dans ses pensées, absorbée par la tranquillité qui les entoure.

— Il n'est pas question pour moi de lui pardonner, s'étrangle Élodie. Car il n'est pas concevable que je puisse oublier ce qu'il a fait.

— Le pardon n'a rien à voir avec l'oubli. C'est même son antithèse… murmure la vieille femme.

Élodie regarde autour d'elle. L'étang, le chêne, la balançoire semblent appartenir à un autre monde, une autre vie.

— Celui qui oublie n'a plus rien à pardonner… complète son interlocutrice.

— Eh bien pour moi, ce ne sera ni l'un ni l'autre ! trouve-t-elle la force d'articuler, sidérée.

— Ce que je veux dire, c'est que si le pardon n'efface pas l'acte en lui-même, il atténue en revanche le ressentiment lié au geste commis. Mais je pense que vous ne souhaitez pas ça. Car je crois finalement que cette haine vous raccroche à la vie…

Élodie laisse échapper un soupir exaspéré :

— Je vous l'ai déjà dit : je ne suis ni une théologienne ni une sainte, pas même croyante. Je n'accorderai jamais mon pardon à ce monstre !

— Le pardon fait partie des sacrements les plus importants de l'Église catholique, mais il n'est le monopole d'aucune religion. Les hommes ont une capacité extraordinaire à surmonter l'adversité et à trouver la paix à travers lui. Voyez-le peut-être davantage comme un acte thérapeutique. Il serait une réconciliation avec vous-même… achève-t-elle en fouillant dans son *tote bag*, dont elle ressort le cahier d'Élodie.

— Pardonner, c'est accorder un blanc-seing. Il n'en est pas question, ajoute Élodie d'une voix morte en tendant la main pour récupérer ses écrits.

— Je vous le répète, le pardon n'est pas l'amnistie, mon petit. Il n'efface pas la faute. Mais je persiste à penser qu'en lui ouvrant la porte, vous vous amputeriez de la seule raison qui vous fait vous lever chaque matin : la promesse d'une vengeance.

Élodie va pour répliquer quand un appel au loin la glace d'effroi. Elle reconnaît immédiatement la voix de Stéphane.

— C'est pas vrai… il ne manquait plus que ça !

Les doigts crispés sur le cahier, elle se tourne vers la vieille femme, qui semble presque se réjouir de la situation.

— Je dois vous laisser. Mais écoutez-moi bien, madame : moi vivante, je ne trouverai jamais la moindre excuse à cette ordure !

L'inconnue hausse les épaules.

— Je comprends, mon petit. Mais, vivante, l'êtes-vous vraiment ?

*

La chaleur s'abat sur Frédéric avec la violence d'un marteau. Le front perlé de sueur, le jean collé à la peau, trop épuisé pour se redresser, il roule sur lui-même.

Des images de nourriture tourmentent ses pensées de manière obsessionnelle. Sa soif et sa faim sont devenues telles qu'il serait prêt à tuer pour une bouchée de pain ou une gorgée d'eau.

Au moins, tu as de la lumière.

Oui. Et cela n'a pas de prix.

En même temps, à quoi bon ? Il n'y croit plus. Même l'espoir de s'enfuir et de recouvrer cette liberté tant attendue en prison ne le motive plus. Que fera-t-il dehors, après tout cela ? Sa vie s'annonçait déjà sans avenir à son retour d'incarcération. Désormais, il devra ajouter à son fardeau le souvenir de cette femme qui le soupçonnera à jamais d'avoir commis les pires horreurs sur sa fille.

A-t-il pris la mauvaise décision ? A-t-il fait le mauvais choix ?

Tu as fait celui du cœur.

Il hoche lentement la tête. Pour la première fois, il éprouve un peu de compassion envers lui-même. Il ne s'est jusqu'à présent jamais ménagé. Mais en cet instant précis, il estime finalement ne pas avoir été un mauvais bougre.

Ce qui est difficile, c'est qu'il va devoir se regarder partir. À petit feu. Par petits bouts.

Il pose délicatement une main sur son épaule, là où se trouvait encore quelques jours plus tôt le tracé de pas…

Il sent un suintement entre les sutures. Ne pas se choper de bactéries dans un tel endroit relèverait du miracle. Il ne peut voir la couleur du liquide à travers le bandage, mais nul doute, compte tenu de l'odeur, que la plaie est sérieusement infectée.

De la main opposée, il décolle les sparadraps et enlève la compresse. Il lui faut une source de lumière directe pour évaluer les dégâts. Il glisse les doigts sous son matelas, tâtonne jusqu'à la petite boîte en carton, gratte la tête d'une des cinq allumettes restantes contre la surface striée. Sa flamme enchante un instant le cachot faiblement éclairé, tout en recouvrant une milliseconde son odeur fétide. Elle lui confirme surtout que les nouvelles ne sont pas rassurantes : autour des points de suture, la peau a pris une teinte inquiétante, un mélange de rouge et de jaune suintant.

Ce n'est pas bon signe…

N'est-ce pas ce qu'il pouvait se souhaiter de mieux, finalement ? Un bon choc septique, ça tuait plus rapidement que la famine, non ?

Ses neurones sont complètement en vrac. Même si une étincelle de lucidité paraît toujours luire au fond de lui, il n'est pas du tout certain de ne pas la voir s'éteindre dans les heures à venir.

Focalise-toi sur de belles images d'avant. Ces dernières heures, ton esprit a fait émerger plein de souvenirs enfouis dans une cachette. Continue à fouiller.

Il se concentre, restaure certaines pages de son passé en y mettant inconsciemment un peu plus de couleurs, comme si celles-ci allaient jaillir de sa tête pour teinter de mille nuances le noir qui l'entoure.

*

Élodie déboule dans la clairière, paniquée et essoufflée. Elle voit immédiatement le véhicule de Stéphane garé à l'entrée du domaine. Mais lui n'est pas là.

À son tour, elle crie le prénom de son mari.

Affolée, elle plonge à nouveau dans la forêt et se rue vers la maison. Si elle n'arrive pas à temps…

Elle traverse une nouvelle fois les bois à toute allure, les branches fouettent son visage et son corps, mais elle ne ralentit pas. Le souffle court, son cœur menace de s'expulser de sa poitrine.

Lorsqu'elle surgit devant la maison, il n'y a personne. Elle pousse un soupir de soulagement, est sur le point de rebrousser chemin, quand elle remarque la porte d'entrée, légèrement entrouverte.

— Oh non…

Elle se rue dans l'entrée, trouve Stéphane dans la cuisine en train de boire un verre d'eau. Une irrépressible vague d'amour la submerge : elle court vers lui, se jette spontanément dans ses bras rassurants. Stéphane l'étreint avec force. Il ne s'attendait pas à cet accueil. Depuis combien d'années ne s'est-elle plus blottie contre lui ?

Ils restent ainsi sans bouger, avant que Stéphane ne se détache doucement, caresse son visage en plongeant ses yeux dans les siens.

— J'ai l'impression que j'ai bien fait de venir : tu as l'air épuisée, et je n'arrive pas à te joindre sur ton portable. Tu l'as vraisemblablement coupé...

La réalité rattrape brusquement Élodie. Par chance, aucun bruit ne provient de la cave.

— Il n'y a que dans la clairière que je capte du réseau. Dans la maison de papa, j'éteins donc mon téléphone... Et je vais bien, ne t'en fais pas. Que fais-tu ici, Stéphane ? Je t'avais demandé de me laisser seule quelque temps.

À la manière dont elle l'a regardé en entrant, il a cru la sentir heureuse de le retrouver. Son ton sec lui affirme le contraire. Il porte le verre à ses lèvres pour masquer sa déception, le vide.

— Excuse-moi, mais avec cette chaleur, je n'en peux plus. Je n'ai pas pensé à prendre à boire et j'ai roulé d'une seule traite...

Rassurée, elle en déduit qu'il vient d'arriver. Un coup d'œil vers la cave lui confirme qu'elle est bien fermée. Il pose le verre sur la table, regarde autour de lui.

— C'est quoi, tout ce fatras, Élodie ?

— L'avantage d'être seule, c'est de ne plus avoir de contrainte de repas, de ménage. Je prends du recul, Stéphane. Mais tu n'as pas répondu à ma question.

— Deux flics sont passés à la maison. Ils sont venus m'informer de la disparition de Frédéric Belbist.

Il la retient délicatement par le coude, cherche à se reconnecter au regard qui se dérobe.

— Élodie, dis-moi que tu n'as rien à voir avec ça...

Il ne parvient pas à masquer son inquiétude, elle, la réalité.

— Putain, c'est pas vrai... lâche-t-il en se pressant les tempes.

Elle le voit contracter les poings, s'éloigner de quelques pas pour revenir, le visage fermé.

— Où est-il ?

— Ne te mêle pas de ça, Stéphane !

*

À l'étage du dessous, au sous-sol, Frédéric s'arrête de ciseler sa sculpture. Il a cru entendre des échanges de voix assez vifs.

Ça y est, il commence à délirer. Il y a bien longtemps, il a lu dans un magazine que la privation prolongée d'eau et de nourriture pouvait affecter le cerveau et provoquer des hallucinations. Il aurait accordé davantage d'attention à sa lecture s'il avait su qu'il y serait un jour confronté.

Il pose sa création et le couteau suisse, fixe le plafond afin de mieux capter les sons.

Il perçoit un bruit de pas au-dessus de lui. Elle est donc rentrée.

À nouveau, un éclat de voix, bref. Il lui est déjà arrivé de parler seule.

Il faut quelques secondes à Frédéric pour comprendre que la voix n'est pas dans sa tête. Il lui en faut quelques-unes de plus pour comprendre que celle-ci est masculine.

Et une dernière pour qu'il se mette à crier de toutes ses forces.

*

Il a bien tenté de raisonner Élodie, mais il réalise qu'elle est aux abonnés absents. Elle semblait mal à l'aise, elle paraît désormais terrifiée. Et elle cherche à le mettre dehors en le tirant par le bras et en hurlant des propos décousus.

— Mais qu'est-ce que tu f…

Un bruit sourd retentit contre le mur de la cuisine, comme si on tapait quelque chose.

— Tais-toi ! ordonne-t-il.

En entendant les appels au secours, Stéphane devient livide. Il attrape Élodie par les deux épaules, hausse le ton.

— Tu te rends compte de ce que tu es en train de faire, là ?

— Il n'est pas question de le laisser s'en tirer comme ça ! hurle-t-elle. C'est un menteur, un assassin, un monstre !

— Tu n'es pas la justice ! Es-tu devenue folle ? Tu es en train de séquestrer un homme, Élodie ! C'est un crime !

— Non, je ne suis pas folle. Ou, si je le suis, l'emprisonner me libère de ma folie. Grâce à ce que je vis, je recouvre la raison. Sa sérénité qui s'enfuit me permet de retrouver la mienne. Voilà ce qui se passe, chéri !

Les cris de Frédéric ne sont étouffés que par la porte de la cave. Stéphane se bouche les oreilles pour ne plus les entendre. Son cerveau en surchauffe menace de disjoncter. Nul doute que c'est lui qui va devenir dingue.

— Et tu es seule avec lui ! Imagine qu'il te saute dessus ou… je ne sais quoi d'autre !

— Il est solidement attaché, et j'ai de quoi me défendre.

Il élève de nouveau la voix.

— Mais que t'arrive-t-il, Élodie ? Ne répétais-tu pas sans cesse aux filles que recourir à la violence ne résout aucun problème ?

— Ça, c'est ce que je disais avant. Mais tout a changé, et tu le sais. Rentre à la maison, Stéphane. Va t'occuper de Zoé.

— On a un truc un peu plus urgent à régler, là, tu ne crois pas ?

— Non. Je suis même certaine du contraire. Je ne me suis pas mêlée de tes petites affaires, à un certain moment, lui balance-t-elle d'un air entendu. Alors ne t'immisce pas dans les miennes aujourd'hui, et pars retrouver Zoé !

Stéphane encaisse le coup sans réagir à la provocation. La situation est assez compliquée comme cela.

— Il est bien temps de t'en soucier, de Zoé ! Rappelle-moi donc à quand remonte la dernière fois où tu l'as prise dans tes bras ?

Elle fixe ses chaussures sans mot dire.

— Assez éloquent, comme réponse. Donc, oui, je vais partir, mais avant je vais appeler les flics !

— Je te le déconseille vivement, Stéphane !

— Sinon quoi ? Tu me menaces, maintenant ?

Il secoue la tête, la considère presque avec mépris. Elle réalise à quel point ce désaveu la blesse.

— Il est hors de question que je sois complice de ta folie.

— Tu ne l'as pas vu. Je ne t'ai rien dit. Tu n'es complice de rien.

— Arrête ! hurle-t-il. Tu prends les flics pour des abrutis ? Je suis devenu complice dès que j'ai posé le pied dans cette baraque ! Mais on fera comme si je n'étais jamais venu, comme si le bornage des téléphones portables et l'analyse des GPS n'existaient pas !

Il se penche légèrement vers elle, plante ses yeux dans les siens et ajoute en détachant bien chaque syllabe, comme s'il s'adressait à une malentendante.

— Tu crois que je peux agir comme si je n'avais pas entendu les cris de cet homme ? Tu imagines que je vais pouvoir rentrer, comme si de rien n'était, me coucher ce soir et me réveiller frais comme un gardon demain, comme si rien ne s'était passé ? Je ne vais pas laisser un homme sub…

— Tu ne sais rien du tout ! Tu ne fais que supputer des choses. Alors maintenant, tu pars d'ici. Zoé a besoin de toi ! crie-t-elle à son tour.

Il va pour répondre, mais les mots se figent dans sa bouche. Face à lui, dans l'encadrement du salon, un renard est assis et le scrute, les oreilles rabattues en arrière. Un léger grognement vient troubler le court silence.

— Qu'est-ce qu…

— C'est encore un bébé. Il est inoffensif.

— Et tu le laisses en liberté, dans la maison ! Comme si c'était un chien…

Il s'agrippe les cheveux, se presse les tempes.

— Je t'aime autant qu'au jour où je t'ai demandé de m'épouser, mais je ne te reconnais plus, Élodie… Et la femme qui se tient aujourd'hui devant moi m'échappe totalement.

Il lui tourne le dos, repart vers la porte, l'ouvre en grand, fait volte-face.

— Quand les flics reviendront me voir, parce que je suis certain qu'ils ne manqueront pas de le faire, je leur donnerai cette adresse. Tu pourras peut-être t'arranger avec ta conscience, mais ce sera moins facile avec eux.

Il la détaille des pieds à la tête.

— Je me demande sérieusement lequel est le plus sauvage de vous deux. Pas sûr que ce soit lui… conclut-il en désignant le renardeau du menton.

Quand il claque la porte sur un regard qui la coupe en deux, elle s'écroule sur une chaise en s'avouant qu'elle non plus ne se reconnaît plus.

*

Frédéric est assis sur sa paillasse, contre le mur. Il a crié, appelé à l'aide pendant une éternité. Puis il a écouté la porte d'entrée claquer sur ses espoirs.

Il est abasourdi. Ce visiteur providentiel n'a-t-il donc rien entendu de ses appels au secours ? Il n'ose imaginer qu'il ait pu le faire sans réagir…

Mais le résultat est le même : lui doit retourner à son néant.

*

— Vous êtes vraiment une source à emmerdes ! crie Élodie depuis le trait tracé à la craie, les poings campés sur les hanches.

En émergeant, Frédéric se demande si ce qu'il voit n'est pas cette fois-ci le produit de son imagination défaillante. Sous ses pensées empreintes de confusion et de paranoïa, il doit lutter pour maintenir un semblant de réalité stable.

Élodie ne le quitte pas des yeux. Il baisse la tête, souffle fort. L'effet de sa colère, sans doute.

— Qu'est-ce qui se passe ? Vous n'avez pas encore assez picolé pour ce soir ?

— Je suppose que non puisque j'arrive toujours à vous entendre !

Il a l'impression d'avoir un pieu enfoncé dans l'estomac.

— Les flics se soucient de votre disparition. Ils sont venus chez moi. C'est le monde à l'envers…

Les visages de Sandrine et Mathéo affleurent sous les paupières de Frédéric.

— Le problème, ce n'est pas qu'ils s'inquiètent pour vous. C'est que mon mari a déboulé ici parce qu'il a tout de suite fait le lien avec mon absence.

— Cela prouve au moins qu'il connaît bien vos travers ! persifle-t-il.

Elle bondit vers lui, oubliant de respecter la distance qui lui permet de rester en sécurité.

— Vous êtes mal placé pour me faire la morale ! Il me semble que vos travers à vous ont eu un effet bien plus dévastateur sur celle qui partageait votre vie ! riposte-t-elle, en prenant immédiatement conscience de la cruauté et de l'injustice de ses paroles.

Finalement, Stéphane a raison : tu es devenue quelqu'un d'autre.

Face à elle, Frédéric cogite à toute vitesse. Dans un éclair de lucidité, il réalise qu'une fenêtre de tir s'offre à lui : à vue de nez, Élodie se tient à deux mètres. S'il puise en lui la force nécessaire pour se jeter sur elle et la plaquer au sol, elle sera à sa merci. Certes, il ne pourra pas pour autant se libérer, car son sac restera hors d'atteinte et la clef qui le délivrerait de ses chaînes doit se cacher à l'intérieur. Mais au moins il pourra lui rendre ce qu'elle lui fait subir.

— Je vous trouve bien assortis. Aussi tarés l'un que l'autre. Qui entendrait un homme hurler sans même réagir ?

Frédéric s'arrête de parler. Les fissures, sur ses lèvres, sont plus profondes que la veille. Elles le lancent. Même ses glandes salivaires semblent ne plus fonctionner. Elles ne sont en tout cas plus suffisamment actives pour libérer le précieux liquide qui lui permettrait d'humidifier son palais : sa langue reste collée sur le plancher de sa bouche, désespérément sèche. Comment est-il possible de se sentir à ce point déshydraté dans un environnement aussi moite ?

Il s'efforce de reprendre son monologue, pour tromper l'ennemi. Il a glissé ses mains sous ses fesses, il s'en servira comme levier pour bondir sur sa proie.

— Quant à ma femme, moi, je l'aimais pour celle qu'elle était. Je l'aimais *malgré* celle qu'elle était, aussi. Vous, vous n'aimez que vous…

Elle lui lance un regard assassin, cherche à maîtriser sa respiration avant de lui retourner une réplique cinglante. Sans prêter aucune attention aux mains qui disparaissent dans le dos de Frédéric, aux bras qui se tendent brusquement. Par chance pour elle, le fin matelas s'écarte du mur à l'instant où Frédéric bondit vers elle, son pied glisse et vient taper sur un objet, ce qui le déstabilise l'espace de deux secondes. Ce délai précieux permet à Élodie de réaliser ce qu'il se passe : elle a juste le temps de sauter vers le tracé à la craie. Elle sent sa main frôler son mollet alors que Frédéric retombe à terre et qu'elle-même franchit la ligne de sécurité.

Un peu sonnée, moins par ce qui vient de se produire que par l'imprudence dont elle a fait preuve, Élodie se relève, se frotte les jambes.

— Raté ! siffle-t-elle. Comme vous !

Elle le fixe avec condescendance.

— Un type banal, avec une vie banale. Voilà finalement à quoi vous vous résumez.

— Ce qui rend une vie banale, ce sont les événements qu'elle traverse. Ou pas. La mienne est tout sauf banale…

Elle lui retourne un sourire méprisant, et s'apprête à repartir lorsque quelque chose retient son attention :

l'objet a roulé dans sa direction au moment où Frédéric a fondu sur elle. Toujours à terre, celui-ci a suivi son regard. Son visage se décompose quand il aperçoit sa sculpture derrière le trait de craie.

— Non, je vous en prie…, murmure-t-il.

Savourant cette victoire inattendue, Élodie se baisse et ramasse ce qui a l'air de tant compter pour son prisonnier. Lorsqu'elle découvre l'ouvrage en bois, elle est frappée de sidération. D'une part parce que le travail de l'artisan est d'une telle précision que l'œuvre semble vivante, d'autre part parce que l'abeille qui paraît la regarder avec insistance la ramène douloureusement à Maëlle.

De tous les insectes qui existent sur cette terre, pourquoi a-t-il choisi celui-là ?

La surprise lézarde sa fragile assurance. Incapable de prononcer le moindre mot, abasourdie, elle serre l'abeille contre elle, récupère la lanterne d'une main tremblante, remonte l'escalier de meunier sans rien entendre des supplications de Frédéric.

Elle est à ce point bouleversée qu'elle referme mal la porte de la cave.

Mais les ténèbres retombent sur lui.

*

Le renardeau étire lentement ses membres. Son pelage est encore maculé çà et là de sang séché. Mais il ne ressent presque plus de douleur.

Cela fait longtemps qu'il observe avec attention ce qui l'entoure. Et il s'estime prêt à explorer ce nouvel environnement. Depuis que le soleil s'est levé, il s'est lancé dans l'aventure : animé par une curiosité insatiable, il a osé une première patte avant hors du carton, puis une deuxième. Passer les deux autres a exigé un plus gros effort, mais il y est parvenu dès la deuxième tentative. Puis il s'est éloigné de son terrier d'infortune.

Une rencontre inattendue avec un deuxième humain à la voix hostile l'a poussé à se retrancher derrière un énorme objet qu'il n'a jamais vu dans sa forêt, et sur lequel sa sauveuse s'est parfois allongée. Il y est resté réfugié longtemps, malgré la subtile mais dérangeante odeur animale détectée par sa truffe. Depuis, il a entendu la porte d'entrée claquer deux fois.

Les oreilles dressées, aucun son ne lui parvient. Peut-être est-ce l'occasion de reprendre son expédition.

Sa patte blessée traînant un peu, il se faufile de nouveau jusqu'à la cuisine, son museau humant l'air chargé de senteurs inconnues. Il flaire les meubles, un tapis plein de poussière, des objets par terre.

Prudemment, il poursuit son exploration, arrive dans l'entrée.

Un bruit sourd le fait sursauter. Sur le qui-vive, il se met à grogner. Il a peur. Cet univers n'est pas le sien. Il ne sait où s'enfuir pour se protéger en cas d'attaque.

Le silence retombe sur ce décor étranger, sa soif de découverte reprend le dessus. Et il est particulièrement intrigué par la porte, face à lui, restée entrebâillée.

Il s'en approche et, d'une patte valide, la tire. Un léger couinement le fait reculer. Cette porte ouvre sur l'obscurité la plus totale. Ce n'est pas un problème pour lui : il voit très bien la nuit. Et il distingue parfaitement les barreaux qui amènent en bas.

Il avance à nouveau et se lance prudemment dans l'escalier aux marches étroites.

*

Frédéric a entendu un grincement différent de ceux dont il a l'habitude. Le cœur palpitant, il est aux aguets. La porte s'est entrouverte lentement, libérant un large rai de lumière, qui éclaire le haut de l'escalier et une partie de la cave.

Lorsqu'il voit la silhouette du renardeau descendre avec précaution, il pense avoir une hallucination.

— Nom d'une pipe !

L'animal se fige, ses yeux vifs le fixent.

Frédéric retient son souffle. Étonnamment, il n'a pas peur. D'ailleurs, le jeune mammifère ne montre aucun signe d'agressivité. Et il lui semble si petit…

Sans un bruit, l'animal pose une première patte hésitante sur une marche, puis une seconde. La surface, lisse et étroite, ne lui permet pas d'y ajouter les deux autres. Son équilibre, précaire, devrait l'inciter à faire demi-tour. Mais l'humain qui s'agite à quelques mètres de lui ne lui semble pas hostile. Sa curiosité prend à nouveau le dessus.

La première étagère qui s'offre à sa vue lui semble une bonne alternative. Faisant fi des déboires qui l'ont amené dans cette maison, il se concentre sur le rayonnage en contrebas, prend appui sur le palier et propulse en avant son corps leste. Mais ses blessures ont rendu l'une de ses pattes bien moins agile, et il ne parvient pas à amortir l'impact de son atterrissage au milieu des objets amoncelés sur le plateau. Déstabilisé, il glisse, tombe au sol dans un couinement de douleur. Il se relève aussitôt, court chercher refuge sous la première marche de l'escalier.

Frédéric remarque un pansement sur l'une de ses pattes arrière. Il a également eu le temps de voir que la pauvre bête boitait.

Depuis son abri de fortune, le renard observe Frédéric un long moment.

Ce dernier ne saurait expliquer pourquoi il se sent réconforté par la présence du renardeau. Celui-ci ne peut de toute évidence rien faire pour lui, mais peu importe. Frédéric voit en lui un être vivant. Alors, il commence à lui parler. De tout et de rien. De Mathéo. De lui.

Au bout d'un temps interminable, le renard se détache du rai de lumière et s'approche de lui. Son pelage doux et soyeux brille dans la demi-obscurité.

Frédéric ne se sent pas en danger. Peut-être le devrait-il.

L'animal dépasse le trait tracé au sol, s'arrête à nouveau à peine à un mètre de Frédéric, qui constate combien cette bête est jeune.

Il reprend son monologue, le renardeau, son écoute.

Dans la moiteur de la cave, un lien silencieux se tisse entre ces deux âmes égarées.

*

Élodie a cherché refuge dans la cabane construite par son père quand elle était petite. Elle se trouve à quelques mètres de la maison. Courbée en deux pour y entrer, elle s'est assise en son milieu, a fermé les yeux pour écouter le murmure des arbres et le chant des oiseaux. La lumière dorée du soleil s'est infiltrée entre les lattes de bois, les souvenirs de son enfance ont afflué, doux et réconfortants. Autour d'elle, la vie s'est exprimée au travers de petits animaux ignorant sa présence. Elle y est restée longtemps attentive.

Elle finit par quitter ce havre de paix, l'abeille en bois maintenue serrée contre elle, et regagne la maison.

Elle remarque immédiatement la porte entrouverte de la cave. Un bref instant, elle se fige de frayeur en imaginant que Stéphane est revenu libérer son prisonnier sans qu'elle s'en aperçoive. Mais elle entend Frédéric parler, et il le fait visiblement tout seul. Plus précisément, il semble s'adresser à un tiers qui ne lui répond pas.

Quand elle réalise que son interlocuteur n'est autre que le renardeau, Élodie est à la fois rassurée et furieuse.

Elle attrape sa lanterne, l'allume, dévale l'escalier. Le raffut qu'elle occasionne fait fuir l'animal sauvage, qui court se réfugier dans l'espace sous les marches.

— Vous lui faites peur ! gronde Frédéric.

— Occupez-vous de vos affaires !

Le jeune mammifère s'est tapi contre le mur. Il semble apaisé en la voyant. Elle s'approche doucement tout en lui murmurant des mots que Frédéric ne comprend pas distinctement d'où il se trouve.

Une fois que l'animal paraît détendu, elle l'attrape par les membres antérieurs, le blottit contre elle.

Frédéric s'étonne de cette docilité avant de secouer la tête, déçu : il aurait aimé que la présence de ce compagnon de cellule dure plus longtemps. En observant Élodie remonter l'escalier, le renardeau pelotonné contre elle dans un geste protecteur, il songe que cet animal symbolise sans doute le dernier vestige d'humanité en elle. Lui a su éveiller chez cette femme éteinte cet instinct viscéral de protection qui porte à aider plus fragile que soi. Il connaît bien ce sentiment. Il lui suffit de songer à Mathéo pour le ressentir.

La lumière disparaît. L'obscurité reprend possession de lui.

11

Jeudi 11 juillet 2024

Élodie sort de la douche, s'habille, ouvre la porte de la chambre de ses parents. Le renardeau grogne, plus par instinct que par hostilité. Il quitte sa caisse pour venir à sa rencontre. À pas prudents, il s'approche du morceau de blanc de dinde qui lui est proposé.

Le petit canidé démontre une mobilité accrue et un regain d'énergie : il boite mais se déplace aisément, et ses yeux vifs scrutent attentivement les moindres gestes d'Élodie.

Une fois le bout de volaille englouti, le jeune mammifère se met légèrement en retrait. Il suffirait à Élodie de tendre le bras pour le toucher.

— N'aie pas peur… Je ne te veux aucun mal.

Elle sait combien le simple son de sa voix peut apaiser les craintes de l'animal.

Elle s'agenouille à ses côtés, ose une main dans sa direction. Les oreilles fauves se rabattent légèrement, un autre grognement de principe s'échappe de sa gueule. Les doigts d'Élodie effleurent le flanc indemne. Bien que sur le qui-vive, le renardeau ne fuit pas le contact. Ce n'est pas le premier qu'il autorisera. Il s'est habitué à elle. Elle aussi. Et son caractère sauvage rend d'autant plus précieuses les caresses qu'il accepte avec de moins en moins de crainte.

Pour autant, Élodie est consciente qu'il ne doit pas s'accoutumer à la présence humaine. Elle va devoir le relâcher dans son environnement naturel, faute de quoi il ne sera rapidement plus en mesure d'y survivre seul. Elle ressent un pincement de tristesse à cette perspective. En cet instant, elle a le sentiment de compter davantage pour cet animal que pour n'importe qui d'autre sur cette terre. Et ce n'est pas loin d'être réciproque.

Elle s'accroche d'ailleurs à lui aussi sûrement qu'à un radeau. Ce n'est pourtant pas d'un radeau dont elle aurait besoin, mais de courage.

Elle ne voit qu'un endroit où elle pourra puiser celui qui lui sera nécessaire.

*

Mathéo se tient debout, face à l'immense tableau de liège recouvert de Post-it multicolores et de photos. Le visage de son père, souriant, trône toujours au centre.

Il sent une vague de frustration monter en lui. Il a retracé chaque grande étape de la vie de son père, les endroits qui l'ont marquée, les bons et les mauvais moments.

— Qu'est-ce que j'ai loupé ? murmure-t-il.

Cet homme, toujours discret, a réussi à traverser l'existence sans se faire un seul ennemi. Tout du moins jusqu'à ce 1er mai 2021. Mais Mathéo ne voit aucun lien possible entre ce jour terrible et sa disparition. Même en prison, Frédéric est parvenu à s'attirer la sympathie de ceux qu'il rencontrait, des détenus aux gardiens.

Mathéo sait que la théorie de Sandrine ne tient pas la route. Son père ne l'aurait jamais abandonné. Jamais. Plus qu'une conviction, c'est une certitude.

Alors, où peut-il être en ce moment même ? Quelques mois après sa libération, aurait-il éprouvé le besoin de se retrouver un peu seul ?

Mais si cela avait été le cas, pourquoi ne lui en aurait-il pas parlé ?

La réponse se trouve forcément sur un des Post-it, songe l'adolescent.

Il va chercher son tabouret à roulettes, l'éloigne et s'y assied. Il reconsidère la vue d'ensemble.

— Je mettrai le temps qu'il faudra mais je vais te retrouver, papa. Je te le promets.

Il demeure ainsi un bon moment, puis il fait glisser son siège jusqu'au bureau. Et il repart de zéro.

*

Jeudi 11 juillet 2024

J'ai de nouveau rejoint mon chêne et mon étang. Quoi de plus naturel que de revenir dans sa propre histoire pour des retrouvailles... avec soi ?

Qu'il est bon de pouvoir me reconnecter à toi grâce à ce cahier, ma chérie… Je peux presque sentir ta présence, à mes côtés. C'est étrange cette sensation de te retrouver là où tu n'es jamais venue. Là où renaissent mes souvenirs d'enfance.

En dehors de ces périodes d'écriture qui me relient à toi, je suis seule face à mes souvenirs.

Chaque jour, je me laisse pénétrer par les sons de la nature, je hume les arômes dégagés par les arbres. J'aime me tenir debout, au cœur de cette végétation vivante, et me laisser envoûter par son subtil parfum. La forêt est un réservoir de vie.

Je contemple les abeilles en train de butiner les fleurs des plantes sauvages. J'ai même vu deux écureuils s'amuser dans une danse espiègle en sautant habilement de branche en branche.

Le bout de corde de la balançoire resté accroché au chêne semble m'observer d'un air désolé. Ce vestige m'emporte dans le passé, qui n'appartient qu'à moi. Rien, personne ne peut m'en chasser. Tu n'es pas encore morte, puisque tu n'es pas encore née. Tu n'es pour l'heure qu'une ombre dans l'ombre projetée par mon corps de gamine. Je ne peux être victime d'un temps qui n'existe pas encore. Mon passé n'est plus un poids, il est devenu une ressource. Et j'ai parfois le sentiment qu'il m'aide à savoir ou à retrouver celle que je suis. Il m'affranchit des attentes des autres, et m'abstient donc de tenir un rôle dont je ne veux pas.

Cette libération contraste avec la culpabilité que me fait ressentir ton assassin.

Je ne le pensais que cruel. Je le découvre faillible. Sensible, aussi.

Hier, j'ai appris qu'il avait façonné une abeille.

Je ne sais comment des mains si robustes ont pu sculpter un tel bijou. Cette sculpture est une merveille de minutie. En la prenant, j'ai immédiatement songé à toi et je l'ai regardée avec tes yeux. J'ai failli pleurer, tant je l'ai trouvée belle.

La silhouette est élégamment courbée, ses ailes finement ciselées semblent prêtes à se déployer. Deux antennes sont gracieusement inclinées vers l'avant, comme si elles sentaient le parfum des fleurs. Même les minuscules poils qui recouvrent son corps paraissent avoir été sculptés. Quant à ses yeux, si tu les voyais, Bee… Ils ont l'air presque vivants. Tu vas penser que je deviens folle, mais, l'espace d'un instant, j'ai cru y lire de la tristesse.

Comment est-il possible de capturer avec une telle précision la beauté de la vie dans un simple morceau de bois ? Il faut être sacrément sensible pour éprouver à ce point la fragilité des choses. Quand j'imagine ses mains se poser autour de ta gorge… Comment ces mains peuvent-elles à la fois produire de tels miracles et avoir provoqué une horreur aussi innommable ?

Et pourquoi a-t-il choisi de façonner une abeille ?

Contre toute attente, et bien malgré moi, cet homme parvient à m'émouvoir. Sa fragilité et ses chagrins me rapprochent de lui, alors que j'aurais voulu ne rien avoir de commun avec lui.

Cela ne m'aide pas dans l'exécution de la sentence. Et puis les paroles de cette vieille femme, empreintes de sagesse, ont distillé le doute en moi. Ai-je pris la bonne décision en amenant ton assassin ici, au prix de méthodes plus que contestables, pour lui arracher une vérité qui ne vient pas ? Devrais-je l'achever dès maintenant ? Par quel moyen ? Une injection létale ? Serait-il préférable de l'endormir et de le tuer d'une balle dans son sommeil ? L'idée de devoir l'abattre m'exalte autant qu'elle me répugne. On ne s'improvise pas facilement criminel.

La culpabilité m'épie en permanence, prête à fondre sur moi dès que je tente de lui tourner le dos. Et mes incertitudes se multiplient.

J'en ai perdu le sommeil.

Face à cette décision, je me sens si seule, ma fille. Si seule. Mais, sois rassurée, même si la peur et le stress enserrent mon cœur comme une camisole, je ne te laisserai pas tomber une deuxième fois. Juste avant, je revêtirai la robe de nos adieux. Tu sais, celle que je portais ce 1er mai 2021. Tu aimais me voir tournoyer avec elle, son jupon virevoltant jusqu'à effleurer le sol, puis paraissant ensuite flotter dans mon sillage. Quand le sens de l'ordinaire se dérobe, que reste-t-il ? Aujourd'hui, c'est comme si j'étais affublée d'une peau d'âne. Ce vêtement me donnera demain une force que je n'ai plus. Celle d'aller jusqu'au bout.

Cette exécution sera mon baroud d'honneur.

Ton père ne me comprendra pas. J'espère juste qu'il ne me détestera pas pour cela.

Il ne lui vient pas à l'esprit que tout le monde n'a pas la même capacité à gérer une douleur indicible.

Élodie suspend son stylo. Ses lèvres s'entrouvrent, elle observe autour d'elle, surprise par une soudaine prise de conscience. Elle se penche à nouveau sur son cahier, s'applique à retranscrire ce qu'elle vient de comprendre.

La vieille femme que j'ai rencontrée a su avant moi ce que je projetais véritablement de faire. Car je réalise qu'elle a totalement raison : je ne me suis pas seulement rendue ici pour mettre fin à la vie de cet homme. J'y suis aussi revenue pour mettre un terme à la mienne.

Pour que cesse ma peine.
Que vienne la délivrance.
Et qu'enfin nous soyons à nouveau réunies.

*

Frédéric se lève péniblement. Ses membres ankylosés ne peuvent bouger qu'au prix d'un énorme effort. Les étourdissements qui le font vaciller ne l'aident guère.

De sourde et intermittente, la douleur qui se manifeste dans son estomac est devenue lancinante et continue. En revanche, il observe un phénomène assez curieux : malgré la chaleur intense, il éprouve une sensation de froid par vagues, chacune d'elles étant accompagnée de frissons. Une pulsation constante, synchronisée avec son propre pouls, martèle sa plaie tel un tambour battant un rythme funèbre. Les sutures sont enflammées, gonflées, et chaque contact provoque une douleur fulgurante.

Il enfouit ses doigts dans sa barbe, devenue longue. Lui qui n'a jamais supporté le moindre poil belliqueux, il va mourir en hipster…

Son expiation passe peut-être par l'acceptation de son sort, et donc par l'extinction de toute envie de révolte.

Ton corps est déjà moribond…

Soit. Mais alors, maintenant, que les choses aillent vite.

Il implore ce ciel qu'il ne peut voir d'accélérer sa fin.

*

Élodie a rangé le cahier, s'est décalée de quelques mètres pour s'asseoir à même la mousse sèche, à côté de la souche vide.

Elle enfonce ses ongles dans la terre. Elle attend. Quoi ? Elle ne le sait pas elle-même.

Lorsqu'elle aperçoit la silhouette au bout du sentier, elle se redresse.

La vieille femme prend place en silence sur le tronc d'arbre scié.

Élodie finit par prendre la parole.

— Si seulement il était possible de revenir en arrière et de tout réécrire…

— Personne ne peut revenir en arrière et tout réécrire. Mais vous pouvez écrire la suite.

Élodie ne l'entend pas. Les « si seulement » ont inondé ses pensées. Si seulement elle n'avait pas oublié le sel, la veille de ce maudit 1er mai. Si seulement il n'avait pas plu ce jour-là. Si seulement il n'y avait pas eu de travaux dans cette rue…

— Ma mère me manque. Je suis sûre qu'elle aurait pu m'aider mieux que personne.

— Sans doute parce que vous étiez très proche d'elle. Et puis, une mère est souvent un refuge…

Élodie sourit.

— Maman était passionnée par les animaux. Elle aimait les choses simples. Chaque soir, elle disposait des aliments dans des écuelles différentes. Je croyais avoir établi un lien rare avec un cerf, César. Je le voyais souvent autour de la maison, il pouvait rester à quelques mètres de moi sans se sentir menacé, allait jusqu'à me laisser m'approcher de lui, même s'il maintenait toujours une certaine distance entre nous. Sa gamelle à lui, une magnifique écuelle en bois poli sur laquelle j'avais gravé son nom, était remplie tous les soirs de pommes et de carottes coupées en morceaux, puis déposée à quelques mètres du perron. Maman ne cessait de répéter qu'une bête sauvage pouvait tisser une attache avec les hommes. Que ce ne serait jamais la même affection que celle liant ces derniers aux animaux domestiques, mais plutôt une forme de respect tout aussi puissante. Du haut de mes revues médicales, j'étais pleine de certitudes et il a fallu que je casse cette croyance dès que je suis devenue véto, en lui expliquant que les bêtes sauvages étaient étrangères à toute idée de gratitude. Je devine que cela lui a fait beaucoup de peine.

— Pourquoi dites-vous cela ?

— Parce que je réalise combien cette conviction la portait. Offrir ces légumes lui procurait énormément de joie. Elle avait l'impression d'être connectée aux animaux de cette forêt, de leur être utile. C'était important pour elle et ça l'était devenu plus encore après mon départ.

Elle regarde la vieille femme ramasser un fragment d'écorce tombé d'un arbre et l'examiner attentivement.

— Il y avait toujours un tas de bêtes, chez nous. Des disgracieuses, des affamées, des blessées, des mal-aimées. Des hérissons, des renards, des écureuils, des oiseaux... Cela faisait hurler mon père. Mais il chérissait trop maman pour lui en vouloir vraiment. Il avait appris à ranger son fusil...

Elle inspire profondément.

— Et pourtant, avec le recul, je dois admettre que si les gamelles étaient retrouvées vides chaque matin, ce n'était pas uniquement pour répondre au besoin primaire de s'alimenter. Contrairement à ce que m'ont enseigné mes études, je crois que c'était aussi l'expression d'une certaine reconnaissance.

Elle presse ses doigts contre la mousse, cherche une connexion apaisante avec cet environnement qu'elle a un jour fui.

— J'ai réalisé trop tard que César avait compris que nous respections sa nature sauvage, et que la maison était pour lui une source fiable de nourriture. En réalité, César avait été apprivoisé par ma mère. À moins que ce ne soit lui qui l'ait apprivoisée…

Son début de sourire se fige sur ses lèvres.

— Maman n'a pas eu besoin d'apprendre les rudiments de la vie des animaux : elle les connaissait d'instinct. Elle aimait les bêtes et ces dernières le lui rendaient bien, à leur manière. Lorsque je lui ai dit qu'elle était ridicule, elle a jeté la gamelle de César. Par ma faute. Je ne pourrai plus jamais lui dire qu'elle avait raison…

Elle suit du regard les courbes sinueuses de l'étang.

— Je lui dois tant… Elle m'a enseigné tellement de choses, qui me sont utiles au quotidien. Notamment à agir d'instinct avec les animaux. Ça, ça ne s'apprend pas dans les livres. Et c'est précieux…

Elle plonge dans sa mémoire pour y récupérer un souvenir, en rit.

— Ma mère a même été capable de tisser un lien avec un renard. Lui, elle lui parlait de loin et le nourrissait à coups de blancs de poulet. Là aussi, cela lui avait valu de sacrées remontrances de la part de mon père, qui trouvait que sa générosité finissait par leur coûter cher. Un jour, au bout de trois ou quatre ans, l'animal s'est approché de maman, alors qu'elle étendait le linge à côté de ma petite cabane. J'étais à l'intérieur. Le renard s'est assis à un mètre d'elle. Papa a surgi avec son fusil, paniqué à l'idée qu'il puisse nous agresser. Il a tiré un coup en l'air, l'animal a déguerpi. C'est l'une des rares fois où j'ai vu mes parents se disputer. Furieuse, ma mère ne cessait de répéter que si ce renard était venu si près d'elle, c'est qu'il y avait une raison. Très en colère, papa lui rétorquait qu'elle était complètement inconsciente et qu'elle aurait mieux fait de se montrer reconnaissante qu'il lui ait évité la morsure d'une bête peut-être enragée.

Elle marque une pause, s'éclaircit la voix.

— Trois jours plus tard, c'était un matin, maman a retrouvé le renard enroulé sur lui-même, devant sa porte. Il avait choisi ce lieu pour y mourir.

Élodie se souvient encore des larmes de sa mère, ce jour-là. Elle était restée inconsolable durant plusieurs semaines.

— Elle m'a dit : « Tu vois, j'avais raison en affirmant qu'il voulait me dire quelque chose. On sent, quand on adore les gens et les bêtes, ce qui se passe en l'autre. Mais parfois, on choisit de ne pas ouvrir les yeux parce que ça fait trop mal. On préfère croire qu'on pourra vivre indéfiniment au côté de ceux qu'on aime, qu'ils seront toujours là. On se leurre soi-même. Les animaux sont plus sensibles que nous. Ce renard savait qu'il allait mourir. Et il voulait me dire au revoir… »

Élodie ferme les yeux et se cache le visage dans les mains.

— Je réalise qu'elle a fait la même chose avec moi. Et que je n'ai rien senti…

— Pourquoi dites-vous cela ?

Elle pousse un profond soupir.

— J'avais vingt ans. C'était un samedi. Ce jour-là, ma mère m'a appelée pour discuter un peu avec moi. Elle avait envie de me voir. Moi, j'étais focalisée sur le programme que mes amis et moi avions concocté : un après-midi cinéma avec pop-corn. J'ai donc prétexté des révisions de travail pour préparer mes examens.

Elle pensait être parvenue à dépasser sa culpabilité de ce mensonge-là. Sa voix enrouée lui démontre qu'il n'en est rien.

— Papa m'a téléphoné dix minutes après le début du film. Je n'ai pas décroché. Je ne l'ai rappelé que bien après avoir quitté la salle de cinéma. Il m'a alors annoncé que maman était partie. Sur le coup, je n'ai pas compris, je lui ai demandé où. Quand il m'a répondu « à un endroit d'où l'on ne revient pas », je me suis effondrée.

Elle s'arrête un instant, retrouve les mots de son père.

— Ma mère était debout, face au poêle à bois. Son visage s'est contracté, elle s'est brusquement affalée sur le plancher en se tenant la poitrine. Papa a tenté quelques gestes désespérés, avant de courir le plus vite possible pour prévenir les propriétaires du domaine. Les secours sont arrivés après ce qui lui a paru une éternité, mais ils n'ont rien pu faire. Maman a été déclarée décédée sur place.

Elle ajoute à voix basse, comme pour elle-même :

— Je n'ai jamais plus mangé de pop-corn.

Un vent léger se lève, fait frémir les feuilles des arbres, crée des ondulations à la surface de l'étang. Élodie semble revenir sur terre, réalise que le ciel s'est brusquement couvert. Elle se concentre.

— Il y a tellement de choses pour lesquelles j'aurais souhaité lui demander pardon. Et je ne pourrai jamais le faire.

— Que lui demanderiez-vous de vous pardonner, si cette possibilité vous était offerte ?

Élodie prend une profonde inspiration.

— J'ai quitté cet endroit en emportant avec moi le poids de la culpabilité et du chagrin. Comme si, en partant vivre ma vie et en cherchant autre chose que ce que mes parents m'avaient offert, j'avais décidé de renier l'héritage précieux qu'ils m'avaient transmis. Parfois, on réalise tardivement les sacrifices consentis par nos proches. Et je sais combien les leurs ont été nombreux. Je crois que je commencerais par lui dire cela.

— Et puis ?

— Je lui demanderais pardon pour lui avoir menti. Pour ne pas avoir su sentir chez elle ce qu'elle-même avait vu en ce renard mourant : le pressentiment d'une fin imminente.

Elle se tourne vers la vieille femme, comme pour y chercher un assentiment. Mais son visage reste aussi énigmatique que les jours précédents. Celle-ci se contente de garder le silence, visiblement perdue dans une profonde réflexion. Puis, soudain :

— Savez-vous quel est le premier regret qu'expriment les personnes en fin de vie ?

Élodie hausse les épaules. Elle ne s'est jamais posé cette question.

— C'est de ne pas avoir eu le courage de vivre leur vraie vie et de s'être rangées à celle que les autres voulaient pour elles. Votre mère a vécu la sienne comme elle le souhaitait, Élodie. Mais vous, vous ne vous pardonnez pas de lui avoir menti, et de ne pas avoir été là pour ses derniers instants. Vous ne pouviez pas le deviner. Elle non plus. Cessez donc de croire qu'elle vous en veut. Ce n'est pas le cas.

— Qu'en savez-vous ?

L'inconnue aux cheveux argentés balaie son interrogation d'un geste.

— Relevez-vous, Élodie. Regardez ceux qui vous entourent. Comme ces secondes chances qui s'offrent parfois à nous, et qu'il faut savoir saisir…

Élodie se relève, en larmes.

— Mais je ne sais même plus comment aimer…

La vieille femme se lève à son tour, pose sa canne en travers de la souche, puis une main affectueuse sur l'épaule d'Élodie.

— Aimer est le sel de la vie.

— Ma fille est justement morte à cause de quelques grains de sel… Je n'arriverai jamais à trouver une nouvelle raison d'avancer.

— Vous en avez pourtant une seconde. Et il vous reste toute l'existence pour en trouver d'autres. Vous y parviendrez. Car je crois que vous êtes presque prête, mon petit... Je dis bien « presque ».

— Prête à quoi ? Je ne me sens prête à rien du tout. Et certaines de mes questions restent désespérément sans réponse...

— Écoutez-moi bien, Élodie. Quoi qu'il arrive, ne perdez jamais la foi. En un dieu, en vous-même, en la vie, en ceux que vous aimez. Jamais.

Un interminable silence se glisse entre leurs deux regards.

— Qui êtes-vous, madame ? murmure Élodie.

La vieille femme continue à la dévisager longuement avant de l'étreindre avec une force dont Élodie ne l'aurait jamais crue capable.

— Appelez-moi comme vous le souhaitez. Et cessez donc de vous tourmenter. Les réponses vous viendront le moment venu. Vous verrez, le destin s'applique toujours à remettre les choses en ordre...

Elle se redresse en frappant sa canne contre la terre avec détermination, son regard perçant balayant la forêt avec une assurance tranquille.

— Que nous sommes bien ici ! Profitons plutôt en silence de cette beauté qui nous entoure...

Déroutée, les paroles de la vieille femme résonnant dans sa tête, Élodie s'allonge sur la mousse, sous ce compagnon de naguère qui semble encore veiller sur elle.

Auprès de cette femme emplie de bienveillance, elle se sent en confiance. Mieux que cela, elle peut, en fermant les yeux, imaginer qu'elle est assise à côté de sa mère, comme autrefois. C'est une sensation étrange. En cet instant, elle n'est plus la mère responsable de la mort de son enfant, mais uniquement la fille de quelqu'un. C'est la première fois qu'elle ressent cela depuis le décès de celle qui lui a donné la vie. Elle serre plus fort ses paupières, refusant de laisser s'enfuir cette douce impression. Le parfum des pommes et des épices d'un cake gonflant dans le poêle à bois lui chatouille les narines, la pression rassurante d'une main effleure son épaule. Elle donnerait n'importe quoi pour revenir à l'un de ces moments-là, à ce temps insouciant où sa mère était encore là, à cette époque révolue où aucun obstacle de la vie ne semblait insurmontable.

Ce voyage dans le temps est aussi doux qu'une caresse.

Une goutte s'écrase subitement sur sa joue, elle rouvre les yeux. La vieille femme s'est volatilisée, sans même qu'Élodie entende le bruissement du feuillage sous ses pas. Une deuxième goutte s'échoue sur son bras. Puis une troisième.

Bientôt, la pluie tombe avec intensité. Élodie se lève et se met à courir.

*

Au premier coup de tonnerre, Frédéric sursaute avant de se concentrer sur le grondement magnifique, métaphysique, qui roule jusqu'à lui.

L'orage qui vient interrompre sa routine a quelque chose de rassurant. Il lui rappelle qu'il y a une vie à l'extérieur.

Flac. Flac. Un bruit d'eau qui goutte résonne dans la cave. Il provient du renfoncement. Frédéric se traîne jusqu'à l'origine du son, son oreille le guide vers le mur qui se trouve derrière le puits. Ses mains tâtonnent, butent sur un obstacle, découvrent avec stupéfaction un tuyau rudimentaire qui jaillit de la paroi. Des gouttes s'échappent régulièrement de son embout pour s'échouer dans la cuvette du puits, qui ne doit pas être aussi profonde qu'Élodie le prétend, à en juger par le doux écho de l'eau qui s'écoule.

Frédéric prend appui sur la margelle, tend la langue vers ce goutte-à-goutte providentiel, reçoit une première larme divine.

S'il avait un jour imaginé combien une infime goutte d'eau pourrait à elle seule bouleverser sa vie…

Il tire à nouveau la langue, jusqu'à en avoir mal, guette avec fébrilité la seconde rencontre avec ses papilles. Combien d'orages devra-t-il espérer, combien de langues suppliantes devra-t-il tendre pour parvenir à se désaltérer ?

12

Vendredi 12 juillet 2024

Élodie s'arrête, la caisse contenant le renardeau toujours serrée contre elle. Il lui semble être arrivée à peu près à l'endroit où elle a ramassé ce jeune renard, sept jours plus tôt. S'il a été blessé et qu'il s'est malgré tout traîné jusque-là, c'est que sa mère ne devait pas être bien loin.

La pluie s'est calmée.

Elle s'accroupit, pose la caisse, la découvre à contrecœur.

— Allez, file maintenant…

L'animal ne bouge pas immédiatement. Il la scrute, la mâchoire en suspens, son regard vif fixé sur elle, comme s'il attendait un signe particulier. Cela ne fait que confirmer à Élodie qu'il s'est habitué à elle. Le garder davantage signerait son arrêt de mort.

Avec la pluie, l'atmosphère s'est chargée d'une puissante odeur de mousse, de résine et de terre mouillée. De multiples branches et feuilles jonchent le devant de la maison, témoins inertes de l'orage tumultueux de la veille.

Élodie s'assied sur un tronc d'arbre couché, à deux mètres de son protégé. Le relâcher n'est pas facile.

Au bord du chemin, les chanterelles continuent à pousser. Élodie distingue également des cèpes, de nombreuses amanites rougissantes, reconnaît quelques coulemelles et russules. Elle se souvient des longues heures à explorer les sous-bois aux côtés de sa mère, toutes deux concentrées dans leur quête complice. Élodie adorait ces moments. Elles repartaient enchantées, leur panier en osier débordant de leur cueillette. De retour à la maison, elles les nettoyaient avec soin, les coupaient en tranches fines tout en discutant de tout et de rien, puis les faisaient rissoler dans une grande poêle en fonte. Sa mère lui confiait des astuces de recettes que sa propre mère lui avait transmises, secrets culinaires perpétués de génération en génération. L'air embaumait bientôt d'un délicieux parfum de champignons grillés, son père les rejoignait, un sourire gourmand aux lèvres. Ils s'asseyaient tous les trois autour de la table en bois de la cuisine, la même qui s'y trouvait encore aujourd'hui. Il s'agissait là de plaisirs simples, mais elle y avait découvert l'un des plus grands trésors de l'existence.

Le renardeau vient de bondir hors de sa caisse. Il respire la mousse qui l'entoure, jette des regards furtifs et inquiets autour de lui.

— Un rescapé de plus…

Elle se relève, s'interdit de se retourner sur l'animal.

Maintenant, elle n'a plus aucune excuse : elle doit en finir avec Frédéric.

*

Frédéric s'est laissé aller à une vingtaine de minutes de hurlements inutiles.

Une vingtaine de minutes ? Qui te dit que ça n'a pas duré deux heures ?

Peu importe. Il aurait pu brailler à s'en briser les cordes vocales que cela n'aurait rien changé à sa motivation, qui n'est plus de s'évader d'ici. Il a définitivement tiré un trait sur la perspective de s'en sortir.

Non, ce qu'il appelle désormais de toutes ses forces, c'est la fin de cette mascarade.

Que tout s'arrête, enfin.

Il a l'impression d'être en pleine Amazonie, dans une étuve coupée du monde. Il se racle la gorge, aussi sèche que le désert. Puis il recommence à crier.

La porte fait bientôt grincer ses gonds. Une fine traînée de lumière se faufile dans la cave.

Élodie descend les marches, sa lanterne à la main. De l'autre, elle tient une petite bouteille d'eau. Elle manque trébucher sur l'un des barreaux, se rattrape de justesse.

Arrivée au pied de l'escalier, elle lève la lampe et la tend à bout de bras. Son visage semble briller comme un phare.

Son prisonnier prend appui sur le mur crasseux pour se dresser sur sa couchette.

— Qu'est-ce que vous attendez pour aller au bout de votre projet ? Faites preuve d'un peu de cran ! vocifère-t-il. Achevez-moi maintenant plutôt que de me laisser crever à petit feu dans ce trou à rats !

— Parce que vous imaginez que c'est si simple que ça ? Je ne suis pas comme vous.

— Regardez-vous donc un peu plus attentivement, car nous avons bien plus de points communs que vous ne le croyez ! Mais vous avez un gros défaut que je n'ai pas : la déloyauté. Vous n'avez quand même pas hésité à impliquer la consœur à qui vous avez subtilisé son permis pour louer une voiture. Vous l'obligez par là même, et à son insu, à endosser la responsabilité de mon enlèvement ! Parce que vous imaginez bien qu'elle aura droit à une certaine dose d'emmerdements quand il y aura enquête. C'est moche…

Élodie en reste sans voix. Elle n'a jamais vu les choses sous cet angle, mais elle doit admettre la clarté du raisonnement.

— Je vais écrire une lettre dans laquelle j'expliquerai tout en détail, et je l'enverrai à Stéphane.

— Pensez à y ajouter un long paragraphe sur ce que vous m'avez fait subir dans cette saloperie de cachot ! À la fin de sa lecture, votre Stéphane aura à mon avis un peu de mal à décider qui aura été le plus monstrueux, de vous ou de moi. Parce que la réalité, c'est que du jour où vous m'avez emmené ici, vous avez franchi une ligne : vous êtes devenue aussi abominable que celui que vous entendiez juger et punir. Tout ça pour assouvir votre soif de vengeance…

— C'est faux ! rugit-elle à son tour, sur la défensive. Moi, je rends simplement justice à Maëlle !

— Mon œil ! Vous aviez pris votre décision d'entrée de jeu !

— Non ! Je vous ai laissé une chance de me convaincre. Et vous y avez répondu par un silence obstiné.

Un ricanement caustique s'échappe de la bouche de Frédéric.

— Cet argument a bon dos ! Mais croyez donc ce qui vous aide à mieux dormir la nuit…

Le visage suintant de mépris, il se laisse retomber sur sa paillasse. Rageusement, elle lui jette une petite bouteille d'eau de vingt centilitres. Vingt centilitres d'élixir de vie. Vingt centilitres de sursis.

Frédéric glousse nerveusement.

— Et ça, c'est pour vous déculpabiliser ? Ou pour faire durer le plaisir ?

Elle se tourne brusquement.

— Croyez donc ce qui vous aidera à mieux dormir cette nuit ! crache-t-elle avec violence avant de remonter les marches à la hâte.

*

Mathéo a remis à plat chaque détail, passé en revue tous les lieux que son père aurait pu vouloir retrouver. Et une évidence le frappe aussi brutalement qu'une claque en plein visage. Celle qu'il a un peu vite négligée, car tellement improbable. Les parents de la petite. Tellement improbable, mais possible.

Il prend une profonde inspiration, décide de creuser cette piste trop rapidement écartée.

À l'incarcération de son père, sa tante avait troqué son travail de nuit contre un cycle de jour. Et elle lui avait demandé de venir vivre avec elle. Il n'aurait de toute manière pas eu d'autre choix, car son père avait souhaité se séparer de la maison. Sandrine s'était chargée de la vente.

C'est à elle également que son père avait confié tout son dossier judiciaire. Mathéo sait qu'elle l'a rangé dans le buffet de son salon. Elle ne va pas tarder à aller se coucher, car elle prend son service très tôt demain matin. Dès qu'elle sera partie, il ira chercher l'information qui lui manque.

*

— Puisque tu veux venger ta fille, vas-y ! Descends et finissons-en !

Dans la cuisine, Élodie se bouche les oreilles. Cela fait des heures que Frédéric l'invective, qu'il lui hurle d'aller au bout de son projet macabre. Inutile d'aller se coucher. Comment dormir avec un tel boucan ? Sa voix se faufile sous le seuil de la porte close pour venir se fracasser contre ses tympans.

Elle n'en peut plus.

— Allez ! Descends !

— Mais ferme-la ! rugit-elle à son tour.

— Non, je ne me tairai pas. Je ne me tairai plus ! Je ne t'obéirai plus ! Parce que nous sommes sur un pied d'égalité, maintenant ! Nous parlons de monstre à monstre !

L'idée même reste insoutenable pour Élodie :

— Je t'interdis de dire ça !

Elle se sent oppressée. Elle a besoin de sortir respirer. Mais il est 3 heures du matin. Dehors, la nuit la guette, la vraie, celle de ses terreurs d'enfance.

— Quel être humain digne de ce nom priverait un homme de toute eau, de toute nourriture et de toute lumière durant des jours ? crie encore Frédéric. Qui, à part un monstre ?

Élodie se bouche les oreilles. Tout plutôt que ça.

Elle se précipite vers la table, s'empare de sa lampe frontale, la fixe sur son crâne, se jette sur la porte d'entrée et la claque sur elle de toutes ses forces.

Quelques mètres plus bas, Frédéric se prend la tête entre les mains, et se met à pleurer sans bruit.

*

Élodie s'efforce de calmer les battements affolés dans sa poitrine.

Sans réfléchir, elle s'est engouffrée dans la forêt, a enjambé les obstacles et couru aussi vite qu'elle le pouvait pour s'éloigner de ces cris qui la rendaient folle. Essoufflée, elle s'est enfin arrêtée. Et la réalité vient de la rattraper. Elle est seule face à une nature devenue hostile.

Un hibou hulule dans l'obscurité. Un craquement sinistre retentit derrière elle. Le cœur battant la chamade, Élodie se retourne. Sa lampe frontale ne lui permet pas de percer les ténèbres de la forêt.

Calme-toi. Tu connais ces lieux par cœur.

Peut-être. Il n'empêche que la nuit, la nature indomptée reprend ses droits sur ce que l'homme parvient à lui voler le jour, divulgue de nouveaux dangers potentiels. Même la couleur du silence change.

Tranquille ! Ce n'est pas ici que tu risques de tomber sur un loup, un ours ou un coyote !

Non. Mais bien d'autres animaux sauvages peuvent se révéler redoutables s'ils se sentent surpris ou menacés. Et puis, avec si peu de visibilité, elle n'est pas à l'abri de tomber et de se blesser. Sans oublier que personne ne sait où elle se trouve. Et elle n'a même pas emporté son portable.

Mais qu'est-ce qui lui a pris de sortir de nuit, sans arme, tout juste équipée d'une lumière qui n'éclaire qu'à un mètre devant elle ?

Élodie épie les ombres mouvantes des arbres aux branches tordues. Le moindre son prend des proportions inquiétantes.

Tu n'es plus une gamine. Concentre-toi plutôt sur le Monstre qui attend ton retour. Tu dois trouver le courage d'aller jusqu'au bout, maintenant. Et pour t'éviter de cogiter au premier bruit, marche. Le bruit de tes pas étouffera le reste.

Elle avance à nouveau. Des branches cèdent sous son poids dans un craquement sinistre.

« Il y a loin de la coupe aux lèvres. » Jamais cette expression n'a pris autant de sens qu'en cet instant précis. Elle a choisi de consacrer sa vie à soigner les autres. Certes, il s'agit d'animaux. Mais le principe reste le même : demeurer attentif à la souffrance de tout être vivant. Par conséquent, abattre un homme, même dans des circonstances qu'elle estime justifiées, n'a rien de l'évidence qu'elle escomptait, poussée par la rage au ventre.

Alors, tu vas te dégonfler ? Laisser tomber Bee une seconde fois ?

Elle agrippe les sangles de sa lampe, ferme les yeux, gémit.

S'il lui reste une certitude, c'est que cet homme sera son fléau. Ses cris vibrent encore dans sa tête, se cognent dans son esprit en plein conflit. Elle a l'impression de sombrer dans la folie. Rien de ce qui lui arrive n'est dans l'ordre des choses…

Le cœur déploie tous ses arguments et cherche à l'emporter sur la raison. Elle ne va pas tuer un homme, mais un meurtrier. Pour autant, l'acte en lui-même lui pose un problème de conscience. Car comment venir à bout de ce criminel sans en devenir une à son tour ?

« Toi, tu ne ferais pas de mal à une mouche... »

La voix de Maëlle la percute. Elle laisse le venin s'engouffrer dans ses veines, ferme les yeux pour mieux en ressentir les effets.

Très vite, la haine gouverne tout : le cœur, la tête et le corps.

Peu importent ses scrupules. Chaque événement ne trouve de sens que selon l'angle sous lequel on le regarde. La mort de ce monstre ne sera pas un assassinat, mais un service rendu à la société. Et, pour elle, une mesure de survie.

Un sixième sens la tire de ses pensées. Elle rouvre les yeux, cherche dans le noir la provenance de la menace.

Au loin, elle perçoit des grognements, accompagnés de lourds bruits de pas. Des sangliers. Elle chasse les moustiques et les papillons de nuit qui lui frôlent le visage.

En vérité, cette escapade nocturne n'a qu'un but : te confronter à ta peur, c'est-à-dire à une émotion qui te permet de te sentir encore vivante, humaine.

Les branches ne cessent de craquer autour d'elle. Le cri strident d'une chouette ajoute une touche sinistre à l'atmosphère déjà lugubre.

À moins que cela ne soit d'affronter les peurs les plus profondes qui te tenaient éveillée la nuit lorsque tu étais enfant, comme un défi que tu te lancerais à toi-même...

Est-ce si important, de savoir ce qui l'a menée ici ? Maintenant qu'elle y est, elle doit trouver le moyen de regagner la maison. Mais la nuit dissout tous ses repères visuels. Elle ne reconnaît plus rien.

Finalement, cette forêt n'est qu'une métaphore de ton désordre intérieur... Toutes ces légendes qui t'ont terrifiée, enfant, chaque danger qui s'y dissimule en ce moment même, la solitude extrême dans laquelle son obscurité te plonge font ressortir toutes tes vulnérabilités, mais également tes noirceurs les plus enfouies. Il te faudra les affronter pour comprendre qui tu es...

Une nouvelle branche se casse à quelques mètres d'elle. Élodie bondit dans la direction opposée. Et se retrouve nez à nez avec un sanglier. Fait plutôt rare, l'animal est seul. La harde a dû poursuivre son chemin.

Élodie reste aussi immobile qu'une statue. De tels mammifères peuvent peser dans les cent kilos. Leurs défenses sont effilées comme des lames de couteau. Ils ne sont pas réputés pour attaquer les hommes. Mais cela arrive.

Ne bouge pas ! Et surtout, ne te mets pas à courir...

Ça, c'est un bon conseil. Encore faudrait-il qu'elle parvienne à contrôler ses jambes flageolantes.

La bête tourne son large groin vers elle et la renifle avec un grognement rauque.

Ce ne sont plus les arbres griffus affrontés par Blanche-Neige qui s'imposent à l'esprit d'Élodie, mais un roman de Marcel Pagnol, *La Gloire de mon père*, où l'oncle décrit le calvaire d'un ami éventré par un sanglier. Va-t-elle, elle aussi, laisser ses tripes sur ce sentier ?

Terrifiée, elle tente de rassembler ses pensées. Le sanglier continue de la fixer d'un regard intense, fouit le sol d'une patte en projetant terre et feuilles en arrière.

Le bruit ! Ils ont peur du bruit.

D'accord. Mais si elle bouge un peu trop brusquement, nul doute qu'elle aura à peine le temps de produire un bruissement qu'elle sera réduite en pâtée pour cochons sauvages...

La posture du bestiau confirme ses craintes : son corps trapu, puissant, et ses pattes avant fléchies indiquent qu'il est prêt à charger.

Le cœur battant désormais comme un tambour dans sa poitrine, Élodie recule lentement. Puis elle se met à parler. D'abord doucement. Puis plus fort.

Sa chaussure accroche une racine, elle perd l'équilibre. Elle tente en vain de se rattraper. Le sol de la forêt l'accueille dans une indifférence totale.

Le sanglier la fixe obstinément d'un air mauvais, ses pattes avant toujours fléchies.

Dans la tête d'Élodie, c'est une explosion d'images et d'émotions. Les épreuves, les souffrances, les peurs et les doutes, les pires horreurs traversées percutent les plus belles joies de son existence. Submergée, elle commence à rugir, frappe le sol de ses poings, projette des branches autour d'elle, sanglote. Un geyser qui emporte tout sur son passage, même son instinct de survie. Seule demeure sa douleur, inextinguible, face à ce qui a fini par la mettre un jour à terre.

Ses cris emplissent l'air tandis qu'elle bat frénétiquement des bras, lance en direction de la bête tout ce qui se trouve à sa portée.

Elle termine en hurlant, à genoux dans la terre.

Autour d'elle, il n'y a plus rien.

Elle est seule.

Face à elle-même.

Elle s'évanouit.

*

Frédéric a entendu depuis sa paillasse les cris déchirants d'Élodie. Depuis quelques secondes, un immense silence les a remplacés.

Il ne peut s'empêcher de partager la douleur de cette femme, prisonnière comme lui de ses propres démons.

*

Élodie rouvre les yeux, se redresse sur un coude. Combien de temps est-elle restée inconsciente ?

Un peu sonnée, toujours à terre, elle regarde autour d'elle. À cette heure-ci, la chaleur n'est pas encore écrasante, mais l'air reste lourd. Le soleil, à peine naissant, peint la canopée de quelques rayons déjà ardents. La lampe illumine un amas de bolets, la ramenant à ses promenades à l'aube, dans cette même forêt, accompagnée de ses parents.

Si seulement je pouvais remonter le temps…

Elle est bien trop épuisée pour redessiner un monde brisé.

Elle détache sa lampe frontale, l'éteint. Elle rampe jusqu'au plus gros champignon, le respire. Son parfum ouvre une porte sur le passé. Elle ferme les yeux. La main de sa mère se referme sur la sienne et la rend invincible, la voix de son père résonne dans l'espace et chasse les monstres de la nuit. Elle a quoi ? Huit ans ? Dix ? Elle contemple les arbres, sa peur s'est évaporée. Elle se sent en parfaite harmonie avec la nature qui l'entoure.

Tu es plus forte que tu ne le crois.

Qui lui a dit cela ? Sa mère ou elle-même ?

Élodie rouvre les yeux sur cet instant de grâce. Et à ce moment précis, elle a la conviction qu'il n'existe pas de ravissement plus grand.

13

Samedi 13 juillet 2024

De nouveau, Frédéric s'éveille sur les ténèbres.

Ce n'est plus la sensation de faim qui l'a sorti de son sommeil. Il éprouve désormais l'impression réelle d'un vide abyssal dans son ventre, comme s'il lui manquait un organe à part entière. Son cœur semble s'animer au même rythme que ses pensées. Il bat de plus en plus fort, de plus en plus vite, et de manière de moins en moins ordonnée.

Il a hurlé si longtemps que ses cordes vocales en sont douloureuses.

Il tend l'oreille. Des chants d'oiseaux lui parviennent. Il ne voit rien, mais il entend tout. Ses oreilles sont devenues ses yeux.

Il cherche à se dégourdir les jambes en effectuant quelques flexions. Mais elles peinent à le soutenir.

Mathéo lui manque. Cruellement. Douloureusement.

De tous les scénarios qu'il a pu imaginer, aucun ne le menait à un tel épilogue.

Bon Dieu de bon Dieu ! Tout ça pour ça...

Lui qui a toujours enseigné à son fils de ne jamais jurer...

Dieu, je m'en arrangerai lorsque le moment sera venu. Peut-être qu'avec quelques prières...

Mathéo garderait-il en mémoire les grandes et petites choses qu'il avait eu le temps de lui enseigner ? Se rappellerait-il des moments où il lui avait appris à faire du vélo, à nager ? Des histoires qu'il lui lisait au coucher, de leurs jeux, de leurs parties de cache-cache ?

Il se prend à espérer que le souvenir de ces expériences parviendra à enrichir sa vie.

*

Le bruit du saladier se fracassant sur le sol fige Élodie.

Comment a-t-elle pu faire preuve d'une telle maladresse ? Son escapade en forêt ne doit pas y être étrangère : elle vient d'en revenir, et elle est épuisée.

C'est surtout que ce type t'a mis les nerfs à vif, à brailler toute la soirée...

Elle retient son souffle, guette une éventuelle réaction de son otage. Mais aucun bruit ne lui parvient.

Elle lâche un soupir de soulagement, s'accroupit pour ramasser les débris de porcelaine et les fruits secs éparpillés.

Mais les hurlements déchirent à nouveau le calme du jour naissant.

*

— Ce qui vous met en rage, c'est que vous ne pouvez plus vous regarder dans une glace sans voir le monstre que vous êtes devenue ! vocifère Frédéric. La voilà, la réalité qui vous fait horreur : vous avez affamé et torturé un homme juste pour assouvir votre soif de vengeance !

Il reprend son souffle, revient à la charge :

— Et le pire, c'est que vous avez voulu donner bonne figure à votre action en la qualifiant de « quête de justice ». Honte à vous !

Frédéric laisse passer le silence. Il est exténué.

À quoi cela lui sert-il de s'égosiller ainsi ? Il ne sait pas si elle l'écoute, ni même si elle est encore là…

Que peut-il faire d'autre ?

Il interroge des yeux l'obscurité. Puis se redresse d'un coup sur son séant. Une idée vient de jaillir dans son esprit.

Après tout, s'il doit vraiment mourir ici…

Il relève la tête, gonfle sa poitrine, s'époumone :

— Tu n'es qu'une belle garce !

Il déglutit, serre les poings.

Comme ta fille !

Et tente d'apprivoiser sa respiration haletante.

— Tu veux la connaître, la vérité ? Très bien ! ajoute-t-il en frappant le sol d'un geste rageur. Je vais te la servir !

Ses lèvres se tordent. Un curieux ricanement s'en échappe.

— Eh bien, oui, j'ai tué Maëlle, et je vais même te l'avouer : j'y ai pris beaucoup de plaisir ! Parce que ça n'a pas duré cinq minutes. J'ai pris tout mon temps. Et je lui ai fait pas mal de choses à ton adorable fille. D'où la petite culotte à l'envers… Je vais te donner tous les détails !

Il ferme les yeux, se concentre.

Puis il jette les phrases, une à une, toutes plus obscènes les unes que les autres, plus noires que le plus crasseux des murs de ce cachot improvisé. La tête tournée vers le plafond, les tendons du cou aussi saillants que des cordes, il crache les aveux qu'elle attendait. Les larmes coulent sur ses joues, il se ferait volontiers vomir en entendant les mots qui sortent de sa bouche. Mais sa libération est à ce prix. Pas celle qui lui offrira de retrouver Mathéo, il ne le sait que trop bien. Celle qui lui permettra de mettre définitivement fin à son supplice.

*

Élodie se bouche les oreilles de toutes ses forces. Mais la voix se fraye obstinément un chemin de la cave à cette chambre, et les mots parviennent par bribes à son cerveau saturé.

— Voilà pourquoi sa petite culotte était à l'envers ! entend-elle hurler.

Elle tourne comme un lion en cage dans la pièce. Lorsque Frédéric reprend, elle attrape sa lampe de chevet et la jette rageusement contre le mur.

— ... et ce fameux parfum de camomille dont tu as parlé ! Tu sais, celui de ses cheveux ?

— Arrête ! Ne l'écoute pas, gémit Élodie à voix basse. Il le fait exprès. Il veut te pousser à bout...

— Ses jolies petites boucles...

L'image s'impose à elle.

Ces petites boucles que tu aimais tant brosser...

L'évocation éveille en elle un souvenir d'une précision vertigineuse. Elle se revoit, debout derrière Maëlle qui lui fait la lecture, son index s'enroulant autour d'une mèche torsadée. Elle entend la voix fluette, regarde la jolie boucle blonde s'entortiller sur son doigt.

— Tu n'imagines pas un instant combien j'ai adoré agripper ses cheveux et les respirer, alors qu'elle tremblait comme une feuille !

Élodie se fige, tétanisée. L'image insoutenable d'une main empoignant les boucles blondes lui soulève le cœur. Ses jambes flageolent tellement qu'elle a du mal à tenir debout.

La voilà, cette vérité que tu attendais...

Sa conscience lui crie que ce n'est pas à elle de rendre justice.

Donc, tu laisses une nouvelle fois tomber Maëlle...

Non, ça, ce n'est pas une option.

Tuer cet homme ne te ramènera pas Maëlle, Élodie...

— ... tu n'imagines pas le mal que j'ai déjà eu à renfiler cette petite culotte. Alors, s'il avait en plus fallu que je la remette à l'endroit...

Élodie s'écroule par terre dans un bruit sourd.

Calme-toi ! Il te crache tout ce que tu as envie d'entendre ! Il te baratine !

Non. Elle n'avait sûrement pas envie d'entendre de telles atrocités.

Mais ces atrocités-là ressemblent sacrément à celles que tu imaginais, non ? Alors, si c'était vrai ?

— STOP ! hurle-t-elle.

Un profond silence accueille son imploration.

De longues, très longues secondes passent.

Élodie tente de retrouver une respiration normale.

Le silence s'étire.

Le Monstre le brise :

— Tu voulais connaître ses derniers mots avant de mourir ? Tu ne vas pas être déçue… Jusqu'à la dernière seconde, elle a appelé sa mère. Jusqu'au dernier souffle, elle a espéré que tu viendrais la délivrer !

Élodie se raidit.

— Non, pas ça… murmure-t-elle.

— « Maman ! Maman ! Maman ! » Elle pleurait comme un bébé ! Mais elle était où, sa maman chérie, pendant ce temps-là ?

Le visage d'Élodie se fige dans une expression de pure haine.

Le désespoir, la folie et la rage. Tout est là.

Tel un robot, elle se relève, se dirige d'un pas déterminé vers le sac de sport, dans la cuisine.

*

Frédéric a crié, hurlé, vociféré des injures, des allusions qui parfois ne lui semblaient avoir aucun sens. Apparemment pour rien. Mais cela lui est bien égal. Au moins, il a exorcisé ce ressentiment qui ne l'étouffera plus, ce sentiment d'injustice qui le transperce heure après heure.

Depuis qu'il s'est écroulé sur sa couche, exsangue de tout mot, épuisé d'avoir tant donné, rattrapé par un silence suffocant, il a réalisé que non seulement il n'avait plus aucun espoir, mais également qu'il n'avait plus d'envie.

Le désir est un cadeau réservé aux vivants.

Lui est déjà mort.

*

Élodie a enfilé par-dessus son jean et son tee-shirt la robe au motif fleuri qu'elle portait ce 1er mai 2021. Elle s'empare du revolver, vérifie son chargeur. Puis elle s'élance vers la porte de la cave. Mais alors qu'elle descend précipitamment l'échelle, son pied glisse, manque un premier barreau, se rattrape sur le second, qui cède brusquement sous son poids dans un craquement sec. Elle tente vainement de se rattraper au mur, lâche la lampe et son arme. Quatre autres barreaux se brisent successivement, l'entraînant dans une chute inévitable. Elle retombe lourdement à terre dans un bruit sourd, son bras droit heurtant violemment le sol.

La lanterne gît également au sol, restée miraculeusement allumée. Le revolver est à un mètre d'elle.

À moitié assommée par sa chute, Élodie cherche à se relever. Mais une douleur aiguë à l'épaule lui coupe le souffle. Elle essaie de bouger le bras, y parvient au prix d'une décharge électrique qui se propage jusqu'aux muscles de la région scapulaire. Il n'y a pas de fracture, mais elle s'est fait une belle luxation.

— En même temps, avec une échelle pareille..., lui renvoie une voix cynique.

Elle se retourne, découvre les cinq barreaux manquants et pâlit encore plus. La panique qui monte en elle rend tout raisonnement difficile, mais pas besoin de réfléchir pour constater que l'escalier est devenu inutilisable.

Cela signifie que sa survie dépend désormais d'une improbable aide extérieure. Ou de cet homme qu'elle était venue tuer.

*

Frédéric lui fait face. Ils s'affrontent du regard dans un silence tendu.

La situation pourrait être grotesque si elle n'était si tragique.

Élodie attrape de sa main valide une des planchettes de bois qui servait de marche, l'examine. Elle a cassé net, comme les autres. Elle ne pourra pas les rafistoler. Quant aux marches restantes, elles restent attachées aux limons, solidement fixés au sol. Quand bien même cela n'aurait pas été le cas, il n'aurait servi à rien de chercher à retourner l'ensemble comme une échelle, car il lui aurait été impossible de franchir l'espace laissé béant entre les barreaux restés en place.

Elle se maudit.

Face à elle, Frédéric l'observe, un sourire narquois aux lèvres.

— Tel est pris… Vous connaissez la suite…

— Fermez-la !

Sarcastique, il lève l'index comme s'il était à l'école.

— Moi, à vue de nez, je ne vois qu'une solution : vider complètement une armoire, la pousser contre le mur, et escalader les étagères. Mais ces rayonnages sont fragiles. Ce qui suppose que l'un de nous la maintienne pendant que l'autre grimpe…

— Plutôt crever ! siffle-t-elle.

Elle s'empare de la lanterne, cherche dans les affaires laissées dans la cave le matériel médical qui lui a servi pour enlever le tatouage du bras de son prisonnier.

Si tu ne le libères pas, vous allez y rester tous les deux…

Elle le redoute, effectivement.

Et alors ? C'est bien la fin que tu projetais, non ?

Non. Pas de cette manière, en tout cas. Pas face à lui. Si l'éternité doit lui tendre les bras, elle refuse de la passer au côté de ce monstre.

Autre problème : en dehors de Stéphane, personne ne la sait ici. Et vu la manière dont ils se sont quittés, il n'est pas près de réapparaître.

Il y a ta nouvelle copine, la vieille voisine…

Certes. Mais combien de temps mettra-t-elle avant de revenir frapper à la porte ? Ne se dira-t-elle pas plus simplement qu'elle est repartie sans lui dire au revoir ?

« Les réponses viendront le moment venu. Vous verrez, le destin veille toujours à remettre les choses en ordre... »

Il ne lui reste qu'à espérer que cette femme ait raison.

Elle trouve une longue bande, crée une écharpe improvisée pour maintenir son bras contre sa poitrine et immobiliser son épaule. Mais seule, ce n'est pas facile.

— Laissez-moi vous aider... propose-t-il d'une voix radoucie.

Elle lui décoche un regard empli de haine.

— Je n'ai pas besoin de vous. Je vous garderai en vie jusqu'à ce que je trouve le moyen de sortir d'ici. Ensuite, je vous abattrai comme un chien.

Elle noue les deux extrémités de tissu : cela ira pour une attelle de fortune. Puis elle passe à l'inventaire des étagères : des bocaux poussiéreux, des objets inutiles qu'elle n'a jamais vus, le paquet de cigarettes qu'elle a oublié une fois précédente.

Elle entend Frédéric ricaner.

— Vous faites le malin, mais ne vous faites aucune illusion. Je ne vous libérerai pas. J'attendrai que quelqu'un vienne.

— Oh ! Vous pensez que l'activité locative de ce trou perdu va reprendre dans les prochaines heures ?

— J'ai le temps. J'ai le ventre plein. Je pars avec beaucoup d'avance sur vous.

— Ça, j'en suis bien conscient. Mais de vous à moi, si j'avais à choisir entre mourir le premier et rester l'unique survivant au côté d'un cadavre, ma décision serait vite prise !

Elle sait qu'il a raison. Mais la simple idée que sa vie dépende de la sienne la rend malade.

C'est à cet instant de sa réflexion que la lampe s'éteint.

Frédéric et Élodie restent pétrifiés l'espace d'une seconde.

— C'est la fin des haricots… l'entend-elle murmurer.

Élodie a beau être retranchée derrière le trait de craie, elle ne se sent pas en sécurité. Le regard pesant de son prisonnier est insupportable, même si elle sait qu'il ne peut pas la voir.

Il y a une solution, tu sais bien…

— Il y a un soupirail, derrière le renfoncement, qui assure la ventilation de la cave. Je l'ai tapissé de carton et d'adhésif pour le dissimuler. Allez le dégager.

Frédéric lève un sourcil surpris. Dire qu'il a été privé de lumière naturelle durant tous ces jours alors qu'il lui aurait suffi de mieux examiner le mur de derrière pour mettre au jour cette supercherie ! Il garde pour lui une remarque acerbe.

— Il y a un tuyau qui doit dépasser du mur contre lequel se trouve le puits. Il est au-dessus, tout en haut, complète-t-elle, d'un ton peu aimable.

— Et avec quoi j'enlève le cache ? Le plafond n'est pas très haut, mais tout de même…

Elle tâtonne jusqu'aux vestiges de l'escalier, cherche l'une des marches tombées à terre, l'envoie dans sa direction.

— Prenez ce barreau. Ça suffira.

À son tour, Frédéric avance dans le noir, à l'aveugle, en direction du bruit du morceau de bois heurtant le sol. Une fois qu'il s'en est saisi, il repart vers le renfoncement. Il n'a aucun mal à retrouver l'endroit. Il gesticule pour se faufiler entre le mur et le puits, fait glisser le barreau contre la paroi jusqu'à taper contre le cache.

Celui-ci cède rapidement : des rayons lumineux se faufilent entre les interstices du soupirail en forme de demilune. Frédéric reste captivé par cette source de lumière naturelle, dont il n'a pas revu l'éclat depuis ce qui lui semble une éternité.

— Ça ne va malheureusement pas durer. Il est 19 h 30. Le soleil va bientôt se coucher… entend-il de l'autre pièce.

— Quel jour sommes-nous ? demande-t-il, toujours hypnotisé.

— Samedi. Samedi 13 juillet.

Abasourdi, il se laisse choir sur le bord de la margelle. Onze jours. Cela fait onze jours qu'il est enfermé ici.

Et combien d'autres encore ?

Il soupire, quitte le puits pour retourner s'asseoir sur sa paillasse.

— Bien. Il n'y a donc plus qu'à espérer que votre mari revienne rapidement, alors…

Elle le fixe d'un regard absent.

— Il existe plus de probabilités de voir débarquer un car de touristes chinois, à mon avis…

Elle se relève avec une grimace, s'empare du paquet de cigarettes, en extrait une qu'elle porte à ses lèvres.

— Les derniers mots que nous avons échangés ne penchent pas en faveur d'un retour rapide, pour faire plus clair.

Elle cesse de parler, fouille dans son sac, trouve enfin le briquet qu'elle cherchait.

— Je n'aurais jamais imaginé connaître cette fin, avec Stéphane…

La flamme s'approche de la cigarette, anime son extrémité d'un rouge incandescent.

— J'ai éprouvé un vrai coup de foudre, lorsque je l'ai rencontré la première fois. Beaucoup se seraient arrêtées à son beau sourire et à cet humour qui le caractérise si bien. Moi, ce que j'ai aimé le plus, c'est son regard vif et curieux. J'ai tout de suite senti l'alchimie entre nous. Et la suite m'a donné raison. Tout du moins jusqu'à ce 1er mai 2021.

Elle tire une longue bouffée, fait tournoyer la cigarette entre ses doigts, se perd quelques instants dans son bout rougeoyant.

— J'ignorais totalement l'existence de ce monde dans lequel nous avons plongé. Dans lequel VOUS nous avez plongés, corrige-t-elle en pointant l'index dans sa direction.

Elle cherche des yeux le trait à la craie, le devine plus qu'elle ne le voit. Elle se sent un peu plus rassurée par sa présence que tout à l'heure. Il lui rappelle que, immergée ou pas dans la noirceur la plus absolue, elle ne risque rien de la part de cet homme.

— Après le départ de Maëlle, Stéphane et moi avons dû prendre de nouvelles habitudes, qui se sont progressivement accrochées à nos jours.

Elle marque une longue, une très longue pause.

— Mon mari l'a très mal vécu. J'ai cru qu'il devenait fou. J'ai essayé de le porter. Comme ma seconde fille. C'était normal, j'étais la responsable de leur malheur. Stéphane a été sous antidépresseurs et anxiolytiques durant des mois. Il se gavait de somnifères et dormait quinze heures par jour. Tous ces cachets l'assommaient au point de le rendre totalement hagard. Il était là sans être là. Mais au moins, il ne souffrait pas. Je l'enviais. Sur moi, ça n'avait pas les mêmes effets. Parfois, il se réveillait en sursaut, appelait ses deux filles. Je lui disais que Zoé faisait une sieste, que Maëlle était à l'école. Ou à la danse. Il se rendormait rassuré. C'était sans doute mal, de lui mentir ainsi. Mais je me refusais à voir sa vie s'effondrer à chaque réveil.

Elle écrase à regret son mégot de cigarette, poursuit :

— Moi, mon calvaire ne connaissait aucun répit. À l'inverse de Stéphane, il m'était impossible de dormir, de chercher l'oubli dans le sommeil. Je voulais garder les yeux ouverts pour mieux observer la réalité monstrueuse de ce qu'étaient devenues nos vies à tous les trois, sans notre petite abeille.

— « Petite abeille » ? répète Frédéric, figé par la stupeur.

— Oui. Nous surnommions Maëlle « Bee ». C'était notre petite abeille à nous… Elle rêvait de visiter une ruche. Juste pour voir la reine, disait-elle…

Elle frotte ce qui reste de son filtre de cigarette contre le sol, jusqu'à ce qu'il se désintègre complètement.

— Et puis, progressivement, Stéphane est revenu à la vie. J'ai compris qu'il avait accompli son travail de deuil. Son chagrin était devenu tolérable. Il avait fini par accepter cette tragédie. Moi pas. Et je lui en ai voulu pour cela. Je lui en ai voulu d'agir avec la petite sœur de Maëlle comme si rien ne s'était passé. Voulu de reprendre les rênes de sa vie alors que tout s'était effondré autour de nous. Voulu de faire semblant pour ne pas sombrer. Voulu de vivre, tout simplement, tandis que chacun de mes jours était un enfer plus douloureux, plus noir encore que le précédent.

— Peut-être a-t-il trouvé la force de survivre en se donnant le devoir de protéger et de sauver votre deuxième petite fille…

Elle hausse les épaules. De nombreuses questions brûlent les lèvres de Frédéric, mais il s'abstient de les poser. Il l'entend poursuivre sur un ton assourdi de lassitude.

— Stéphane et moi, nous ne nous comprenons plus. Il ne cesse de me dire qu'il faut aller de l'avant. Mais pour aller où ? Nos discussions ont laissé la place à des échanges houleux et à des reproches interminables. L'un et l'autre avons préféré y mettre fin. Je ne lui impose plus mes douleurs. Lui ne m'inflige plus ses périphrases inutiles. Nous ne communiquons plus que par SMS ou onomatopées, lorsque cela est nécessaire.

Elle s'appuie sur son bras vaillant pour reculer jusqu'à toucher le mur, contre lequel elle s'adosse.

— Notre foyer ressemble désormais à un canot qui vient de faire naufrage. Le bateau coule doucement tandis que chacun se cramponne comme il le peut à des débris de bois flottants. Zoé est jeune. L'incompréhension l'aide à traverser cette tempête. Quant à Stéphane, il s'accroche en silence à ce qu'il peut. Moi, je peine à garder la tête hors de l'eau.

— Parfois, les gens que l'on aime nous déçoivent, murmure Frédéric.

— Plus que vous ne l'imaginez : un soir, je l'ai entendu parler à une femme. Il mettait fin à leur relation. Je n'arrivais pas à réaliser qu'il soit allé chercher du réconfort dans les bras d'une maîtresse alors qu'il venait de perdre sa fille. Mais en définitive, plus que de sa tromperie, je crois que je lui en veux inconsciemment de ne pas avoir sombré avec moi...

Un silence oppressant s'installe. Frédéric préfère le briser :

— Vous m'avez dit un jour que quand avaler toute une boîte de Lexomil vous semblait plus doux que de continuer à vivre, alors il fallait trouver une bonne raison qui vous donne l'envie de tenir. Ma femme n'a pas trouvé en moi cette raison-là.

Il ferme les yeux, pour ne rien voir de ce noir extérieur qui le terrifie toujours autant.

— Un matin de printemps, je me préparais pour aller travailler. Julia devait garder Mathéo, qui n'avait alors que sept ans. Elle pouvait se lever plus tard. Mais elle m'a rejoint dans la cuisine pour me demander de rester avec elle. Ça lui était déjà arrivé, et souvent j'avais accepté. Sauf que ce jour-là, j'avais une commande importante à terminer et je ne voulais pas planter mon patron. Ce que j'ai expliqué à Julia. Et je suis parti travailler.

Il s'allonge sur sa paillasse.

— Lorsque Mathéo m'a appelé quelques heures plus tard pour me dire qu'il n'arrivait pas à réveiller sa mère, et qu'elle était toute froide, j'ai tout de suite compris. Même si, au fond de moi, je refusais d'y croire. Ce n'était pas possible. Qu'elle se soit suicidée n'était pas possible. Qu'elle l'ait fait à quelques mètres de son propre enfant n'était pas possible. Imaginer cette maison sans elle pour en traverser les pièces n'était pas possible. Trouver une raison, un sens à donner à ce geste pour l'expliquer à mon fils l'était encore moins. En vérité, ce qui était tout simplement impossible, c'était de vivre sans elle…

Il déglutit avec peine, incapable de définir ce qui, de sa soif ou de sa tristesse, l'empêche de poursuivre. Il se racle plusieurs fois la gorge. Élodie n'ose rien dire.

— Julia avait son fils à ses côtés. Il devait jouer seul aux dames ou lire un énième bouquin sur les planètes en attendant que sa mère le rejoigne. Elle a préféré s'isoler dans sa chambre, a avalé l'ensemble des antidépresseurs qui se trouvaient dans la maison, et elle s'en est allée doucement.

Élodie reste suspendue aux paroles de Frédéric. Qu'elle le veuille ou non, cet homme a également vécu une tragédie. Il suffit de l'écouter pour ressentir la détresse qui est encore la sienne.

— Vous ne lui avez jamais pardonné… pose-t-elle délicatement comme conclusion.

Il hausse les épaules.

— C'est effectivement ce que j'ai pensé au début. Mon gamin était dévasté. Et il restera à jamais marqué par l'idée de n'avoir pas été suffisamment important pour donner à sa propre mère l'envie de vivre. Comment un gosse pourrait-il grandir normalement avec un tel poids sur le cœur ? Oui, j'en ai voulu à Julia. Beaucoup. Pas assez, cependant, pour ne pas souffrir minute après minute de son absence. Et puis, un jour, j'ai compris que ce n'était pas ça, le vrai sujet.

Il secoue la tête.

— Le vrai sujet, c'était que je ne parvenais pas à me pardonner, moi. De n'avoir pas su. De n'avoir pas vu. De ne pas être resté à ses côtés ce jour-là. De ne pas avoir été assez fort, assez aimant, assez drôle, assez rassurant pour lui donner l'envie de vivre parmi nous. J'aurais lâché tout ce que j'avais pour pouvoir remonter le temps, lui dire que passer la journée ensemble était une foutue bonne idée, et appeler mon patron pour m'engager à rattraper mon retard le lendemain. Un simple « oui » lui aurait sauvé la vie. Finalement, je ne sais pas ce qui est le plus difficile : attendre inutilement le pardon d'un être aimé qui ne pourra jamais plus vous l'accorder. Ou ramper chaque jour sur le chemin du pardon que l'on cherche à se donner à soi…

Élodie ne peut le voir, mais Frédéric se redresse sur un coude.

— Dans les faits, je ne suis pas responsable de ce geste insensé. Julia imaginait des ennemis partout alors que le pire de tous était elle-même. Et sans doute a-t-elle fini par le découvrir. Pour autant, je n'ai rien su entendre de sa souffrance, et cette incapacité à lire les signaux qu'elle m'envoyait me hantera jusque dans ma tombe… Croyez-moi, se pardonner à soi-même est encore plus difficile que de pardonner à l'autre. J'ai dû apprendre à vivre sans pardon. Car le non-pardon existe, madame. Il existe.

La nuit les enveloppe totalement, désormais. Le silence est aussi lourd que ce manteau de suie. Élodie mesure combien vivre ici a dû être éprouvant.

— Je n'ai commis aucune des horreurs que j'ai hurlées tout à l'heure… annonce-t-il d'une voix douce.

— Arrêtez votre baratin ! N'essayez pas de vous rattraper.

— Je vous assure que je vous dis la vérité. Je voulais juste en finir, une bonne fois pour toutes.

— Je ne vous crois plus.

Le silence retombe, s'épaissit.

— Qu'est-ce que vous pensez qu'ils imagineront, quand ils nous retrouveront, s'ils arrivent trop tard ? interroge-t-il.

Elle répond avec une pointe de sarcasme :

— Nul besoin d'être très imaginatifs quand ils vous verront attaché à cette chaîne, moi à côté de tout cet arsenal pour endormir les fauves, et cette foutue échelle qui ne ressemble plus à rien…

Son bras la lance douloureusement. Elle pense à Stéphane. À la vieille femme aussi.

— Il paraît que chaque épreuve nous mène là où nous devons être, ajoute Frédéric.

— Eh bien, là, on est particulièrement gâtés… trouve-t-elle la force de répondre.

Ses paupières sont lourdes. Sa montre indique 1 h 30.

Épuisées, leurs voix s'éteignent.

Eux aussi.

14

Dimanche 14 juillet 2024

Lorsque Élodie ouvre les yeux, le soleil est déjà levé. À travers le soupirail, ses premiers rayons s'échouent sur la terre battue, à quelques centimètres du puits.

Frédéric la fixe sans bouger depuis le renfoncement.

— Depuis combien de temps vous me regardez comme ça ? Vous auriez dû m'appeler dès que vous vous êtes réveillé… bafouille-t-elle.

Il hausse les épaules. À quoi bon lui expliquer que ses jours et ses nuits sont faits d'alternances continues de périodes de somnolence agitée et d'éveils en sursaut, trempé de sueur ?

— Vous aviez visiblement du sommeil à récupérer… Et je vous avouerai que revoir la lumière naturelle, même aussi faiblement, est un plaisir simple de la vie que j'avais oublié. Je prends donc le temps de le savourer…

Frédéric soupire.

— Mon fils et moi avons souvent assisté ensemble à des levers de soleil. Lui guettait ceux de janvier pour essayer d'apercevoir Mercure. Moi, quelle que soit la saison, je trouve que les couleurs changeantes du ciel, avec leurs teintes chaudes d'orange, de rose et de pourpre, créent un spectacle visuel saisissant. J'aime tellement ces moments passés au côté de Mathéo…

Cela s'entend dans sa voix.

— Et là, je réalise que cela fait un sacré bout de temps que nous n'avons plus partagé ces instants de complicité, tous les deux…

Il se demande si cela a manqué à son fils. Semaine après semaine, Sandrine l'avait tenu au courant de l'évolution de Mathéo au fur et à mesure qu'il grandissait. Elle lui avait raconté les difficultés qu'il avait traversées, notamment lorsqu'il s'était cogné aux angles douloureux de l'adolescence. Ce cap délicat ne l'avait pas ménagé. Non seulement il ne lui avait pas apporté davantage d'amis, mais il l'avait en plus confronté à de premiers émois amoureux pénibles. Les moqueries du collège l'avaient poursuivi jusqu'au lycée, et elles n'avaient fait qu'inciter les jeunes filles à le fuir.

C'est sans doute ce sentiment d'isolement qui avait poussé Mathéo à s'intéresser d'un peu plus près aux réseaux sociaux. Timide, il avait commencé par explorer Instagram, TikTok, puis imaginé la place que lui-même aurait pu y prendre. Il avait démarré par de courtes vidéos parlant de ses deux violons d'Ingres : les insectes et l'astronomie. Peu à peu, il s'était créé une vie virtuelle qui lui avait permis d'incarner une autre version de lui-même. Aujourd'hui, ses comptes Instagram et TikTok étaient suivis par une communauté de passionnés qui regardaient assidûment ses publications. Cette vie retouchée était ainsi devenue la sienne. Mieux qu'une simple popularité, elle lui avait offert une existence telle qu'il la rêvait, avec de nombreux followers en ligne qu'il associait aux « amis » absents dans sa réalité.

— Il a tant souffert de ces moqueries incessantes, reprend-il tout en quittant le renfoncement. Les enfants peuvent se montrer impitoyables avec les plus vulnérables. Pourtant, Mathéo a toujours été un bon gamin, je vous assure… Maladroit, différent. Mais gentil, curieux, constamment prêt à rendre service. À défendre plus fragile que lui, aussi… Il y a quelques années, j'ai eu l'idée d'adopter un animal. Je me disais qu'il lui tiendrait compagnie et lui permettrait d'apprendre la notion de responsabilité. Nous nous sommes rendus dans un refuge tenu par la SPA. Avant même d'entrer, Mathéo avait décidé de repartir avec un gros chien noir. Je lui avais expliqué qu'il nous faudrait faire un choix en fonction des animaux présents. Je ne pensais pas si bien dire.

Frédéric s'assied sur sa paillasse, un tendre sourire sur les lèvres à l'évocation de ce souvenir.

— Nous avons longé quelques grilles, salués par des jappements impatients. Mathéo riait. Ses yeux brillaient d'excitation, mais cherchaient avant tout le pelage noir qui se détacherait des autres. Jusqu'à ce qu'il se fige devant un box. Vous voyez ce qu'est un kooikerhondje ?

— Je vous rappelle que je suis vétérinaire. Alors, le kooiker, oui, je connais.

— Moi, je n'avais jamais entendu parler de cette race avant ce jour-là. Toujours est-il que Mathéo est resté planté devant la cage d'un petit chien au poil blanc avec des taches orange-rouge. Il se tenait en retrait, assis tout au fond. Il faisait vraiment peine à voir. Il observait l'agitation tout autour de lui avec un regard d'une tristesse… Il semblait jeune, mais sa courte vie n'avait pas dû le ménager beaucoup : sa gueule était abîmée par de vilaines cicatrices, et l'une de ses oreilles était partiellement manquante. Il était là depuis une semaine.

— Ils savaient ce qui lui était arrivé, au refuge ?

— Non. Ils l'avaient trouvé errant sur une bordure d'autoroute, sans collier ni puce. Mais, que ce soit dû à un accident ou à de la maltraitance, le responsable du site se faisait peu d'illusions sur le sort de cette pauvre bête. Qui viendrait choisir cette créature estropiée tandis que d'autres animaux, en quête d'un nouveau foyer, se montraient sous leur meilleur jour ?

Elle croise le regard de Frédéric, y lit une immense fierté.

— Eh bien, c'était sans compter sur mon Mathéo. Il a tendu la main en direction du chien mutilé, qui est resté de longues secondes sans réagir, comme si cet appel ne pouvait le concerner. Puis, face à l'insistance du gosse, il s'est approché timidement. Une connexion silencieuse s'est immédiatement faite entre mon fils et cet animal. Il n'était pourtant pas beau, pas grand et encore moins noir. Mais c'est sur lui que Mathéo a jeté son dévolu. Il a refusé de poursuivre la visite des boxes, et rien ni personne n'a pu le faire changer d'avis. Moi y compris. Déterminé, il m'a demandé si ce chien devait mourir parce qu'il était plus moche que les autres. Comme je n'ai pas trouvé quoi lui répondre, il s'est contenté de me dire : « Son apparence m'est bien égale. Il a besoin de moi, et moi j'ai besoin de lui. » Voilà qui est mon Mathéo.

Toute la puissance de l'amour pour son fils tenait en cet instant.

— Je vous avouerai avoir été surpris, voire dubitatif, mais j'ai très rapidement changé d'avis. Malgré son handicap, Mathéo a su voir au-delà des blessures et du paraître, et il a eu raison. Ce chien méritait une seconde chance : il est intelligent, affectueux, et c'est un compagnon de rêve pour mon fils. Vous n'imaginez pas combien ils sont complices, tous les deux. Je suis sûr que Pluton sera une source précieuse de réconfort, pour lui. Je ne serai pas là pour le vérifier…

Élodie se redresse. Elle trouve l'anecdote émouvante, et la relation entre cet homme et son fils réellement touchante. Mais elle ne doit pas se laisser duper.

— Arrêtez donc ce cinéma ! Vous ne pouvez vous en prendre qu'à vous-même, si vous êtes ici. Ne cherchez pas à me culpabiliser !

— Ce n'était pas mon intention !

— Ben voyons ! Au lieu d'imaginer la peine de votre fils lorsque vous ne serez plus, essayez plutôt de songer à l'horreur que je dois revivre chaque jour dès que j'ouvre un œil, quand enfin je suis parvenue à fermer les deux !

Frédéric dépose les armes avant de les avoir brandies.

— Je suis désolé, j'ai été très maladroit. Mais je vous assure que je ne voulais pas dire ça...

Il semble sincère. Elle hausse les épaules.

— Vous me parlez de votre fils. Mais ma fille Zoé ne connaîtra jamais le bonheur d'avoir une maman rieuse, complice à ses côtés. Le chagrin enferme. Et ce n'est pas juste, pour elle. Comme Bee, Zoé respirait la joie de vivre. Et j'ai bien remarqué ses efforts permanents pour attirer mon attention. De la même manière que votre Mathéo avec sa mère...

Elle se lève en réprimant un gémissement de douleur, fouille son sac, prend un paquet de gâteaux. Elle mord dans un biscuit. Puis elle s'installe sur le tabouret.

— Vous voyez, en tant que maman, je ne vaux dorénavant guère mieux que votre Julia.

Elle pensait être parvenue à accepter cela. Sa voix enrouée lui souffle le contraire.

Une image vient fracasser son esprit : quelques semaines après la mort de Maëlle, Zoé surgissant en pleine nuit dans la chambre parentale, alors qu'elle-même, incapable de dormir, fixait le plafond. Zoé ne s'était pas approchée d'elle, mais s'était spontanément dirigée vers son père, qu'elle avait réveillé en pleurant. Stéphane l'avait prise dans ses bras, lui avait demandé si elle avait fait un cauchemar. Elle avait répondu en hoquetant : « Maëlle me manque. »

Élodie sent ses yeux s'embuer. Elle se souvient des paroles douces et rassurantes de Stéphane. Elle se rappelle surtout son inertie à elle. Figée dans sa douleur et un égoïsme qu'elle ne se connaissait pas, elle était restée immobile dans son lit, comme si la vie qui se déroulait en dehors d'elle n'existait plus.

Là, en ce moment précis, elle donnerait cher pour revenir à cette nuit-là et serrer Maëlle…

Non. Zoé.

… Zoé dans ses bras.

Aujourd'hui âgée de neuf ans, la petite assumait certaines responsabilités domestiques telles que la préparation de repas, le rangement de la maison. Elle demandait déjà à s'impliquer dans des activités bénévoles, se montrait réfléchie et posée. Sans doute tentait-elle de réparer la déficience maternelle.

— J'aurai vraiment failli à tous niveaux en tant que mère… conclut-elle pour elle-même, en songeant à la maturité bien trop précoce développée par sa cadette.

La voix éraillée remue Frédéric. Il n'ose imaginer ce que cette femme a eu à traverser. Il l'a déjà tenté cent fois…

— Ne dites pas ça… Nous faisons tous du mieux que nous pouvons.

— Je refuse d'avoir cette conversation avec l'assassin de mon aînée ! trouve-t-elle la force de répliquer.

— Il faut bien qu'on parle, puisqu'on ne peut rien faire d'autre.

Elle demeure silencieuse, termine le reste des gâteaux qu'elle tient dans sa main. Lui laisse ses yeux s'égarer sur le foutoir au sol. Un seau retourné capte son attention.

— Je me rappelle le jour où Mathéo a découvert la mer et les plaisirs de la plage… J'avais acheté un équipement complet : seaux, pelles, râteaux… Je voulais en faire un moment magique. Et ça avait bien commencé. En arrivant sur la plage de Cabourg, avec sa mère, Mathéo était déchaîné. Je me souviens de ses yeux pétillants d'excitation, face à l'étendue d'eau. J'étais tellement heureux à l'idée de construire des châteaux de sable avec lui… Je trouve que ce sont des expériences aussi marquantes pour les enfants que pour leurs parents.

En un instant, Élodie se revoit agenouillée sur une plage bretonne, à côté de Maëlle. Celle-ci lui tend un seau rempli de coquillages : « Tiens, maman ! Pour décorer notre château ! » Ses yeux contemplent les huit tourelles qui encerclent un immense tas de sable. Elle peut même sentir les effluves marins lui caresser les narines. Elle entend le rire de sa fille, recouvert par la voix de Frédéric.

— Mais j'avais oublié l'hypersensibilité de Mathéo. La texture granuleuse du sable, l'eau salée, la rumeur des vagues, les cris des mouettes, du monde autour ont fait de ce moment que je souhaitais merveilleux un véritable cauchemar. Mathéo s'est mis à hurler sans discontinuer, devant des vacanciers médusés par la scène. C'était comme si on avait versé de l'eau brûlante sur son corps. Il se débattait comme un diable, projetait du sable sur tous ceux qui nous entouraient. Je ne sais encore aujourd'hui ce qui m'a fait le plus de peine : la souffrance de mon fils ou la honte et la culpabilité de sa mère. Je me suis senti totalement dépassé.

Élodie a un instant le sentiment de se retrouver au milieu d'une autre vie que la sienne. Il y a quelque chose de profondément déstabilisant chez cet homme. Bâti comme un roc, il émane de lui une grande force, mais il semble en même temps doté d'une sensibilité qui lui donnait un air presque fragile. Elle le sent très ému. Au bord des larmes. Mais il se reprend et poursuit d'une voix plus affirmée :

— Cela ne nous a pas empêchés de vivre bien d'autres choses, aussi intenses : nous avons construit des cabanes dans sa chambre, exploré des parcs, improvisé toutes sortes d'activités dans le jardin… Si vous saviez combien de semis de fleurs nous avons plantés…

La pièce se remplit soudainement de tous ces instants d'intimité entre un fils et son père. La digue se rompt enfin : les larmes coulent sur les joues recouvertes de poils drus.

Il reprend la parole sans chercher à les essuyer.

— Devenir un bon parent, surtout isolé, ça n'est pas facile. Heureusement qu'il y a des bouquins. Ils m'auront souvent aidé.

Mal à l'aise, Élodie essaie de rattraper son attitude agressive.

— On trouve beaucoup de livres et de guides sur comment devenir parents. Mais pourquoi existe-t-il donc si peu d'ouvrages sur comment le rester après la perte d'un enfant ? Je ne sais absolument pas comment faire pour continuer à être mère pour ma seconde fille, et alors que mon foyer s'est effondré.

— C'est parce que ce n'est pas dans l'ordre des choses, de perdre un enfant. Mais je n'ai aucun moyen de réparer ce qui s'est produit…

Le silence retombe, pèse sur une atmosphère déjà lourde.

De là où elle se trouve, elle voit son épaule suinter.

— Votre cicatrice s'infecte…, lance-t-elle en fouillant dans son sac.

— Merci, mais je l'avais remarqué tout seul, réplique-t-il.

Elle sort une grande bouteille d'eau entamée, un paquet de gâteaux. Elle lui balance le sachet de biscuits, sur lequel il se jette. Il la regarde avaler un cachet avec un peu de liquide. Elle lui en envoie un à son tour, et fait rouler la bouteille dans sa direction.

— Un analgésique, précise-t-elle. Mangez, avant de prendre le comprimé. Et allez-y doucement avec l'eau, parce qu'à partir de maintenant, c'est tout ce qu'il nous reste.

Frédéric s'autorise trois lampées et s'impose de mâcher longuement chaque bouchée de biscuit. Jamais gâteau ne lui a semblé si savoureux.

— Approchez-vous, que j'examine un peu mieux votre bras…

Il s'exécute, avance aussi loin que la chaîne le lui permet. Prudente, elle s'arrête au bord du trait, observe la cicatrice à distance. Les points de suture purulents et enflammés n'augurent rien de bon.

— Il faut que je vous injecte une dose d'antibiotiques. Vous avez de la chance, il me reste le matériel de mon intervention sur le renard.

— Qui me dit que vous n'allez pas encore me shooter ?

— Si je ne fais rien, votre infection va progresser, et d'ici quelques heures vous risquez peut-être une septicémie. Ce programme vous tente ?

Elle prépare le dispositif d'injection. Frédéric ne pipe mot. Elle agite une clef face à lui.

— Soyons clairs : je vais m'approcher de vous. Si jamais l'idée vous vient de me faire mal ou autre, dites-vous bien que jamais plus vous ne pourrez sortir d'ici, car vous serez trop loin pour atteindre ce sésame…

Elle avance prudemment, avec une compresse imbibée d'antiseptique, tend le bras pour nettoyer le foyer infectieux. Puis elle retourne chercher la seringue remplie, revient, injecte l'antibiotique dans le deltoïde.

Elle recule, lui repart s'asseoir.

— Merci… lâche-t-il dans sa barbe.

— Ne me remerciez pas. Je ne l'ai pas fait pour vous.

Elle s'adosse contre le mur. Le silence reprend possession des lieux.

La chaleur est suffocante, l'air chargé. Et il n'y a presque plus d'eau.

Élodie sent le regard intense et dérangeant de Frédéric braqué sur elle. Il doit éprouver la même sensation. Ni l'un ni l'autre ne peuvent porter leur attention ailleurs. L'inconfort et l'incertitude totale de ce qui les attend alimentent la tension, palpable.

De tous les cas de figure qu'elle a pu imaginer, jamais elle n'aurait cru possible de se retrouver dans une telle situation, qui tisse de fait un lien inextricable entre le sort de cet homme et le sien.

Elle décide d'essayer de débarrasser un rayon complet. L'idée de Frédéric n'est pas mauvaise. Et elle ne voit aucune alternative. Elle se place face à la première armoire, se hisse sur la pointe des pieds pour attraper une boîte rangée sur l'étagère la plus élevée. Le mouvement lui arrache un cri de douleur.

Ce n'est pas le moment de te lamenter. Si tu veux sortir d'ici, donne-toi le moyen de le faire !

Elle change d'armoire et s'attaque à la plus proche du mur. Ce qui lui permet en outre d'être à l'abri du regard de son voisin d'en face. Elle s'empare d'un premier bocal, recouvert d'une telle couche de poussière qu'elle serait bien incapable de dire ce qu'il contient. Elle se tourne vers le mur opposé, dépose le récipient rempli sur le sol. Elle réitère ce manège une dizaine de fois.

À cette allure-là, l'armoire sera vidée pour Noël...

Son épaule, peu ménagée dans ses efforts, se rappelle à elle par des élancements réguliers.

— L'arme, c'était pour moi ? interroge Frédéric depuis sa paillasse, la mine sombre.

— Ça l'est toujours ! réplique-t-elle. Mais je ne vais pas m'amuser à me retrouver enfermée seule avec un cadavre. La situation est assez glauque comme ça...

Il laisse passer un instant, décide de reprendre la parole en ignorant ce qu'elle vient de dire.

— Qu'est-ce que vous feriez, là, tout de suite, si d'un seul coup quelqu'un surgissait par miracle et vous libérait ?

Elle s'attaque maintenant à un pan visiblement dédié au jardinage. Elle reconnaît les sécateur, truelle, plantoir et serfouette jadis utilisés par sa mère.

— Je vous tuerais, répond-elle simplement.

Las, Frédéric lève les yeux au ciel.

— Et après m'avoir tué, vous feriez quoi ?

Elle ne répond pas tout de suite, un vieux pot de peinture calé entre son bras valide et sa poitrine.

— Je courrais retrouver mon mari et ma fille…, finit-elle par murmurer.

Elle jette un regard discret dans sa direction : Frédéric s'est recouché, face au mur. La manière dont il s'est recroquevillé lui évoque la posture d'un enfant. Elle éprouverait presque un sentiment de compassion.

— Je vais vous faire un aveu qui soulagera votre conscience, murmure-t-il à son tour. Moi, je ne me suis jamais senti aussi prêt à mourir que maintenant…

L'aveu lézarde la fragile assurance d'Élodie. Elle peut comprendre ce qu'il endure. Cela fait à peine douze heures qu'elle est bloquée ici, et l'endroit lui a déjà sérieusement flanqué le bourdon. Alors, au bout de onze jours…

À nouveau, elle inspecte les étagères. Un objet, à moitié camouflé sous une pile de vieux vêtements, retient son attention. Le cœur battant un peu plus vite, elle écarte le linge, dégage une écuelle en bois lisse. Avec émotion, elle la tourne lentement tout en sachant ce qu'elle va y découvrir : « CÉSAR » apparaît en lettres maladroitement brûlées à l'aide d'un pyrograveur. Du bout des doigts, elle effleure les majuscules incrustées.

Elle l'avait gardée...

Élodie se souvient pourtant de sa mère jetant cette gamelle dans le grand container qui servait de poubelle. Comment peut-elle la retrouver ici ?

La réponse s'impose à elle dans une belle évidence.

Parce qu'elle ne voulait pas te blesser. Mais elle savait qu'elle avait raison. Et elle a continué à nourrir César...

C'est comme si un poids immense lui était enlevé de sa poitrine. Une partie de sa culpabilité se dissipe, un sentiment de paix inattendue la gagne.

— Tu as bien fait, maman..., murmure-t-elle.

— Qu'est-ce que vous dites ?

Elle glisse la gamelle dans son sac.

— Rien. Je me parlais à moi-même.

Lorsqu'elle se tourne à nouveau vers l'étagère et que ses yeux se posent sur un énorme moteur, elle réalise qu'elle n'en viendra jamais à bout sans aide. Son épaule la lance désormais sans discontinuer. Elle sera incapable de déplacer des objets lourds. Et quand bien même. À supposer qu'elle arrive néanmoins à tout vider, qu'elle parvienne ensuite au prix d'un gros effort à coller l'armoire contre le mur, il est évident qu'elle ne pourra y monter seule. Sans poids sur les étagères pour lester le meuble, elle basculera inévitablement. Il faudrait que quelqu'un la maintienne solidement contre le limon de l'échelle-escalier...

Elle jette un œil discret sur Frédéric. Calme, résigné, il s'est rassis et semble dessiner des formes sur son jean.

Le problème, c'est que cette option implique de le libérer de ses chaînes. Et une fois qu'il en sera délivré, elle ne pourra plus rien contre lui. Peut-elle raisonnablement courir ce risque ?

Ton arme est dissuasive. Le vrai problème, c'est que tu n'arriveras jamais à escalader l'une de ces armoires avec ton épaule...

Certes. Mais entre crever ici et ne prendre aucun risque, son choix est vite fait. Elle serrera les dents.

— Il y a une échelle dans la cuisine... déclare-t-elle subitement.

Un silence accueille son annonce.

— Mon père s'en servait pour les réparations du toit...

Elle poursuit, un regard soupçonneux rivé sur lui.

— Soyons clairs, Frédéric : cela suppose que je vous libère de vos chaînes. Mais je vous garde à l'œil. Au moindre dérapage, je n'hésiterai pas à tirer.

Il hoche la tête.

— Quand vous serez détaché, vous viderez ces étagères-là et vous mettrez l'armoire métallique à la place de l'escalier. Ensuite, vous vous éloignerez et j'essaierai de grimper.

— C'est ridicule. Non seulement vous ne pourrez pas vous accrocher avec vos deux mains, alors que ce sera nécessaire, mais en plus l'échelle basculera si je ne la maintiens pas !

Élodie fronce les sourcils, toujours méfiante.

— Vous me prenez pour une imbécile ? En vous permettant de monter, je sais à quoi je m'expose : vous vous enfuirez et vous me laisserez crever ici. Il n'en est pas question !

Elle balance la clef dans sa direction. Frédéric la pétrit dans ses mains, un espoir se rallume en lui. Puis il l'introduit dans le mécanisme en acier qui mord sa chair depuis des jours. Il entend un léger clic, écarte soigneusement le cercle de métal pour libérer sa cheville bleuie et douloureuse.

— Ne vous inquiétez pas, votre jambe va vite retrouver son apparence.

Il garde le silence tout en massant la zone gonflée puis se lève, se dirige vers le premier pan d'étagères, s'attaque aux éléments les plus volumineux.

*

Mathéo s'arrête devant un portail en métal gris anthracite.

C'est ici.

Il reste immobile face à l'interphone, qui lui semble presque menaçant.

Chaque pas fait pour arriver jusqu'ici lui a coûté. Cette démarche est une lutte contre sa nature même. Communiquer par vidéos interposées ou par écrit est une chose, interagir directement avec un inconnu en chair et en os en est une autre. Surtout quand l'inconnu en question est celui qu'il s'apprête à rencontrer. Mais il sent de tout son être que l'espoir de retrouver son père est à ce prix.

Lorsque Stéphane entend la sonnerie de l'interphone, un vent de panique le gagne. Il songe immédiatement aux flics.

S'ils se pointent un 14 juillet, ce n'est pas bon signe...

Il est rassuré lorsqu'il ouvre la porte : le jeune homme qui se détache derrière la grille n'a rien d'un policier. Son corps frêle paraît à peine capable de supporter le poids de l'émotion dont il semble envahi. Son visage lui rappelle vaguement quelque chose. Mais Stéphane ne le remet pas spontanément. Le jeune homme entremêle nerveusement ses doigts fins avant de se lancer.

— Bonjour, monsieur. Je suis désolé de vous déranger un dimanche, mais je dois absolument vous parler.

Devant l'expression interrogative de Stéphane, il écarte maladroitement les bras pour témoigner de son impuissance et de son tourment.

— Je suis Mathéo, le fils de Frédéric Belbist…

*

En eau, Frédéric contemple l'armoire vide. Sans un mot, il s'attelle à déplacer puis caler le rayonnage entre la porte et le reste des marches. Élodie le contourne en veillant à laisser une bonne distance entre eux, le revolver toujours pointé sur lui. Arrivée à sa paillasse, elle la pousse du pied pour la faire glisser jusque sous l'armoire.

— Au cas où je tombe… se justifie-t-elle.

Elle se fige soudain, ses yeux posés sur la lame argentée du couteau suisse, que l'initiative de Frédéric a mis à découvert. Son visage devient livide.

— Tu voulais me tuer… balbutie-t-elle tout en le remettant en joue. Recule ! ordonne-t-elle d'un ton agressif.

— Attendez ! Ce n'est pas ce que vous imaginez ! C'est l'outil qui m'a permis de sculpt… !

— À genoux ! hurle-t-elle.

Frédéric obtempère dans le plus grand silence. Il lui suffit de jeter un œil sur le visage décomposé d'Élodie pour comprendre qu'elle ne le croira plus.

Abasourdi, il regarde l'armoire collée contre le mur. Il pensait avoir trouvé en elle sa planche de salut. Celle-ci vient de se désagréger.

Tu ne fais que récolter ce que tu as semé. Tu n'es vraiment qu'un imbécile. Tu étais à deux doigts de retrouver ta liberté…

Pour un peu, il en pleurerait. La déception qu'il éprouve est tellement intense qu'il n'arrive même plus à entendre ce qu'elle lui dit.

Il est passé par une variation de sentiments à l'égard d'Élodie : de la honte, de la culpabilité, de la peine, de la compassion, de la peur, de la terreur aussi, de la colère.

En cet instant, il devine sa haine.

Il la comprend.

Mieux, il la respecte.

Mais, il le sait désormais, seul l'un d'eux sortira vivant de cette maison. Et ce ne sera pas lui. Car ce n'est pas dans sa main que se trouve le revolver. Alors, même s'il ne capte pas grand-chose des vociférations qui fusent de la bouche d'Élodie, ça n'a pas d'importance.

Aurait-il imaginé cette scène finale, le jour de son arrivée ? Non, certainement pas. Mais à présent qu'ils en sont parvenus au dénouement, toutes ses pensées volent vers son fils.

Il veut que son visage soit la dernière image imprimée sous ses paupières lorsque la déflagration détonera.

— Tu vas m'écouter, oui ? hurle-t-elle.

Il réalise s'être mentalement évadé de la pièce durant quelques instants.

Suffisamment de temps pour qu'elle ne soit plus qu'à un mètre de lui.

Il te suffirait de te jeter sur elle en lui tordant le bras pour la désarmer…

Avec ses jambes qui flageolent et son dos qu'il ne parvient plus à redresser, il n'ira pas bien loin…

Même si c'est pour retrouver Mathéo ?

Il se sent à bout de forces. Les privations et les nombreuses passes d'armes ont eu raison de ses dernières réserves. Mais son amour pour Mathéo est tel que cette question vient d'éveiller en lui un sacré facteur de motivation : revoir son fils.

D'accord, mais tu n'as aucun droit à l'erreur. Elle, elle ne te loupera pas.

— À genoux ! ordonne-t-elle pour la seconde fois.

Élodie le tient en joue, presque à bout portant.

Frédéric s'exécute.

Voilà. C'est la fin…

Élodie le domine de toute sa hauteur, droite et raide comme la justice.

— Pour ce que tu as fait à ma fille ! clame-t-elle.

Elle s'efforce de retenir les tremblements de son bras. Elle voudrait pouvoir appuyer maintenant sur la gâchette ;

son index s'y refuse encore. Le visage de Maëlle ne parvient pas à se substituer à celui, désespéré, de l'homme qu'elle tient à sa merci.

« Toi, tu ne ferais pas de mal à une mouche... »

Les traits creusés, les yeux cernés, la plaie purulente sur le bras, la peau encrassée... Elle réalise brutalement ce qu'elle vient de faire endurer à cet homme. Certes, le chagrin laisse peu de place au discernement. Mais comment vivra-t-elle avec ça sur la conscience ?

Toujours à genoux, Frédéric, lui, songe à son fils. Trois secondes passent. Courtes pour Élodie, interminables pour Frédéric.

Terrifié, il se demande pourquoi elle hésite à tirer.

On s'en fout ! Si tu veux revoir Mathéo, c'est maintenant ou jamais !

Dans un effort surhumain, Frédéric bondit sur le bras tendu d'Élodie. L'adrénaline lui donne une force qu'il pensait perdue.

Élodie n'a pas le temps de réagir. L'attaque surprise la prend de court, elle sent son bras projeté vers l'arrière tandis qu'elle resserre son doigt qui active la gâchette. Le bruit de la déflagration envahit l'espace, la balle vient se loger dans un mur.

Frédéric profite de l'avantage et tire violemment sur les cheveux d'Élodie, ce qui lui rejette la tête en arrière et lui arrache un cri. En réponse, elle lui balance un coup de pied dans l'estomac, qui le coupe en deux. Dans un réflexe de survie, il se redresse, pivote brusquement et lui fait une clef de bras, espérant ainsi l'immobiliser. Il ne tiendra pas longtemps : tous ses muscles sont en train de déclarer forfait.

Leurs visages hostiles s'affrontent à quelques centimètres l'un de l'autre. L'articulation de son bras amenée à son amplitude maximale, Élodie laisse échapper un gémissement et, sous l'effet de la douleur, lâche le revolver. Son autre bras ne lui sera d'aucun secours, elle le sait. Dans un dernier effort, Frédéric s'en empare et le braque sur la tempe d'Élodie.

Elle ne cherche pas à lutter. Tous ses combats présents et à venir sont perdus d'avance. Elle n'a plus ni courage ni volonté. Le monde autour d'elle s'est écroulé depuis longtemps. Et cet homme ne peut rien lui prendre qu'elle n'ait déjà perdu.

Épuisée, à bout de forces, à bout de tout, elle s'effondre lourdement à terre, éclate en sanglots.

— Finalement, c'est bien mieux ainsi. Et que Dieu me pardonne… implore-t-elle.

Elle a une brève pensée pour la vieille femme portée par la conviction que tout finissait un jour par rentrer dans l'ordre, ferme les yeux, attend la délivrance.

La main de Frédéric se met à trembler.

Il revoit les boucles blondes, le visage qu'il recouvre d'un plaid…

— Je ne peux pas… murmure-t-il. Je ne peux pas…

Élodie rouvre les yeux, le regarde.

— Je vous demande pardon, Élodie.

Des larmes dévalent ses joues, entraînant avec elles de longues coulées de crasse.

— Je vous ai menti. Je ne suis pas l'assassin que vous recherchez…

Il s'écroule à son tour, lâche l'arme.

— Cet assassin, c'est mon fils.

15

Stéphane jette un œil furtif sur l'occupant du siège passager. Si sa mémoire est bonne, ce gamin avait quatorze ans au moment où son père a été arrêté, ce qui lui en fait dix-sept aujourd'hui.

Après être monté dans la voiture, Mathéo s'est nerveusement pétri les mains durant un long moment avant de les maintenir immobiles et serrées au point de faire blanchir ses articulations. La communication n'est pas son fort, c'est le moins que l'on puisse dire. En même temps, prendre la décision de venir jusqu'à lui nécessitait un sacré courage, ou une bonne dose d'inconscience.

Il y a quelque chose de troublant chez ce jeune : il irradie une intelligence hors norme et une maturité inhabituelle pour son âge. Et pourtant, il semble aussi gauche, maladroit et timide qu'un enfant de douze ans. Cette dualité fascine autant qu'elle déconcerte.

Stéphane a rapidement tranché entre l'envoyer bouler ou l'emmener avec lui. Il l'a trouvé touchant, et s'est dit que si quelqu'un pouvait ramener Élodie à la raison, ce serait lui. La voisine n'étant pas là, il a appelé sa mère, qui vit à Maisons-Alfort, pour lui demander si elle pouvait garder Zoé. Sans doute a-t-elle senti l'urgence dans sa voix, car elle a immédiatement accepté sans poser la moindre question.

Après avoir déposé Zoé, ils ont mis le cap sur la Sologne. À aucun moment Stéphane n'a avoué à Mathéo qu'il s'y est rendu quatre jours plus tôt, et encore moins que son père y est bien retenu prisonnier. Pas plus qu'il n'a imaginé ce qu'il dirait à Élodie une fois sur place. Il n'aura pas respecté la promesse qu'elle lui a arrachée. Mais cela fait une centaine d'heures qu'il gamberge à en devenir dingue. Alors, ce qu'il est en train de faire est peut-être une autre vraie folie. Mais c'est peut-être aussi le seul moyen de toucher sa femme.

Et s'il était trop tard ? En quatre jours, il a pu s'en passer, des choses...

Stéphane serre les dents, accélère.

*

Sonnée, Élodie pose sur lui des yeux hagards. Frédéric s'assied face à elle en tailleur, plonge la tête entre ses mains.

— Je vais vous la donner, cette vérité à laquelle vous tenez tant...

Élodie s'assied à son tour, le ventre noué. La perspective de la confession tant attendue lui fait soudain peur.

Est-elle sûre de vouloir entendre ce qu'il s'apprête à lui révéler ? Va-t-il raconter la vérité, cette fois-ci ?

— Mais avant toute chose, je veux rectifier l'essentiel : vous recherchez un assassin pour une victime. Vous ne trouverez que deux victimes de la fatalité…

Il y a quelque chose de terrible dans la fêlure de sa voix.

— Ce 1er mai 2021, j'ai quitté mon domicile aux alentours de 10 heures pour aller acheter un pot de muguet à ma sœur, Sandrine, avec qui Mathéo et moi avions prévu de déjeuner. Elle devait travailler la nuit précédente et quitter l'hôpital à 7 h 30. En mon absence, Mathéo avait pour consigne de sortir le chien, comme il le faisait les jours où il n'avait pas collège. Je lui avais laissé mon portable, car il voulait monter une vidéo avec les images que nous avions filmées une semaine plus tôt, lorsque nous étions partis tous les deux dans le nord de la France pour assister aux Lyrides, une pluie d'étoiles filantes. À cette époque, je refusais de lui acheter un téléphone. Je lui prêtais le mien pour qu'il puisse aller de temps en temps sur Instagram et TikTok. Bref.

Frédéric s'essuie le front du revers de sa main avant de poursuivre d'une voix désincarnée.

— Je me suis rendu sur la place de l'Église, j'ai acheté un joli pot à un môme qui vendait du muguet à la sauvette. Puis je me suis rendu directement chez ma sœur, toujours à pied, pour lui déposer le pot. Je pensais l'y trouver, il était aux alentours de 10 h 45. J'ai sonné à l'interphone, mais il n'y avait personne, et je n'avais pas pris le trousseau de clefs conservé par Mathéo. Je suis donc rentré chez moi, quasiment en courant à cause de la pluie, en protégeant le muguet du mieux possible.

Il secoue lentement la tête, fixe un point dans le vide :

— Lorsque je suis entré…

Il s'arrête, en proie à une vive émotion.

— J'avais à peine ouvert la porte que j'ai compris que quelque chose de grave s'était produit. J'entendais Mathéo hoqueter depuis le salon. Il tenait des propos incohérents. J'ai voulu me précipiter vers lui, mais c'est à ce moment-là que j'ai vu le corps de Maëlle, étendu dans l'entrée.

Il enfouit ses mains dans ses cheveux, s'y agrippe désespérément comme s'il avait peur de perdre la raison à l'évocation de ce souvenir, qu'il tait depuis trop longtemps.

— Je n'ai pas compris ce que cette gamine faisait chez moi, mais mon réflexe a bien évidemment été de lui porter secours. C'était inutile. Ses yeux grands ouverts et son absence totale de pouls m'ont vite indiqué qu'il n'y avait plus rien à faire… J'ai hurlé sur Mathéo en lui demandant ce qui s'était passé. Mais mon fils était en état de choc. Recroquevillé sur lui-même dans un angle du salon, il se balançait de gauche à droite, scandait des phrases inintelligibles.

Sa voix se brise. Élodie ferme les yeux.

— Paniqué à mon tour, j'ai cherché mon téléphone pour appeler le SAMU. Même si je savais que c'était trop tard pour la petite. Je crois que je n'arrivais plus à raisonner. Je n'ai pas trouvé mon portable, j'ai à nouveau crié pour demander où il était, ce qui a encore plus terrifié Mathéo. Je me suis rabattu sur la ligne fixe. Le combiné est posé sur le mur de l'entrée. J'ai décroché, j'ai commencé à taper un numéro. Je m'emmêlais les crayons, je ne savais plus s'il fallait composer le 12, le 15, le 112... Je n'ai jamais appris à faire de massage cardiaque... J'étais dans un état de panique totale. Et je tremblais comme une feuille. Pendant que j'attendais qu'on me réponde, je me suis agenouillé près de votre fille. Je l'ai prise par les épaules et lui ai mis quelques tapes sur la joue. C'est là que je les ai vues...

Il se mure dans un silence soudain, incapable de poursuivre.

— Vu quoi... ? questionne Élodie d'une voix à peine audible.

Il secoue à nouveau la tête, les mouvements saccadés de sa pomme d'Adam témoignent de sa nervosité. Elle pose une main sur son avant-bras.

— Vu quoi, Frédéric ? insiste-t-elle.

— Les marques sur son cou...

Il déglutit avec peine, se frotte les yeux.

— Un mince filet de sang avait coulé sur sa joue. Il partait de ses cheveux, qui masquaient la profondeur de la plaie. Un gonflement déformait sa tempe droite, qui avait pris une teinte légèrement bleuie. Pour autant, je n'ai pas cru un instant que le choc consécutif à la chute était à l'origine de son décès. Je ne suis pas médecin. Je l'aurais pensé s'il y avait eu beaucoup de sang, ou si elle avait eu le crâne ouvert. Enfin, quelque chose de vraiment spectaculaire, vous comprenez ? Mais ce n'était pas le cas. En revanche, sa gorge... Elle était rouge, très rouge, on y voyait même des traces de doigts. Foudroyé, j'ai raccroché. J'avais besoin de me persuader que je ne vivais pas un cauchemar. J'étais totalement dépassé. La seule chose que je parvenais à réaliser, c'est que je ne pouvais plus rien faire pour cette petite fille, qui gardait les yeux grands ouverts sur le vide, et qui ne respirait plus du tout.

Frédéric tente d'ordonner ses pensées. Ses mains tremblent légèrement tandis qu'il s'efforce de trouver les mots pour raconter l'indicible.

— Mathéo était incapable de me dire quoi que ce soit. Je ne savais plus quoi faire. Je me souviens d'être monté dans ma chambre, d'avoir pris le plaid qui me servait de dessus-de-lit. J'en ai recouvert Maëlle. Je ne voulais pas qu'elle attrape froid…

Il se rappelle plus précisément avoir couvert la tête de la petite, pour ne plus voir ses yeux ouverts sur l'éternité, avant de redescendre à la hâte le tissu sous son menton. Pour le cas où elle se remettrait à respirer…

— Les marques rouges autour du cou de votre fille me hantaient. Mon cerveau était en surchauffe, incapable d'accepter que mon propre fils puisse être à l'origine d'un meurtre. La scène me paraissait surréaliste. Personne ne peut l'imaginer à moins d'y avoir été confronté. C'était indescriptible…

Pour Élodie, écouter ces aveux est à la limite du soutenable. Elle cherche à se souvenir des rares moments où elle a aperçu Mathéo. Ne lui revient que l'image d'un gamin pacifique. Pas d'un monstre…

— J'avais beau essayer d'ordonner mes idées, de penser à appeler les secours, j'étais paralysé, agenouillé aux côtés de cette gamine que je n'avais jamais vue. La scène était véritablement apocalyptique, et la réalité elle-même semblait se dérober sous mes genoux. C'est là que j'ai aperçu mon téléphone portable. Il avait glissé sous la console, après que mon fils avait tenté de joindre ma sœur. J'ai vu qu'elle avait rappelé. Il y avait deux messages d'elle. Un premier dans lequel elle me disait que l'infirmière qui devait prendre son service à 7 h 30 avait de la fièvre et qu'elle ne pouvait pas venir travailler. On lui avait donc demandé de rester jusqu'à ce qu'une vacataire assure la relève. Mais trouver quelqu'un au pied levé, un 1er mai… Elle me promettait de me rappeler dès qu'elle en saurait davantage. Et le second message pour dire qu'elle partait de l'hôpital et qu'elle venait de voir que j'avais essayé de la joindre…

Élodie n'en peut plus. Elle se lève, marche de long en large, s'efforce de calmer sa respiration erratique.

— Je ne sais combien de temps je suis resté ainsi, tandis que les hoquets de mon fils me parvenaient en toile de fond. Puis je me suis approché de Mathéo, toujours prostré contre le meuble du salon. Je l'ai pris par les épaules, ce que je n'aurais jamais fait en temps normal, vu qu'il déteste les contacts. Mais lui-même n'a pas réagi. Tel un robot, j'ai cherché à l'apaiser, je lui ai demandé de m'expliquer ce qui s'était passé.

Élodie avance jusqu'à son sac, en retire son paquet de cigarettes. Il n'en reste qu'une, mais si une seule raison peut justifier un brusque besoin de fumer, c'est bien celle-ci. Elle l'allume, la fait tourner autour de ses doigts, pour tenter de canaliser sa nervosité.

— Il m'a raconté qu'il était sorti balader Pluton peu de temps après mon départ. Il était parti vers le parc, mais avait dû rapidement rebrousser chemin, car la pluie avait commencé à tomber. Arrivé en bas du boulevard, l'averse avait redoublé de violence. Il était à quelques pas de la maison quand il a croisé votre fille.

À nouveau, il marque une pause. Ce récit n'est pas facile à entendre. Mais il ne l'est pas non plus à raconter. Élodie s'approche, s'assied à côté de lui, lui propose la cigarette. Frédéric la regarde. Il a arrêté de fumer il y a bien longtemps. Il n'aurait pas de meilleure occasion pour s'y remettre. Il tend la main, porte la clope à ses lèvres, inhale profondément la fumée, qui lui brûle la gorge et les poumons. Il tousse. Puis reprend :

— C'est Maëlle qui a abordé Mathéo. Elle pleurait, elle était trempée, et je pense qu'elle s'est dirigée vers mon fils parce qu'il était jeune et qu'il inspirait confiance. Ce n'est pas souvent qu'un de ses pairs voyait en lui une ressource. Et Mathéo s'est senti honoré. Il lui a montré la maison du doigt, lui a proposé de venir s'y réfugier pour vous appeler. Maëlle a refusé une première fois, mais quand il lui a dit qu'il était tout seul, elle a paru rassurée et l'a suivi…

Il tire à son tour avidement sur la cigarette, même s'il en a perdu l'habitude.

— Depuis tout petit, Mathéo ne supporte pas les cris. Ça déclenche chez lui une réaction de peur incontrôlable. C'est important pour la suite.

Il prend une dernière taffe, le regard rivé sur les photos gisant à terre. Puis il redonne la cigarette à Élodie.

— Mathéo avait pour consigne de toujours verrouiller la porte quand il était seul, et d'enlever la clef pour que je puisse moi-même introduire la mienne dans la serrure à mon retour. Mais lorsqu'il est rentré avec Maëlle ce jour-là, il a oublié cette consigne. Mathéo portait Pluton et l'a séché avec la serviette que nous laissons systématiquement à l'entrée. Puis il l'a tendue à Maëlle, qui l'a refusée en disant que c'était dégoûtant. Vexé, Mathéo lui a répondu que son chien n'était pas plus dégoûtant qu'elle. Mathéo est incapable de définir précisément de quelle manière il a répondu ça. Mais le visage de mon fils peut se montrer très expressif, notamment quand quelque chose ne lui plaît pas. Ça ne fait pas de lui quelqu'un de méchant. J'ai eu beau l'interroger en lui suggérant qu'il avait dû l'effrayer, lui demander s'il avait employé un ton un peu brutal, il n'a rien remarqué de particulier. Mais ça n'est pas surprenant, je vous assure. Il n'a jamais rien perçu de l'agressivité de sa mère à son égard, alors sentir la peur ou la tristesse d'une personne qui ne lui était pas familière…

Il accompagne sa dernière phrase d'un haussement d'épaules impuissant.

— La suite abonde dans son sens puisqu'il a proposé à votre fille de monter avec lui pour chercher une serviette propre. Et Maëlle l'a suivi sans problème. Ils se sont rendus dans la salle de bains, à l'étage. Mathéo est redescendu en lui disant qu'il l'attendait au rez-de-chaussée. Arrivé en bas, il a verrouillé la porte d'entrée et glissé son trousseau dans le tiroir du buffet qui se trouvait contre le mur, au pied de l'escalier. Je pense que votre fille a entendu le cliquetis de la serrure, ou le bruit des clefs lorsque Mathéo les a rangées. Et je crois qu'à ce moment-là, elle a paniqué en imaginant qu'il l'avait volontairement enfermée…

Leur cigarette calée entre le majeur et l'index, Élodie aspire une longue bouffée. Elle n'est pas certaine de pouvoir tenir jusqu'au bout sans craquer. Elle est même sûre du contraire.

— Ne l'entendant plus du tout, Mathéo l'a appelée, mais elle est restée silencieuse. Il est monté, ne l'a pas trouvée dans la salle de bains. Elle ne faisait plus le moindre bruit. Lorsqu'il l'a découverte cachée derrière la porte des toilettes, Maëlle s'est mise à hurler au secours. Comme je vous le disais, Mathéo est très sensible aux cris. Il s'est bouché les oreilles avec les mains, a reculé jusqu'au mur du couloir. Il y est resté paralysé, les mains appuyant le plus fort possible sur ses oreilles pour ne plus rien entendre des cris, qui ont également effrayé Pluton, peu habitué à de tels bruits. Il s'est mis à aboyer. Mes voisins de gauche étaient partis en week-end prolongé en Normandie, ceux de droite étaient sortis. Nul doute qu'ils auraient entendu tout ce barouf, sinon. Bref. Les aboiements du chien ont intensifié la peur de Maëlle, qui a totalement paniqué : elle s'est cognée contre la poignée, puis contre l'encadrement de la porte avant de se précipiter dans le couloir.

Frédéric relève la tête, regarde Élodie droit dans les yeux.

— Mathéo a retrouvé ses esprits à ce moment-là, il lui a crié de ne pas avoir peur, qu'elle ne craignait rien. Mais Maëlle était sans doute trop terrifiée pour l'écouter. Elle s'est remise à hurler, a couru dans le couloir, s'est élancée dans l'escalier…

Il baisse les yeux. Élodie plaque ses mains contre son nez et sa bouche, comme pour retenir un cri, redoutant ce qu'elle va entendre et qu'elle devine déjà.

— Son talon a dû glisser sur une marche. Mathéo m'a dit l'avoir vue perdre l'équilibre, elle a tenté de se rattraper à la balustrade, en vain, et a dégringolé presque toutes les marches en roulant sur elle-même. Arrivée à l'avant-dernière, il semblerait qu'elle ait cherché à reprendre pied en tendant sa jambe, mais cela a eu l'effet inverse : son corps a basculé en avant. Sa tempe a violemment percuté l'angle du buffet en chêne massif. Elle s'est écroulée en poussant un gémissement. La scène s'est déroulée très vite. Mon fils est resté tétanisé en haut de l'escalier. Maëlle s'est évanouie. Il a fallu quelques secondes à Mathéo pour réagir. Lorsqu'il a pu se ressaisir, il s'est précipité sur elle. Elle respirait, mais ne parlait plus. Mon fils l'a secouée par les épaules, car il pensait qu'elle s'était simplement fait mal. Quand elle a repris conscience, Maëlle l'a regardé en essayant de dire quelque chose, mais son souffle s'est rapidement fait court et irrégulier, son regard est devenu hagard. Mathéo a appelé ma sœur sur son portable, persuadé qu'elle saurait lui dire quoi faire. Il n'imaginait pas que Maëlle était en train de mourir. Comment aurait-il pu deviner que la déformation sur sa tempe était le signe d'une hémorragie intracrânienne, que ses convulsions étaient dues à la pression sur son cerveau, et que tout cela entraînerait sa mort ? Il a réellement cru qu'elle était encore sous le choc de sa chute…

Il soupire.

— Sandrine n'a pas pris l'appel. Les yeux de Maëlle étaient grands ouverts lorsqu'il a raccroché. Et elle ne respirait plus. Tout s'est joué sur un quart d'heure. Mathéo m'a dit qu'il avait paniqué, qu'il l'avait attrapée à la gorge et l'avait brutalement secouée pour la faire réagir, la faire crier. Il voulait à tout prix qu'un son sorte de sa bouche. Quand il a réalisé qu'elle était morte, il a plongé dans un état second. Ce qui explique que je l'aie retrouvé prostré…

Il se tait, attend une réaction d'Élodie, qui ne vient pas. Il laisse le silence se prolonger, lui-même bouleversé.

— Même en appelant les secours, votre fille n'aurait pu être sauvée, Élodie. Mais tout cela a déjà été dit lors du procès…

Oui, cela, Élodie le sait. Elle a étudié de près chaque ligne des différents rapports d'expertise médicale. L'augmentation rapide de la pression intracrânienne avait causé une ischémie cérébrale.

— Personne n'aimera jamais mon fils comme je l'aime. Mais moi, ce jour-là, je ne l'ai pas cru. Je ne voyais que cette gorge marquée, et ces traces rouges m'obsédaient. J'étais convaincu que Mathéo, sans aucune intention de tuer cette enfant, l'avait étranglée. Pour quels motifs ? Je n'en avais aucune idée, je me disais que, peut-être, les cris lui avaient fait perdre la raison. Encore une fois, la plaie sur la tempe me semblait tellement moins spectaculaire que les traces écarlates sur son cou... Je l'ai cru coupable, mon instinct de père a fait le reste.

Nerveux, il se lève. Son débit s'accélère. Élodie n'a pas bougé d'un iota. Elle se contente de laisser couler ses larmes sur ses joues face à cette vérité qu'elle a si souvent appelée de tous ses vœux.

— Là, tout s'est enchaîné dans ma tête. J'ai revu mon Mathéo rentrer cent fois, mille fois, malheureux de l'école, avec des gosses qui ne cessaient de se moquer de lui, de l'imiter en train de faire le dinosaure, de l'exclure de toutes les activités collectives. J'ai revu mon Mathéo ce jour où il a dû secouer sa mère alors qu'elle gisait déjà froide sur son lit, entourée des barbituriques qu'elle avait choisi d'avaler en sa présence. Comme je vous l'ai dit, je n'ai pas cru Mathéo quand il m'a dit qu'elle était vivante lorsqu'il a relâché son étreinte autour de sa gorge. J'ai pensé qu'elle avait couru, et qu'il l'avait étranglée pour ne plus entendre ses cris, sans savoir ce qu'il faisait.

Il s'arrête, place les mains derrière sa nuque, les doigts entrelacés, et lève la tête, ses yeux fixés sur le plafond comme pour y chercher une réponse. À moins que ce ne soit un moment de répit.

— J'ai imaginé ce que serait sa vie, à partir du moment où les flics débouleraient chez moi. Certes, un mineur de son âge aurait eu une peine allégée. Mais il aurait été incarcéré dans les mêmes conditions que les autres mineurs criminels. Ses camarades de classe auront longtemps été ses bourreaux, et je m'apprêtais à le faire enfermer avec des persécuteurs bien plus dangereux que les précédents.

Il se redresse, secoue énergiquement la tête de gauche à droite.

— Je n'ai pas voulu de cette vie-là pour mon fils. J'ai pensé qu'elle s'était déjà montrée assez dure comme ça avec lui…

Un pépiement d'oiseau salue la fin de sa phrase. Le chant léger et joyeux semble à ce point proche qu'Élodie a l'impression qu'il se trouve avec eux, dans cette cave. Sans doute s'est-il posé tout près du soupirail.

— Alors, j'ai parlé à Mathéo. Je lui ai fait peur. Je lui ai menti, aussi. Je lui ai affirmé que s'il disait la vérité, personne ne le croirait. Je lui ai dépeint un tableau terrible de ce qui l'attendrait s'il racontait à la police ce qu'il m'avait raconté. Tandis que ce serait plus simple pour moi. Je ne sais comment je suis parvenu à le convaincre. Mais j'y suis arrivé. Je lui ai ensuite demandé de me décrire dans les moindres détails tout ce qui s'était passé à compter du moment où il avait approché votre fille. Il a toujours eu un don pour mémoriser les plus petites choses. Cela m'a été bien utile. Il m'a tout décrit avec précision. Il m'a également montré tous les endroits où la petite était allée. Et ce, plusieurs fois, pour que je m'en imprègne à mon tour. Nous avons enfin répété un autre scénario, le mien, avec le même souci des détails, et à de nombreuses reprises : lui raconterait être parti à 10 heures chez ma sœur, pensant la trouver à son domicile. À ce moment-là, j'étais moi-même en train de me préparer pour aller promener le chien. Et c'est tout ce qu'il avait à dire. Mon portable étant resté sur place, même en étant borné, il ne contredirait pas notre version de l'histoire. Une fois bien certain que Mathéo se cantonnerait à cette version, j'ai enfermé Pluton dans la cuisine, et nous sommes sortis discrètement pour aller chez Sandrine. Nous étions protégés du regard éventuel des autres par un parapluie. Il ne fallait pas que nous soyons vus. Sur le chemin, j'ai jeté le pot de muguet dans une poubelle. Je ne voulais pas courir le risque de me faire griller pour être allé au centre-ville alors que j'affirmerais être resté chez moi. Ma sœur n'était toujours pas rentrée de son travail. J'ai fait promettre à Mathéo de ne jamais raconter une autre version que celle que nous venions de répéter. J'imagine d'ailleurs que lui-même avait à ce point besoin d'y croire qu'il s'en était réellement convaincu. C'était un nouveau secret entre nous. Mais celui-ci était terrible…

Frédéric fronce les sourcils. Il ne doit rien oublier, pour qu'Élodie connaisse l'entière vérité.

— Puis je suis reparti chez moi, toujours dissimulé sous mon parapluie. Une fois rentré, j'ai mis des gants en latex dont je me sers parfois pour vernir des pièces de bois. J'ai pris un gant de toilette, une bassine, et j'ai frotté et encore frotté la gorge, les bras et les mains de Maëlle. Je ne voulais laisser aucune trace d'ADN de Mathéo sur sa peau. J'ai également secoué sa robe, j'y ai ensuite passé une brosse adhésive pour éliminer d'éventuelles cellules de peau. J'ai utilisé un sèche-cheveux pour les quelques gouttes qui avaient mouillé ses vêtements et ses cheveux. J'ai enlevé mes gants. J'agissais de façon automatique. J'arrivais à peine à regarder le corps de cette pauvre gosse. Mais le pire a été de…

Là encore, il déglutit avec difficulté. La suite ressemble davantage à un murmure.

— … de mettre mes doigts aux endroits où Mathéo les avait posés sur sa gorge… Et de serrer très fort…

La simple évocation de ce moment lui déclenche une nausée.

— Je vous demande pardon. Je voulais être sûr de remplacer les empreintes de mon fils par les miennes. Mais je vous jure que je ne lui ai fait aucun mal de son vivant. Maëlle était déjà morte… Quant à sa culotte, je vous assure que je ne l'ai jamais touchée, pas même vue. La réalité, Élodie, c'est que Maëlle a dû la mettre à l'envers par inadvertance…

— Mon Dieu… souffle Élodie, en larmes.

Maëlle était distraite ce jour-là. Elle voulait terminer son puzzle, tandis qu'elle-même avait surgi dans sa chambre en lui demandant de se dépêcher de s'habiller…

— Je ne savais absolument pas quoi faire, après tout ça, reprend Frédéric. L'idée de la déposer sur un banc, dans le parc, était totalement absurde. Mais je me suis dit que la pluie masquerait peut-être des éléments que j'aurais oubliés, et que l'on ne pourrait pas remarquer mon nettoyage. Je suis sorti, il pleuvait toujours des cordes, je suis allé jeter mes gants dans une poubelle de rue. Une fois rentré, j'ai recouvert votre fille d'un plaid, et… La suite, vous la connaissez.

La poitrine d'Élodie est secouée par des sanglots silencieux. Elle a enfoui son visage dans ses mains, pour ne plus rien voir de ce qui l'entoure.

— Lorsque les diverses expertises ont confirmé que l'étranglement avait été post-mortem, ce n'est pas le regret d'avoir menti pour protéger mon fils ni d'avoir pris trois ans pour un accident qui m'a anéanti. C'est d'avoir douté de Mathéo. J'aurais dû me souvenir de ce qu'il avait fait pour Pluton. Comment un enfant qui choisit de ramener chez lui un chien mutilé aurait-il pu faire ça ? Comment un ange aurait-il pu masquer un tel esprit de démon ?

Frédéric secoue de nouveau la tête.

— Mais la peau blanche de votre fille a sans doute fait ressortir les traces de doigts de Mathéo. À moins que l'état de panique dans lequel j'étais n'ait rendu ces traces bien plus rouges qu'elles ne l'étaient en réalité. Chaque élément prend un angle différent en fonction de celui qui le regarde. Le seul tort de Mathéo a été de ne pas appeler les secours. Il n'avait fait que me dire la vérité. Et moi, son propre père, je ne l'ai pas cru…

Il se rapproche doucement d'Élodie, se rassied en face d'elle.

— Je ne sais quelle entité s'est un jour penchée sur le berceau de Mathéo, mais j'ai souvent pensé que mon fils avait eu droit à un diable farceur ou à un dieu cruel. J'ai toujours cherché à compenser. À tort. Et finalement, l'existence s'est chargée de me punir. Parce qu'à partir du moment où tout était lancé, je ne pouvais plus faire marche arrière. Nous aurions été deux à nous retrouver dans les filets de la justice. J'ai pris trois ans pour l'accident qui a coûté la vie à votre fille, mais surtout pour ne pas avoir cru en mon gamin. Mais la mémoire est la première des sanctions…

Un long silence s'installe. Il faut du temps à Élodie pour absorber ce qu'elle vient d'entendre. Ces aveux lui infligent une douleur profonde, mais en même temps, ils la libèrent d'années de scénarios intolérables. Son regard se pose sur l'homme brisé qui s'effondre face à elle, et elle éprouve la certitude qu'il ne lui ment pas. Elle s'efforce, bien que cela ne soit pas facile, de se mettre un instant à sa place, ce jour-là. Aurait-elle agi de la sorte ? Probablement pas. Il est même certain que non. Mais elle n'a pas la même histoire, n'a pas traversé exactement les mêmes épreuves que lui. Et elle ne peut nier que ce père n'a cherché qu'une chose en se comportant ainsi : protéger son fils.

Un accident. Maëlle a trouvé la mort dans un accident. Tellement stupide. Tellement injuste. Mais un accident.

Élodie se répète ce mot plusieurs fois, elle qui n'a jamais voulu le retenir.

Elle sent enfin sa peine adoubée par une puissance qui la dépasse.

Elle s'aide du jupon fleuri pour sécher ses joues, pose ses mains sur ses cuisses, tente de respirer calmement.

— En toute honnêteté, Frédéric, je n'aurais jamais agi comme vous l'avez fait. Mais je dois reconnaître qu'en choisissant de protéger ainsi votre fils, vous lui avez sans doute épargné de vivre quelque chose d'encore plus traumatisant. En ce qui me concerne, je n'aurais pas cru davantage la théorie de l'accident. La douleur rend aveugle. Et je me serais acharnée sur lui comme je me suis acharnée sur vous, lors du procès. Je n'en reviens pas de dire cela, mais il se pourrait que vous ayez finalement pris une bonne décision…

Il se tourne vers elle : il s'attendait à découvrir une expression de dégoût sur son visage, mais elle le regarde avec une compassion qu'il pensait ne plus mériter depuis longtemps.

— Je crois que nous allons pouvoir monter, murmure-t-elle.

— Oui… Il me semble que nos familles respectives nous attendent.

Il se relève, lui tend un bras sur lequel elle s'appuie pour se remettre debout. Ils s'approchent de l'armoire métallique posée à côté de ce qui reste de l'escalier de meunier.

— Adossez-vous contre elle. Comme ça, vous n'aurez pas à la maintenir en sollicitant votre épaule…

Elle acquiesce, s'exécute.

Malgré sa fatigue, Frédéric tient bon et parvient à escalader suffisamment d'étagères pour rejoindre les marches restantes, qu'il monte avec une émotion grandissante. Il pousse la porte. La lumière du jour percute ses pupilles. Un peu de temps leur sera nécessaire pour se réhabituer.

Quelques minutes plus tard, il réapparaît avec la fameuse échelle, la fait glisser dans la cave, redescend.

— Ça va aller, avec votre bras ? lui demande-t-il, une fois en bas.

— Il le faudra…

Frédéric maintient solidement l'échelle, Élodie grimpe lentement les barreaux, arrive à l'étage. Frédéric la rejoint.

Ils partent dans la cuisine, se laissent tomber sur deux chaises, boivent de l'eau fraîche. Il semble à Frédéric qu'il pourrait ingurgiter une dizaine de bouteilles d'affilée. Il contemple la table recouverte de paquets de gâteaux, de matériel médical, de canettes de bière vides, les meubles qui l'entourent. Il a tant de fois tenté de visualiser la pièce qui se trouvait au-dessus de sa tête…

— Je vous demande pardon, Élodie. De vous avoir caché cette vérité. D'avoir fait ce que j'ai fait sur la gorge de Maëlle…

Élodie sent du fond de ses entrailles cette espèce d'élévation qui dépasse toute rationalité. Pour la première fois de sa vie, elle découvre la puissance libératrice d'un sentiment de paix.

— Je vous pardonne…

Elle ne ressent pas la grâce divine, mais éprouve au contraire toute l'humanité contenue dans ces trois mots qu'elle n'aurait jamais imaginé prononcer un jour.

Cet homme n'a pas torturé et tué Maëlle. Certes, il a menti. C'était une erreur, et il l'a lourdement payée. Mais sa propre décision de se venger était une erreur encore plus grande. Une réponse injuste et destructrice à sa douleur.

— Vous l'avez dit vous-même, poursuit-elle : vous avez chèrement payé pour cela. J'ai moi-même fait des choses impensables, qui pourraient m'envoyer directement en prison, si vous décidiez qu'il en soit ainsi. Et je doute fort que vous auriez agi de la même manière, à ma place. Je vous ai fait subir des horreurs. Mon pardon, vous l'avez. J'espère avoir un jour le vôtre...

Frédéric se contente de presser une main sur l'avant-bras valide d'Élodie. Il n'ira pas réclamer justice. Ce mensonge l'étouffait. Et ce qu'il vient de vivre est sans nul doute l'étape qui va le sauver de ses démons. Le garrot que la peine, la culpabilité puis la honte ont posé sur son semblant d'existence desserre enfin son étreinte. Le fardeau qui pesait depuis si longtemps sur sa poitrine s'allège.

— Vous savez quoi, Élodie ? Je crois n'avoir jamais éprouvé à ce point l'envie de vivre...

Elle le comprend, même si elle-même n'est pas encore en mesure de ressentir un tel désir. Elle admet toutefois un manque abyssal en songeant à Stéphane et Zoé. Cela fait une éternité que cela ne s'était plus produit. C'est déjà un début. Mais, avant de les retrouver, il lui reste une chose à faire. Cette idée l'a obsédée durant toute sa captivité.

— Dites-moi, Élodie...

Elle se retourne sur un visage empreint de gravité.

— Si j'avais réellement tué votre petite fille, et si je m'en étais sincèrement repenti, avec un réel regret d'avoir commis un tel acte, auriez-vous été capable de me pardonner ?

— Est-ce vraiment important ?

— Pour moi, ça l'est.

Décontenancée, Élodie cherche à répondre sincèrement. Pardonner l'impardonnable... Combien de fois ce cas de conscience s'est-il posé à elle, ces dernières semaines ? Et combien de fois a-t-elle rejeté d'emblée l'ombre même de toute miséricorde ? Les dix jours qu'elle vient de vivre défilent à toute vitesse devant ses yeux : la forêt tour à tour terrifiante et consolante, l'arbre et l'étang complices de ses rêves et de ses espoirs d'enfant, un doux visage encadré par des cheveux argentés, le renardeau sauvé et salvateur, le poêle témoin du pire comme du meilleur, et cet homme…

— Pour être parfaitement honnête, je pense avoir compris une chose importante. Je crois que ma souffrance était à ce point intolérable qu'elle n'était plus humainement supportable. J'étais devenue une plaie ambulante, un fragment de haine à l'état pur. Si vous aviez été le monstre que j'imaginais, ma haine se serait nourrie de votre agonie. Mais votre histoire m'a touchée. Et votre humanité m'a rendu la mienne, Frédéric. Et même si ma douleur reste la même, je sais aujourd'hui que je vais devoir apprendre à l'adoucir pour vivre avec elle tout le reste de ma vie. Alors, je ne me serais jamais crue capable de vous dire cela, mais si vous m'aviez tout raconté, et si je vous avais senti réellement repenti, peut-être aurais-je été capable de vous pardonner. Je ne peux pas vous l'assurer. Car un pardon ne peut être prémédité.

L'aveu résonne dans la pièce, les imprègne l'un et l'autre de sa puissance.

Remuée, Élodie s'empare du sac de sport, celui dans lequel se trouvait la robe qu'elle porte et le revolver abandonné dans la cave. Elle en sort un téléphone, qu'elle tend à Frédéric :

— Je vous le rends. Mais pour vous en servir, il va falloir aller à la clairière. Après, je vous ramènerai chez vous. Moi, je reviens le plus vite possible.

Frédéric tourne et retourne l'appareil. Celui qui lui permettra d'entendre à nouveau la voix de son fils.

— Si cela ne vous dérange pas, j'aimerais juste rester un peu seul pour me remettre de tout ça. Et pour prendre une douche…

— Bien sûr…

Elle lui indique la salle d'eau, sort, et avance vers l'étang aussi vite que son épaule le lui permet.

16

Dimanche 14 juillet 2024

Avant même d'arriver à destination, Élodie a senti que la vieille femme ne se trouverait pas à l'étang. Par acquit de conscience, elle a malgré tout cherché la silhouette devenue familière, l'a appelée à plusieurs reprises. En vain.

Alors Élodie est repartie vers la clairière, bien décidée à la retrouver.

Lorsqu'elle parvient à la nouvelle maison du gardien, elle en fait rapidement le tour. Celle-ci semble figée dans le temps. Les volets sont maintenus fermés par de lourdes barres de fer, aucun bruit ne vient de l'intérieur.

Élodie frappe néanmoins à la porte. Les coups portés contre le battant s'égarent dans le silence. Toute cette maison murmure l'absence et l'oubli.

— S'il vous plaît ! crie-t-elle. Je vous en prie… J'ai besoin de comprendre !

Elle se demande un instant si elle n'a pas perdu la raison. Peu importe. Elle n'aspire qu'à revoir cette vieille femme.

— Une dernière fois ! supplie-t-elle encore dans le vide.

Mais, de nouveau, le silence accueille ses paroles.

Résignée, elle se laisse choir sur une des marches du perron.

— J'aurais voulu vous dire merci… murmure-t-elle.

Elle reste assise, s'abandonne aux sons de la nature.

Elle s'apprête à repartir lorsqu'elle remarque un bout de papier qui dépasse d'un des rebords de fenêtre. Le cœur battant, elle soulève la pierre qui le maintient. Élodie reconnaît une page de son propre cahier, celui qui accompagnait ses confessions. Elle a été arrachée et pliée en deux.

Élodie la déplie, lit ce qui y a été écrit à l'aide d'un normographe.

Chacun de nous se révèle dans les épreuves qu'il doit traverser. Celles-ci ne sont pas toujours justes. Elles peuvent même se montrer cruelles. Au point, parfois, de nous mettre à genoux, et de nous plonger dans des enfers insoupçonnés.

Mais, plus l'obscurité est profonde, plus la lumière est vive. Et tandis que notre âme semble près de s'éteindre, une étincelle jaillit, et derrière elle une lumière éblouissante vient réenchanter nos ténèbres.

C'est là toute la beauté de la vie, ce trésor si précieux qui nous est confié pour un temps mais dont on sait dès le début qu'il nous faudra le rendre un jour.

En attendant cette échéance, la vie reste une danse éternelle entre nos peines et nos liesses, entre nos triomphes et nos doutes. Il nous appartient à tous d'exécuter cette danse avec grâce, persévérance et confiance.

Quoi qu'il arrive.

Et coûte que coûte.

Un soleil intérieur illumine le visage d'Élodie tandis qu'un sourire se dessine sur ses lèvres.

Elle replie le papier, s'imprègne à nouveau des images et des sons de la nature qui l'entoure, puis elle se lève, traverse la clairière pour se rapprocher du bâtiment principal. Elle enfouit la feuille dans sa poche, en retire son téléphone portable.

Lorsque Stéphane voit le prénom d'Élodie s'afficher sur son tableau de bord, il se range aussitôt sur le bas-côté, désactive le système mains libres pour que la conversation ne soit pas diffusée dans l'habitacle, s'empare de son téléphone.

— Qu'est-ce qui se passe ? Il y a un problème ? s'inquiète-t-il immédiatement.

— Non, ne t'en fais pas, tout va bien. Je voulais juste te rassurer. Et te dire aussi une chose importante : je rentre à la maison.

Dans la tendresse de sa voix, Stéphane entend bien plus que la promesse d'un simple retour chez eux : elle revient à la vie. À la fois bouleversé et heureux, il masque avec pudeur l'émotion qui accompagne son espoir de jours meilleurs. Il sent sur lui le regard inquiet de Mathéo, l'apaise d'un signe de la main, sort de la voiture et s'en éloigne de quelques pas.

— J'ai cru devenir fou, Élodie… Je viens de déposer Zoé chez ma mère. Je suis sur la route pour te rejoindre. Comment va Belbist ?

— Il va bien. Enfin, il ne va pas trop mal…

Stéphane choisit de ne pas entrer dans les détails. Il jette un œil sur le siège passager. Le pare-brise ne dissimule rien de l'angoisse qui étreint le jeune homme de dix-sept ans à la recherche de son père.

— Je sais que tu n'approuveras pas, mais j'ai son fils avec moi. Je ne savais plus quoi faire. Alors je me suis d…

Interdite, Élodie n'écoute ni n'entend la fin de la phrase, qu'elle coupe :

— Mathéo ? Tu as Mathéo avec toi ?

— Oui, je sais ce que tu vas me dire. Mais il cherche désespérément son père. Et visiblement, il a de la suite dans les idées, car il a visé juste. Et puis, je t'assure, ce gosse est touchant. Après tout, chérie, lui n'y est pour rien, dans ce qui est arrivé…

Elle lève légèrement la tête, regarde en silence les rayons du soleil percer le feuillage dense des arbres, répète d'une voix douce :

— Non, il n'y est pour rien…

Épilogue

Mercredi 24 juillet 2024

— Tu as vu, papa ? C'est dingue !

À travers sa voilette, Frédéric sourit à son fils. Celui-ci semble heureux. Et cela suffit à son propre bonheur.

Rentré chez sa sœur, il a choisi de lui raconter toute la vérité. Il a ensuite pris le temps de récupérer de l'épreuve qu'il a vécue. Puis il a passé quelques coups de fil, s'est arrangé avec son patron pour reprendre dix jours plus tard, a embarqué Mathéo dans sa voiture, direction la Gironde. Ils ont visité des cathédrales, un phare, exploré une réserve ornithologique, profité d'une balade en bateau sur l'estuaire.

Ce matin, il ne lui a pas donné le programme du jour. Et il a surpris Mathéo.

Tous les deux revêtus d'une combinaison en toile blanche, de gants et d'un voile de protection pour le visage et le cou, ils ont écouté les consignes de leur guide, puis ont rejoint le rucher.

À présent, Mathéo s'émerveille devant le ballet incessant des abeilles qui vont et viennent, tandis que l'apiculteur fait souffler son enfumoir. L'instant où il ouvre la ruche est magique, aussi bien pour le fils que pour le père.

Mathéo contemple, fasciné, le monde organisé dans lequel les abeilles travaillent en parfaite harmonie. Il est captivé par les différentes cellules des cadres, tour à tour remplies de larves, de pollen coloré ou de miel doré. Chaque détail est un ravissement : les alvéoles parfaitement hexagonales, la vue des larves qui se développent… Chaque explication fournie par l'apiculteur sur les comportements des abeilles enrichit sa fascination pour ces insectes complexes.

Frédéric, lui, entend de loin parler des rôles des ouvrières, des drones… Il préfère laisser voler ses pensées, bercé par le doux bourdonnement des abeilles, envoûté par l'odeur chaude du miel et de la cire.

— Merci, papa. Il s'agit de loin de ma plus belle exploration entomologique…

Il revient à l'instant présent. Mathéo le regarde, et dans ce regard se trouve tout ce que ses gestes ne diront jamais. C'est là sa plus belle récompense.

Enfin presque.

Car l'apiculteur va pour remettre les cadres en place quand il s'arrête soudainement.

— Oh ! Vous avez de la chance ! La reine !

Mathéo s'efforce de contenir sa joie, revient lentement vers la ruche.

En silence, son père le rejoint.

Il est envahi par une émotion intense.

Il n'entend plus rien des bruits qui l'entourent.

Ses yeux glissent jusqu'au bout du gant de l'apiculteur, s'échouent sur une abeille bien plus grande et plus longue que les ouvrières qui l'entourent d'un cercle protecteur. Et sans bien pouvoir se l'expliquer, ou plutôt parce qu'il sait précisément à qui cette abeille le ramène, il se sent porté par un profond sentiment de paix.

*

Élodie entre en silence dans la pièce. Zoé dort profondément dans sa chambre, Stéphane est également tombé de sommeil il y a plus d'une heure. Cela fait dix jours qu'elle est rentrée, qu'elle a réintégré sa vie.

Ce soir, elle se sent enfin prête à retrouver cet endroit.

Elle allume la petite lampe de chevet, referme la porte.

La lumière éclaire les dessins naïfs de fleurs colorées, de ciels bleus, d'arcs-en-ciel, parfois accompagnés de nuages. Les jouets immobiles espèrent patiemment le retour de leur jeune propriétaire. Sur le lit resté défait repose une licorne en peluche, qui a veillé sur les nuits de Maëlle, de ses cinq ans au 1er mai 2021.

Sur le bureau, ce fameux puzzle qui n'a jamais été achevé.

« Mais maman ! J'ai plus que sept pièces à mettre pour terminer mon puzzle... »

Élodie considère l'image incomplète : un étang dans un parc, où les couleurs vives des fleurs se reflètent dans une eau paisible. Au premier plan, un parterre de pivoines. Les fleurs préférées d'Élodie.

« La fin, c'est le meilleur moment !

— On fera ça plus tard, ma chérie. »

Elle effleure le vide laissé par les pièces manquantes.

Une fine poussière s'accroche à la pulpe de ses doigts.

« Et puis je voudrais que tu sois à côté de moi parce qu'il y aura une petite surprizzzzze ! »

Il lui faut aller au bout.

« J'ai plus que sept pièces à mettre… »

Six sont là, sous les yeux d'Élodie.

Elle se penche sur l'image incomplète, s'empare des pièces posées sur le côté.

Elle en prend une première, la tourne délicatement entre ses doigts. Entièrement fuchsia, quelques motifs y semblent dessinés. Elle l'essaie à plusieurs reprises, finit par trouver le bon endroit. Le silence de la nuit décuple le son de chaque *clic* satisfaisant à mesure qu'une pièce s'emboîte dans une autre.

La sixième est à sa place.

Il lui manque la dernière.

Élodie fouille minutieusement le bureau, cherche dessous. Rien. Et il n'y a plus la boîte.

Tout à coup fébrile, elle scrute une nouvelle fois le plateau du bureau, ouvre les tiroirs, palpe la couette, vide les poches du peignoir pendu sur sa patère. Aucune trace de la pièce manquante.

Il faut impérativement qu'elle la retrouve. Car au fond d'elle gronde l'urgence de reconstituer ce que la vie leur a volé de ce temps partagé. Alors elle revérifie chaque tiroir, inspecte sous les meubles, écarte les rideaux, déplace les poupées.

Rien.

« La fin, c'est le meilleur moment ! »

Peut-être, mais cette fin-là n'a rien à voir avec celle qu'elle imaginait.

Élodie va pour soulever l'oreiller et attraper le pyjama lorsqu'elle s'immobilise.

Non. Ce n'est pas ça qu'elle doit faire.

Elle revient vers le bureau, s'assied sur le petit tabouret. Elle est plus absorbée par le vide laissé par la pièce manquante que par le paysage formé autour de celle-ci. Il fait tellement écho à celui qu'elle a dans le ventre… Comment continuer à avancer, une fois qu'on a assemblé autour de soi toutes les pièces qui comptent, et qu'on sait qu'il en manquera toujours une ? Et surtout, comment fait-on pour vivre avec l'absence ?

Le trou dans le puzzle semble l'observer avec insistance.

Élodie ferme les yeux, cherche à faire abstraction de ce qui l'entoure, se concentre. Elle plonge dans un monde intérieur, les sons de la nuit disparaissent, un calme profond envahit son esprit. Le champ de pivoines prend vie sous ses paupières. Baignés par la lumière du soleil, les pétales délicats s'ouvrent comme des éventails et ondulent sous l'effet du vent. En retrait, l'étang s'étend paisiblement.

Elle peut tout imaginer. Tout.

Et elle le fait. Une autre fleur, qui détonne. Une libellule qui s'est envolée de l'étang. Un reflet du soleil. Une goutte de rosée. Une coccinelle. Un papillon, peut-être.

Le visage de Maëlle lui apparaît soudain : il est empreint de douceur et de sérénité. Un éclat de lumière semble jouer avec ses cheveux. Une longue mèche bouclée traverse son front, croise le regard pétillant, descend sur une joue légèrement rosée. Élodie s'accroche à cette image, respire à peine de peur qu'elle ne s'évanouisse. Les lèvres enfantines dessinent un joli sourire, s'entrouvrent pour lui chuchoter quelque chose.

Élodie agrippe instinctivement le rebord du bureau.

Est-ce réel ? Délire-t-elle ? Peu importe. L'essentiel est d'y croire.

Elle incline légèrement la tête pour mieux entendre ce que son cœur a à dire. Et elle mettrait sa main à couper que ce qu'elle sent sur sa joue est bien un souffle…

De longues, longues secondes passent. L'instant suspendu se teinte de miel et d'ébène. Élodie sourit à son tour.

— Évidemment…

Elle ouvre enfin les yeux, réintègre la chambre et sa réalité, caresse avec une infinie précaution le puzzle incomplet. Non. Complété. Car elle s'est elle-même chargée de reconstituer la pièce manquante. Parvenir à combler un vide par la seule force de l'imagination et du souvenir n'est-il pas le plus beau remède à l'absence ?

Elle contemple donc le puzzle achevé. Chaque pièce est à sa place. En elle.

— Surprise bien reçue, Bee… murmure-t-elle. Et tu avais raison, c'est une bien jolie surprise…

Une émotion palpable flotte dans la chambre. Elle n'est pas loin de penser que ce n'est pas uniquement la sienne.

Élodie se lève, remet le tabouret à sa place, éteint la lumière, referme délicatement la porte sur cette présence invisible, tandis qu'elle répète en son for intérieur :

« Quoi qu'il arrive.

Et coûte que coûte. »

Note de l'auteure

Chère lectrice, cher lecteur,

N'avez-vous jamais éprouvé l'impression d'avoir atteint votre limite de tolérance et d'acceptation ? Je veux parler ici de ce moment suspendu où vous avez viscéralement senti que vos émotions se livraient une lutte intérieure intense pour vous pousser – ou pas – à basculer dans le jeu d'une surenchère ou d'une décision radicale. Cela a pu se produire au détour d'une insulte gratuite, de la trahison volontaire ou involontaire d'un ami, de la tromperie d'un conjoint, d'une injustice subie au travail, d'une blessure infligée par un membre de votre famille, ou tout simplement à la suite d'une trop grande accumulation…

Il n'est jamais facile de maîtriser sa peur, colère, peine ou déception. Et, heureusement, pour la grande majorité d'entre nous, la raison, nos valeurs, la prise de recul nous permettent généralement de faire preuve de discernement.

Mais comment se gère la question des limites face à l'irréparable ? C'est le premier sujet de ce roman.

« Qu'est-ce qui pourrait vous pousser à bout au point de franchir la ligne rouge ? »

J'ai posé cette même question à nombre d'entre vous, lors de rencontres en salons. Elle est finalement devenue le point de départ de l'histoire d'Élodie.

La réponse arrivée largement en tête pour les parents est : « Qu'on fasse du mal à mes enfants. » Bien sûr. Élodie vous rejoint sans doute sur ce point.

Pourtant, inutile de toucher le pire pour basculer. Une trahison profonde, une injustice flagrante, la violence, un deuil inconsolable, l'abandon, la violation de nos valeurs les plus profondes peuvent nous pousser à des réactions extrêmes que nous n'aurions jamais imaginées possibles. Je ne parle pas nécessairement ici des décisions d'Élodie. Mais, si la mise en quarantaine du traître, la vengeance ou l'exil apaiseront peut-être un temps la colère et la haine, ils ne répareront jamais la blessure profonde et ne restaureront pas davantage la paix intérieure perdue. Pas plus, d'ailleurs, que ne pourra le faire la justice.

Ce constat ouvre la porte au second sujet que je souhaitais aborder dans ce roman : la puissance du pardon.

Certes, qui de nous n'a jamais eu à pardonner, parfois du bout des lèvres, une « offense » de gravité mineure ?

Mais jusqu'où pardonner ?

Le pardon, dont la première représentation est divine, demeure pour moi l'une des plus belles symboliques de l'humanité. Car pardonner le pire, parfois sans l'appui d'une foi solide en un dieu, relève de qualités humaines qui forcent le respect. Ce geste mobilise une grande force intérieure, un courage immense, et une sincère compassion. Il révèle également la pleine mesure de l'humanité en celui qui pardonne.

Et que dire de ce pardon que l'on se refuse à soi-même, parce que trop accablé, trop rongé par la culpabilité, ou trop envahi par la peine ? Ce pardon devient particulièrement délicat et douloureux lorsque vient le moment de faire face à des questions qui resteront à jamais sans réponse : ce proche décédé avec qui notre dernier échange s'est terminé par une querelle ou des reproches, à qui nous ne pourrons plus jamais dire combien tout cela était insignifiant comparé à l'amour que nous lui portions ; cet être aimé qui a subitement mis fin à ses jours sans que nous ayons perçu son désespoir, nous laissant à jamais seuls avec notre culpabilité, notre incompréhension, et le sentiment terrible de ne pas avoir assez compté pour éviter cela ; ce geste, ces paroles, cette décision que nous avons un jour eu, prononcées ou prise, et qui ont eu des conséquences irréversibles (*si seulement je n'étais pas partie acheter du sel…*). La clémence envers soi-même nécessite souvent un long cheminement…

J'ai été profondément touchée par de très beaux témoignages de personnes éprouvées par la vie, qui ont pardonné à ceux qui étaient à l'origine de leur douleur ou de leur chagrin, ou qui ont appris à se réconcilier avec elles-mêmes.

Certains m'ont laissée sans voix, admirative. Ils sont autant de cadeaux rares, beaux, et donc précieux, car ils nous rappellent qu'au fond des plus grandes noirceurs brille toujours une lueur d'espoir, l'étincelle d'une Humanité « envers et contre tout ». Alors, jusqu'où peut-on pardonner ? Chacun trouvera la réponse en son for intérieur. Mais dans un contexte où les journaux sont saturés de faits divers violents, de tensions croissantes et de nouvelles angoissantes, il est apaisant de se souvenir de cette lumière-là.

Celle-ci nous ramène paradoxalement au sujet de ces limites qu'il nous faut parfois franchir pour protéger ce qui compte le plus à nos yeux. Car il me semble qu'il nous appartient à tous de veiller à la préservation de cette même lumière, fragile et souvent menacée.

Quoi qu'il arrive.

Et coûte que coûte.

Bien chaleureusement,

Claire

Remerciements

Au fil du temps, les remerciements peuvent sembler répétitifs, mais ils restent une belle occasion de rappeler qu'écrire et publier un livre est une aventure qui ne se fait jamais seul.

À nouveau, donc, tous mes remerciements aux équipes Robert Laffont, toujours sur le pont pour accompagner leurs auteurs.

Une pensée toute particulière pour la femme dynamique qui est à leur tête, en cette période particulièrement difficile où son enthousiasme et son énergie, si communicatifs, sont mis à rude épreuve.

Un immense merci :

À Gabriel, pour son efficacité, ses conseils avisés, nos échanges constructifs, sa capacité à se rendre toujours disponible malgré des journées chargées, et sa bienveillance à mon égard.

À Françoise, qui m'accompagne depuis plus de cinq ans sur mes textes.

À Caroline Marchal, Léa André, Hervé Vlamynck, trois magistrats aussi passionnés que passionnants, pour m'avoir aidée à mieux comprendre les rouages de la mécanique judiciaire, et m'avoir ainsi permis de donner plus de réalisme et de profondeur à cette histoire. J'espère ne pas avoir pris trop de libertés avec leurs précieuses recommandations.

À Caroline L. et Sophie Tal Men, pour m'avoir éclairée sur les conséquences médicales possibles d'un choc violent au niveau cérébral.

À mes proches, pour leur patience, leur aide précieuse, leur présence indéfectible, leur soutien constant…

Enfin, aux libraires et lecteurs, qui partagent une même passion pour la littérature, dans une grande diversité de styles et de voix qui explorent l'expérience humaine sous toutes ses formes. Merci infiniment d'avoir pris le temps de plonger dans ce nouvel univers.

Composition réalisée
par Rosa Beaumont

Ce livre existe grâce au travail de toute une équipe.

Communication : Caroline Babulle, Solveig de Plunkett, Victoire Brulon, Inès Paulin, Adélaïde Yvert.

Coordination administrative : Martine Rivierre.

Studio : Pascaline Bressan, Barbara Cassouto-Lhenry, Joël Renaudat.

Fabrication : Muriel Le Ménez, Céline Ducournau, Bernadette Cristini, Sophia Paroussoglou, Isabelle Goulhot.

Commercial, relation libraires et marketing : Catherine Lauprêtre, Naïma Ruan, Anne-Laure Heugel, Élise Iwasinta, Armand Jamme, Julie Audouard, Joséphine Saint-Paul, Aurélie Scart.

Cessions de droits : Elisabeth Stempak, Benita Edzard, Lucile Besse, Sonia Guerreiro, Costanza Corri.

Gestion : Sophie Veisseyre, Isabelle Déxès.

Services auteurs : Viviane Ouadenni, Jean-François Rechtman, Catherine Reimbold, Anita Sevenant.

Ainsi qu'à toutes les équipes d'Interforum et d'Editis qui participent à la création, la diffusion et la distribution de ce livre.

Canoros Vehit Canentes

Imprimé en France par
CPI Brodard & Taupin
en septembre 2024

#lisez! engagé
www.lisez.com
Pour plus d'information :
Imprimé sur du papier issu de forêts gérées durablement.

N° d'édition : 67476/01 – N° d'impression : 3058145